国家艺术基金2023年度艺术人才培训资助项目"习近平新时代中国特色社会主义思想文艺理论人才培训"（项目编号：2023-A-05-005-459）

求索：
文艺理论的当代实践

王韡　主编

中国国际广播出版社

图书在版编目（CIP）数据

求索：文艺理论的当代实践/王韡主编.—北京：中国国际广播出版社，2024.4
ISBN 978-7-5078-5545-6

Ⅰ.①求… Ⅱ.①王… Ⅲ.①文艺理论－中国－当代－文集 Ⅳ.①I206.7-53

中国国家版本馆CIP数据核字（2024）第080905号

求索：文艺理论的当代实践

主　　编	王　韡
策划编辑	杜春梅
责任编辑	韩　蕊
校　　对	张　娜
版式设计	邢秀娟
封面设计	赵冰波

出版发行	中国国际广播出版社有限公司［010-89508207（传真）］
社　　址	北京市丰台区榴乡路88号石榴中心1号楼2001
	邮编：100079
印　　刷	天津市新科印刷有限公司

开　　本	710×1000　1/16
字　　数	230千字
印　　张	15.5
版　　次	2024年4月　北京第一版
印　　次	2024年4月　第一次印刷
定　　价	78.00元

版权所有　盗版必究

目 录

传媒音乐文化需注重审美品位	王 韡	001
基于视听精品传播对中国式现代化智慧城市构建的思考	张 婧	008
中国式影像的实践与观念		
——以郎静山的"集锦摄影"为例	王莎莎	024
新时代艺术人格的审美生成		
——以古典文艺作品引领文化传承	张嫣格	035
试论"双创"视域下中国戏剧的融合发展之路		
——以中国国家话剧院为例	孙 路	047
影视创作中传统文化创造性转化和创新性发展的实践路径探索	王 锟	061
国产动画电影的文化基因与破局之路	舒 敏	077
论新武侠影视对中国传统文化的创造性转化	张静雅	089
谈新时代的文艺评论与文化交流	任俊萍	100
论文化自信与文化自觉的现实意义	任俊萍	110
谈艺术创作与教育的融合	刘彦河	116
谈中国原创影视体裁改编音乐剧现象	蒋 劼	136
鲁艺精神对当代艺术类高校人才培养的意义	李 鹏	148
论中国钢琴作品演奏中艺术训练的重要性	李 鹏	164
建构"妈祖"新形象的一些思考	杨旻蔚	174
守正创新求真		
——"当代金陵画派"的传承、创新与开拓研究	程 洁	186
《致斐迪南·拉萨尔》与马克思主义文艺理论	文瑶瑶	196

新时代浙江区域电影文化的主体性探析　　　　　王名成　207
广西隆林壮族民歌表演实践研究　　　　　　　　高　幸　223
编后记　　　　　　　　　　　　　　　　　　　　　　　240

传媒音乐文化需注重审美品位

王 韡 中国传媒大学

随着社会的进步，传媒技术的不断发展，作为传媒中的音乐文化，在其中出现了一种新的发展方向——只注重音乐的商业价值，不注重音乐的审美品位。音乐作为艺术的子学科，它的本质属性之一就是具有审美价值，但是现在越来越多的传媒音乐文化不再追求其审美的价值和品位，反而过分追求商业价值。商业化的传媒音乐文化在当今有着极强的波及性、鼓动性、传播性。面对这样的现状，笔者很是担忧，呼吁传媒音乐文化须注重审美品位，不要一味地迎合商业属性，丢掉其审美属性。

一、传媒音乐文化商业性的产生和表现

收视率是衡量节目受众量的重要指数。收视率高，表明看其节目的人多，看的人多了，广告商就会为这个节目投资，栏目组、播放平台就会有较高的经济效益，也就是说能赚到钱。现在很多的音乐类节目，例如一些选秀类、综艺类、歌唱比赛类等，以收视率为衡量节目质量的标准，忽视了节目的内容和形式。甚至极端到有的音乐类节目，音乐的含量已经很低，只是一个辅助形式，一个噱头，节目的宗旨以怎么能让观众注意到这个节目，看的人多，收视率高为目的。对于节目的内容、品位、质量、意义等不去考虑太多，只要有人看，老百姓喜欢看那就达到目的了。只看收

视率，不看收视质量，造成了大量品质低劣、审美品格不高的文艺节目出现。正如中央文史馆馆员仲呈祥先生指出，"没有收视率，固然谈不上有什么收视质量；但有了高收视率，未必就一定会有高收视质量。比如有些偶像剧和选秀之类的电视节目收视率确实很高，但对广大青少年观众来说，虽获得了视听感官的强烈刺激和快感，但并未获得真正的思想启迪和艺术美感，反而多少滋生了'一夜成星''一夜致富'的梦想，这对他们的健康成长很不利，表明其收视质量不高"。这是典型的未处理好文艺的社会效益与经济效益关系的例子。2014年10月15日，习近平总书记在文艺工作座谈会上的讲话中指出且强调，"一部好的作品，应该是经得起人民评价、专家评价、市场检验的作品，应该是把社会效益放在首位，同时也应该是社会效益和经济效益相统一的作品。在发展社会主义市场经济的条件下，许多文化产品要通过市场实现价值，当然不能完全不考虑经济效益。然而，同社会效益相比，经济效益是第二位的，当两个效益、两种价值发生矛盾时，经济效益要服从社会效益，市场价值要服从社会价值。文艺不能当市场的奴隶，不要沾满了铜臭气。优秀的文艺作品，最好是既能在思想上、艺术上取得成功，又能在市场上受到欢迎"。[①]

2011年8月，某卫视举办了一档选秀节目，在播放比赛的花絮和片段时，其播放的内容并不是高雅、美好、健康的，而是低俗的，比如哪个选手说粗话顶撞评委了、哪个选手做一些不雅的动作举止挑逗观众了等。其中，有一位男选手，说话奶声奶气，穿衣打扮更是男扮女装，如果真的想要学那种出神入化般的京剧艺术，那绝对是值得推崇和鼓励的，也是一门反串艺术。但这个选手说起话来矫揉造作，表现出一种另类、非常态化的表演状态。这样的表演从审美品位的角度上来讲，绝对是不能搬上荧幕的，可是该卫视把这个选手的台前幕后的行为举止完整地播放出来，甚至有的评委还对其的舞蹈表演大加赞赏，令人不可思议。最令人不解的是，

---

① 习近平.在文艺工作座谈会上的讲话[N].人民日报，2014-10-15（2）.

后来才了解到该选手在 2010 年时就在另一卫视的一档节目出现过，当时媒体还进行过大肆的宣传。此类选手的表演对社会的文化生活只能产生负面影响，笔者作为一名音乐院校教流行演唱的教师，对于这样的音乐表现形式和内容，真的不能接受。其演唱的歌曲没有较高的品位，更谈不上艺术上的技术技巧，就是以搞怪、低俗的表演来吸引评委、导演、观众的眼球，而电视台的导演发现这样的表演更吸引眼球，从而不管审美品位的高低，就进行大肆的传播，以达到较高的收视率。但是殊不知，此类节目的品位、思想价值、意义何在？对于观众，尤其是青少年会有何等的负面影响？

节目的好坏不能单单以收视率为衡量标准，节目传达的内容应该是高雅的，最起码也应该是健康的。正如北京大学叶朗教授指出，"在先进文化建设中两个底线不能丢——人文精神的底线和伦理道德的底线"。传媒音乐中若带有淫言秽语、辱骂攻击、歪唱恶搞、矫揉造作、无病呻吟、语无伦次、哗众取宠、庸俗无聊的内容便不能面向公众，以这些内容讨好观众，赢得收视率，赚取广告费用是不可取的。艺术的本质属性之一是审美性，不是用金钱来衡量的。2013 年 8 月 20 日，习近平总书记在全国宣传思想工作会议上指出，"要树立以人民为中心的工作导向，把服务群众与教育引导群众结合起来，把满足需求同提高素养结合起来，多宣传报道人民群众的伟大奋斗和火热生活，多宣传报道人民群众中涌现出来的先进典型和感人事迹，丰富人民精神世界，增强人民精神力量，满足人民精神需求"。[①]

另外，很多像上述这样音乐类节目的选手，在媒体的积极宣传下，有的还以丑成名，甚至签约了艺人经纪公司，进而出唱片、拍广告等，进行大量的商业活动。在这个经济时代，有的人难辨是非，价值取向扭曲，有的人认为，"只要人家有名气了，不管用的什么方式；有名气，有人捧，挣到钱了就是成功了"。笔者认为钱不是衡量艺术的标准。传媒音乐文化

---

① 习近平.习近平谈治国理政［M］.北京：外文出版社，2014：154.

不注重审美是与艺术的本质,社会的精神文明、道德文明背道而驰的。正如 2014 年 10 月 15 日习近平总书记在文艺工作座谈会上指出,文艺不能在市场经济大潮中迷失方向,不能在为什么人的问题上发生偏差,否则文艺就没有生命力。低俗不是通俗,欲望不代表希望,单纯感官娱乐不等于精神快乐。

二、传媒音乐文化不注重审美品位带来的后果

(一)混淆人们对音乐文化的正确认知

一些品位不高的音乐节目播出后,对于普通的观众来说,他们中很多并没有很高的欣赏、辨析水平,不会对当下播放的音乐节目进行认知选择。音乐对于大多数人来讲就是娱乐的一部分,休闲、放松、好玩、好看、有趣可能是选择这个音乐节目的核心原因。但是,对于这些音乐节目背后表现的深层次内涵和意义,很多观众是不会去考虑的。就像前段时间有一个社会调查去采访观众"对什么样的音乐节目感兴趣、会选择去观看",大多数观众都是以好玩、有趣、个人喜好为准则。对于是否注意这些节目的内涵性、审美性、思想性等来说,多数观众都是淡淡一笑,说没有多考虑这些。提倡高雅、文明、有思想、有内涵、健康的音乐节目,抵制庸俗、低俗、媚俗甚至恶俗的节目,应该是主流审美价值观。如果媒体播出的大量音乐作品是负面的,必然会导致一些大众审美认知的错乱。

(二)对音乐的创作、表演产生不良影响

1. 歌词创作

在歌词创作上,有的创作者为了体现所谓爱情的直白,大胆地使用一些过于直白的语言,目的是吸引大众的眼球。也就是说人们底下的私语、

白话，不能不经加工就用于艺术创作。虽说艺术来源于生活，但它是高于生活的，而且要经过筛选和艺术加工，一些粗语俗话或者说夫妻恋人间的窃窃私语，有时不能直白地用于艺术创作中，艺术创作的真实性也是有前提的。但是这样的歌词创作，屡屡存在，而且这样的歌曲还在人群中传播甚广。这样的发展状况促使很多急功近利的创作者，不再去潜心研究歌词创作的艺术性、规律性，反而认为这样的创作道路能"成功"。"成功"后就有钱赚，与经济利益紧密挂钩了，在这种俗不可耐、缺乏艺术性的音乐创作中，创作者寻找音乐创作的动机和灵感逐渐被商业思维所代替，从而制造了一些审美品位较低的音乐作品。

2. 曲调创作

一些作曲人一门心思创作食之无味的口水歌曲，不再去讲究音乐创作的技巧，对于歌曲的曲式结构、和声、配器的编制等都不再认真地考究，反而一味地模仿一些格调不高，但是"红火一时"的歌曲。看到哪首歌曲火了、赚到钱了，就跟着模仿这首歌曲的整体创作手法。其中一些低俗作品的创作者大多是一些业余创作者，相对来讲文化水平不是很高，音乐修养也比较浅薄，甚至有的根本不懂歌曲创作的基本理论，仅凭自己的喜好来创作。但是这类业余创作者创作的歌曲偶然一"火"，造成一些专业创作者在创作上产生了迷茫，专业创作者发觉自己所学的创作技巧还不如一位业余创作者，自己创作出来的作品传媒机构不去采用反而束之高阁，由此造成心理上的失衡。现在一些音乐院校作曲系的学生不再付出大量时间去写传统的交响乐、协奏曲，反而经常写一些品位不高的口水歌。问其缘由，回答是"写这个有钱赚"。这样一来，往往会造成创作者去追求"短、平、快"的经济效益，创作的歌曲往往内容雷同、模式单一、制作粗糙，很难产生经典之作。

3. 表演形式

很多歌手对演唱技术技巧不再重视，表演方式怪诞。有的歌手演唱状态低迷、松懈，舞台表现搞怪、离奇；有的歌手演唱功底一般，穿着离奇、怪异，不追求歌唱方法，一味地在舞台上吼唱，甚至演唱中还有粗话脏话出现。这样的音乐表现形式何谈品位，连最起码的健康、自然、大方的舞台形象都没有呈现给观众。将这些反常的音乐表演形态呈现给大众后，一些辨别能力低的人，会愈发不好好学习歌唱技巧、舞台表演，提高音乐素质等，反而学会了不健康的音乐表演形式。

三、解决路径

改变这一现状，需要从源头上去抓，传播平台的管理者应该以健康的、高雅的审美品位为节目导向，而不是以商业回报、节目收视率等条件为标准，来拟定播出的节目。一定要对那些品位不高，在人们生活中产生消极意义的音乐节目予以制止。

另外，有一定鉴赏能力的观众，应该积极地抵制那些庸俗、低俗、媚俗甚至恶俗的传媒音乐文化。观众可以通过相关方式来表达对这种音乐节目的反对态度，专业的音乐人士也不要参与到这种不合时宜的节目中去，不要为了所谓的"挣点小钱"，而失掉自己的身份。提高观众的审美素质，要多播放一些健康的、积极的，带有一定思想性、教育性的音乐节目。媒体带有很强的导向性，一定要把品位高的节目传达给观众，让观众在自觉与不自觉中提高自己的审美品位，好的东西看得多了，见得多了，审美品位自然就高了。这正如中央文史研究馆馆员仲呈祥先生所倡导的文化建设理论主张——"文化化人，艺术养心，重在引领，贵在自觉，胜在自信"。[①]

2014年10月15日，习近平总书记在文艺工作座谈会上指出，"文艺是时代前进的号角，最能代表一个时代的风貌，最能引领一个时代的风气"。这就要求我们的文艺工作者要有高度的责任意识，充分意识到审美

---

① 仲呈祥.仲呈祥演讲录［M］.北京：作家出版社，2013：171.

的重要意义。要有甘于寂寞、享受孤独、淡泊名利、勇于奉献的学术操守与学术定力，倡导且传播和谐、健康的传媒音乐文化。中国流行音乐学会主席付林先生对当下的音乐选秀、比赛等传媒音乐节目谈了自己的看法，他写了一篇文章《向左走、向右走》[1]，我比较同意其中的一些看法。对于当今社会来说，音乐从某种意义上来讲商业性的成分是越来越浓，但是我们不能单纯地为了商业性，丢掉音乐本体，甚至伦理、道德，一味地追求收视率、娱乐化，或者说是"右"到如此的程度，那么艺术的重要本质属性——审美属性就会丧失殆尽；如果一味地曲高和寡，播放的音乐文化，没有观众去欣赏，也没有产生任何商业价值，自己还始终坚守着，"左"到无人问津，只能孤芳自赏的地步，这也丧失了艺术的大众参与性，也是不可取的。极左极右都是行不通的。其实这也就是所谓的雅与俗（"阳春白雪"与"下里巴人"）的对立统一关系，"文学艺术的雅与俗的界限仅是相对的，往往是俗中有雅，雅中有俗，并且随着时间的流变和接受者的不同而有所变化。在社会主义市场经济条件下，通俗文艺往往趋新追奇，具有一定的广泛性、较强的商业性和娱乐性，有的也不免掺杂一些低级、庸俗、色情等不健康的成分。从文学史上讲，雅与俗也不是绝对的，是可以转化的"。[2] 这两者的关系应该把握好，雅中有俗，俗中有雅，雅但不失去观众，俗要保持底线，不能俗不可耐。总之，作为传媒艺术中的主力军——音乐文化发展到何时都不能丢掉自己的艺术审美本质属性，一定要注重审美品位。

---

[1] 《向左走、向右走》中的"向左走"主要是指只关注音乐本体的东西，不考虑艺术作品的商品性特点。"向右走"主要是指一味地迎合商业、观众等音乐本体以外的因素。

[2] 童庆炳. 文学理论教程[M]. 修订2版. 北京：高等教育出版社，2004：84.

基于视听精品传播对中国式现代化智慧城市构建的思考

张　婧　山西师范大学

视听精品之所以能为中国式现代化城市构建赋能，是因为它的高品质是全方位的，除了制作水准、思想内容、艺术美学等方面的高品质，还有它独特的社会价值、文化价值和历史价值等综合性价值，能够引领思想和审美方向，增添智慧城市中的文化智慧与科技智慧、提升城市的知名度和美誉度，驱动城市智慧转型。在探寻视听精品传播、赋能中国式现代化智慧城市的路径上，要"道""术"结合，一方面注重人与自然和谐共生，注重从自然中汲取智慧，另一方面要提升视听作品的品质，不断打磨精品，完善全产业链平台，使视听精品真正成为助力智慧城市 IP 新动能的强大助力。

城市的视听传播实践让一部剧带火一座城的双向奔赴效应越来越明显。优质的影视文本、精致的视听语言所展现的城市文化与历史元素，不仅是视听艺术形式与内容美学的创生，也是城市文化特色与精华的凝结。视听精品在某种程度上能够激发蕴含传统文化转化意义的活态视听样本，形成文本与城市的社会性互文。这样的案例在国内外影视类作品中并不鲜见，电视剧集《长安十二时辰》《芝麻胡同》《装台》《狂飙》《去有风的地方》，电影《罗马假日》《天使爱美丽》《魂断蓝桥》《非诚勿扰》《澳门风云》《长安三万里》，纪录片《舌尖上的中国》《城市秘密》《云南密码》

《影响世界的中国植物》等作品对城市形象的塑造贡献度非常可观。近些年，长短视频、平台直播类节目成为视听作品中新的成员，2023年春夏阶段，东方甄选推出《东方甄选看世界》直播活动，将移动直播场域设置为城市传播的组合介质，"东方甄选甘肃行""东方甄选山西行""东方甄选内蒙古行"等，以各省、各地区的传统文化作为直播内容，掀起了极大的影响，构成了视听传播城市的新样本。以上提及的几个作品只是众多案例中的一小部分，但也足以引起我们的思考：视听精品是什么？为什么视听精品能够赋能智慧城市的建设和发展？视听精品如何赋能中国式现代化智慧城市的建立和发展？何为"智慧"？是高科技、文化，还是生态？城市发展应该秉持何种智慧理念？中国式现代化智慧城市建设的核心逻辑是什么？

一、视听精品的内涵、类型与特征

在技术不断发展更新、手机全民普及的当下，视听作品的创作也已经变得越来越普及，但随之而来的是对视听作品的质量提出了更高的要求，于是"视听精品"一词应运而生。

（一）视听精品的内涵与外延

2017年10月18日习近平总书记在中国共产党第十九次全国代表大会上的报告中提出，"要繁荣文艺创作，坚持思想精深、艺术精湛、制作精良相统一，加强现实题材创作，不断推出讴歌党、讴歌祖国、讴歌人民、讴歌英雄的精品力作"。从这段话中可看出精品之所以"精"，就在于其思想精深、艺术精湛、制作精良。文艺创作如此，视听作品更应如此。视听作品中有很多类型属于文艺创作，因此视听精品要在思想上具有思想含量，具备理性的坚实力量，并能够通过视听感性形象反映客观规律，以视听特有的方式启迪思想、陶冶情操、温润心灵；在艺术上，符合艺术规律，达到一定的美学境界，为人民服务、为人民描绘美好的生活图景，鼓舞人民精神，展现时代气象；在制作上，充分利用现代文化工业的理念、技术和标准体系，对大批量、多类型、分众化的文化产业加强管理。

视听精品包含的类型较为丰富，按照平台划分，可以分为传统媒体平台的视听精品和新媒体平台的视听精品。其中，传统媒体平台主要是报纸、杂志、广播、电视、电影院等；而新媒体平台则是相对于传统媒体平台而言，由传统媒体结合互联网后演变而来的所有数字化媒体形式的平台，包含社交平台（如微信、微博等）、视频平台（如哔哩哔哩、抖音、快手、秒拍、腾讯视频、爱奇艺、优酷等）、社区平台（如豆瓣等）、新闻客户端（如今日头条、一点资讯、天天快报等）、自媒体等。按照内容划分，视听精品可以分为新闻类节目、影视剧、纪录片、综艺、动画、网络视听（如短视频、直播）等。

（二）视听精品的特征和价值

视听精品与普通的视听类作品不同，除了在制作水准、思想内容、艺术美学方面的区别之外，更有它独特的社会价值、文化价值和历史价值等综合价值，不断与时俱进，引领思想和审美方向。

1.视听精品是自然、文明、科技等的高品质呈现

视听精品的高品质是全方位的，不仅在于其镜头语言的精致，如构图、光线、色彩、镜头运动、剪辑等，还在于其所使用特效技术、音效等后期制作的高科技性和精致化，更在于其表现内容、艺术美学水准、思想精神的高质量。视听精品通过镜头、舞台等视听化的语言将承载自然、文明、科技等融合创意进行高品质呈现，让自然得以表达、文化文明得以传承、智慧得以"被看见"。例如《又见敦煌》和《乐动敦煌》是两部展现敦煌壁画故事的舞台剧，其中《又见敦煌》是西北首部室内大型巨

制舞台 Mapping 情景演出，采用全球独创的"浸入式"情景剧场演出技术，以敦煌文化为题材，以沙漠为基色，采用 5 个场景，在迷宫式剧场中设置罕见的超大型联动舞台机械装置、3D 影像装置、移动巨幕装置，以精妙的舞美设计和技术实现，用穿越的讲述方式重现敦煌莫高窟的千年辉煌和丝绸之路上的传奇故事，让观众与舞台深度融合、真切感受千年的文化与历史的脉动；《乐动敦煌》溯源敦煌文化，借助对莫高窟壁画、古籍的深度解读梳理，演绎西域少年白氏追寻艺术的动人故事，故事在讲述过程中运用琵琶、排箫、阮等民族乐器及仿制敦煌古乐器的音色，通过胡旋舞、腰鼓舞、琵琶舞等典型舞蹈，先进的全息投影、3D 威亚等高科技手段，以全沉浸式的方式展现敦煌壁画中的乐舞盛景，观众在观剧过程中可立可行可坐，深度参与舞台演出，舞台布景之巧妙、灯光效果之精致绝妙，让观众有如身处敦煌壁画故事的情境当中，成为故事的亲历者和参与者，令人赞叹。不论是《又见敦煌》还是《乐动敦煌》，它们都以敦煌深厚绵长的千年文化为底蕴，加上现代高科技的配合，完美呈现出各自具有炫美视觉、天籁听觉的视听盛宴，活化了千年的历史、文化、文明。这两部视听精品不仅成为敦煌市继莫高窟、鸣沙山、月牙泉之后又一张国际旅游名片，也助力将敦煌这一城市打造成为世界高端文化旅游品牌和城市。视听精品呈现自然、文明、科技的案例不论是在电影、电视剧、纪录片、综艺作品中，还是在当下的网络视听作品中都不鲜见。随着 5G 技术对影像呈现带来变革性影响，长、短视频对自然、文化文明、科技的表现与传播更加广泛、精致且细腻，大到对自然万物、气韵精神的视听表达，小到对琴棋书画、美食文化的视听呈现，都展现出互联网时代新科技智慧下自然、文化文明、生态、人类的新特征和新面貌。

2.视听精品是综合价值的集中呈现

视听精品所具有的价值是综合性的，既有社会价值、文化价值、艺术价值、科技价值，又有历史价值和经济价值，在高品质的电影、电视剧、纪录片以及网络视听精品中，这些价值属性同时兼具且达到效益的最大化。以展示北京文化的一系列优秀视听精品为例，从1985年播出的京味电视剧开山之作《四世同堂》，到《渴望》《我爱我家》《正阳门下》《芝麻胡同》等电视剧精品，从《北京的胡同》《北京中轴线》《紫禁城》，到《圆明园》《我在故宫修文物》等纪录片精品，从《我这一辈子》《阳光灿烂的日子》《洗澡》，到《世界》等表现北京生活的电影精品，让具有独特风情的京派文化得以展现，也弘扬了北京这座城市除政治意义之外的文化意义、艺术意义、历史意义，当然也为北京文化和旅游经济的发展添砖加瓦。

表现中国各地美食生态的美食类纪录片《舌尖上的中国》，通过从中华美食的多个侧面来展现食物给中国人生活带来的仪式、伦理等方面的文化，其中所传达出的人文情怀与文化传承已经超越这部纪录片本身的意义，成为一部兼具社会效益、文化效益、艺术效益和经济效益的纪录片精品。

视听精品综合价值的呈现和发挥不是闭门造车，而是一项需要经济、历史、文化、艺术、科技领域共同思考的重要课题。

3.视听精品具备创新性和引领性

视听精品优质的创新创意所带来的价值和能量是无穷的，它能够引领大众对文化艺术的审美，引领社会的发展走向，促成文化、科技、经济产生新的增长点。2021年，河南卫视推出"中国节日"系列节目，充分挖掘春节、元宵节、清明节、端午节、七夕节等传统节日的文化内涵，加上现代科技的加持，采用"虚拟空间+剧情+综艺"的创新形态，在"游"中制造奇妙，在"游"中传播中华文化，开创了既活泼又接地气的独特审美风格，处处体现中国传统文化中的情志之美、含蓄之美、意境之美、艺术之美，具备广泛而深远的社会价值、文化价值、艺术价值与历史价值，同时也带来了可观且长久的经济回报。以开篇之作《唐宫夜宴》为例，2021

年春节"河南春晚"播出之后,这部作品火爆"出圈",不仅引发业界学界的全网盛赞,更是在国内外公众领域持续发酵,带动了前所未有的"博物馆热"和"传统文化回归热",也激发了顶层设计对文化产业战略和系统性、专业性、立体化、多层次的文化产业链生态构建、融合的深度思考。而这种深度思考正是国家在高质量发展战略和黄河流域生态保护战略中提出的宗旨要义。由此可见,一部遵循千年文化文明而又充满现代创意元素的视听精品的意义不单是在讲述民族故事,也不只是对艺术、文化和科技的创造性转化和创新性发展,更是一个时代对于民族自信心的引领、对于民族精神的激发,也促进了时代环境下对于文化生态保护和文化产业开发的推进步伐,牵引着文化产业和带动相关产业集群、产业链和国民经济的高质量发展。

二、视听精品为智慧城市的文脉传承和智慧再造提供新动力

21世纪城市文化的发展以六大共性技术和关键技术为基础,包括信息和通信技术、计算机技术、视听表达技术、仿真技术、新材料技术、节能和环保技术。[①] 在智慧城市构建的路上,这六种技术一旦获得市场推动力,就会为文化市场乃至国民经济带来巨变。视听精品由于其在文化文明、科技等基础上的综合优势,将会为智慧城市的文化传承和智慧再造提供新的动力支持。

(一)视听媒体为智慧城市构建添加文化智慧与科技智慧

智慧城市是全球新型城市化和信息化发展到高级阶段的交汇,是新

---

① 花建.智慧城市:文化科技融合发展的新动力[J].中国文化产业,2013(6):33-35.

一轮信息技术变革和知识经济发展的产物。按照传统思维，科技进步和文化创意是两条平行线，难以交汇——科技求同，文化求异；科技创新注重累积的过程，文化创意推崇灵感的勃发；科技创新需要求真务实，需要严谨的实验和严格的证伪，文化创意则犹如天马行空，需要无拘无束的想象；科技属刚，文化属柔。但是，在智慧城市的视野中，以"全面感知、互联互通、智慧服务"为代表的科技创新极大地便利了广大受众参与文化创意，为释放无限创意潜能提供了丰富的可能性，使得科技创新与文化创意获得了交点，而视听媒体无疑为这一交点提供了当下最为便捷的参与方式。如果说一开始是智慧城市的科技创新引领了文化创意，那么当越来越多的创意热情被激发，甚至被运用于视听创作中时，这股巨大的高品质视听浪潮又会反过来刺激科技的进步，促使科学家和工程师把智慧城市推向更高的技术等级和服务水平，以更好地满足人民日益增长的文化需求。

智慧城市极具包容性，它是开拓文明现代进化的通变之途，能够提升全方位智慧和国民经济良性互动。治理质量变革、动力变革和效用变革，是后工业时代城市理念的自我革新，而这种革新需要依赖技术智慧、人文智慧、绿色智慧的形塑。一方面，视听产业重在源源不断地供给优质文化内容，影视全产业要素的效率提升牵涉着城市公共运行效率。孵化视听精品的全要素生产过程，能够推动城市公共资源配置得以均衡和优化，使城市经济增长的动能变革获得新要素。另一方面，视听精品项目的开展过程兼顾文化与科技的双重融合层面，显现出全要素生产投入激励增长率的必然性，间接引导区域经济发展的绩效指标体系。

一个现代化城市如果没有科技，就不能称其为城市；同样，一个城市没有文化，也不能称其为城市。智慧城市是由文化城市和科技城市融合而成的，在文化城市的建构中，必不可少地要与视听媒体平台、视听精品力作有效融合，视听精品将为跨界融合、联动发展的文化与科技提供枢纽，为智慧城市建设拓宽视野。

（二）视听精品传播为智慧城市构建提升知名度和美誉度

智慧城市的差异化发展要求城市主体立足于对城市差异化竞争优势的理性判断。拥有优质且独特的文旅资源和文化品牌的城市，承担着系统性保护、利用、整合文化资源并选择性进行数字化转化的社会责任，这种文化资源可以将视听产业生产与周边服务产业、区域产业绩效的贡献度相对接，进而驱动这个城市的发展转向和发展速度。浙江省金华市东阳市横店镇自1996年为拍摄献礼巨片《鸦片战争》建造了第一个影视拍摄基地——广州街景区之后，至今已经拥有百余座甲级（电影级）、乙级（电视级）摄影棚，古装、年代、现当代影视拍摄场景数量超2000个，2010年4月18日，横店影视城被文化和旅游部正式授予国家5A级旅游景区称号，又在2022年12月入选2022年11月AAAAA级景区品牌影响力100强榜单。浙江横店已经成为中国影视城的翘楚，成为浙江省特有的品牌名片。这种关联机制建立于视听精品的画幅呈现与数字创意元素及产业的互动协同，极大地提升了浙江省的影视文化美誉度和知名度，也直接带动了浙江文旅经济的发展总值。

视听精品的生产与分发过程使城市景观与城市功能集中在同一个生产模块，其取景区间全景浸入城市的现存风貌，使视听界面融合了城市的实体装置。伴随视听精品的网络去中心化扩散，一方面视听精品的高引领力极大提升了取景城市的全社会可见性，视听媒介发挥媒介特性将城市景观真正融入受众的直观感知，构成受众对城市文旅消费觉醒的原生动力。另一方面，顺延视听精品播出过程的持续性，网络受众的评论刺激更多受众的同一化关注，数字媒介与城市的协同互动对城市形象的媒介化流动激励效应开始显现，当地国民经济的规模效应和范围经济绩效得到明显提升。2023年5月20日—25日，东方甄选在山西直播6天，这6天"东方甄选山西行"销售"山西好物"价值达1.3亿元，短视频播放量超6亿；"山西行"话题播放量登上热搜榜单20次，约1.1亿国人观看直播。①在这次视频直播前几天，东方甄选知名主播董宇辉人未到、文先来，他对山西给予了既客观又饱含赞美的文字介绍；5月20日当天，东方甄选官方号与山西各个媒体联合，共同发布一条精彩绝伦的宣传短片，让山西这座城以近乎惊艳的方式进入大家眼帘，掀起了第一波注意力期待。5月20日，直播整整18小时的"东方甄选山西行"山西好物专场，让山西火遍全网；5月21日—25日，新东方创始人俞敏洪带队，赴大同、朔州、忻州，带领全国网友沉浸式"游历"世界文化遗产云冈石窟、"悬空千年的建筑传奇"的悬空寺、与比萨斜塔齐名的应县木塔、有中国佛教第一山之称的五台山，以及有着千年文明的晋祠。在直播过程中，主播和当地负责人一边游览山西，一边饱含深情地介绍山西，还一边品尝山西美食，连续5天，创下合作省份直播时长之最，围观人数持续10万+，点赞量不断攀升，创下"山西话题"雄霸抖音热搜榜单前几名之最……②据统计，5天的直播，相关短视频播放量超过6亿次，带货销售额达1.3亿元。此次文化山西和直播顶流的"火花"碰撞，让厚重、真实、丰盈的独特山西成为全网爆火的"网红省份"，颠覆和刷新了无数网友对山西的认知；提高了山西的知名度和美誉度，带动了山西省文旅产业链上下游市场主体的活跃度，促进了数字经济与实体经济的深度融合，也是山西高质量发展的"十四五"规划的生动实践，加快了山西省转型发展的速度。

此外，"东方甄选看世界"项目已与多地政府、文旅局、百姓生活相互成就，作为网络视听的短视频和视频直播直接影响和推动了城市的文旅转型。在东方甄选城市行的现实情境中，多数城市掌舵者主导接待，文旅厅厅长陪同直播，各省、市主要负责人以开放的态度迎接、支持、配合。

---

① 郝薇.山西，又一次惊艳全国："东方甄选山西行"直播活动综述[EB/OL].（2023-05-27）[2023-07-20］.https://baijiahao.baidu.com/s?id=1767021024239332808&wfr=spider&for=pc.

② 郝薇.山西，又一次惊艳全国："东方甄选山西行"直播活动综述[EB/OL].（2023-05-27）[2023-07-20］.https://baijiahao.baidu.com/s?id=1767021024239332808&wfr=spider&for=pc.

东方甄选的直播团队选择借助当下宣传视频制作和视频直播等数字智慧技术作为传播手段，制作具备各地特色的自然风光、人文精神的高品质宣传视频提前预热，配置各区域复合资源，采用直播带货模式，将云南、海南、浙江、广东、湖南、四川、山西、安徽、甘肃、青海、黑龙江、内蒙古等地的人文、自然资源进行了深度挖掘和宣传。视听精品的传播在某种程度上，以直播为载体讲述城市的历史轨迹、文化传承与当代生态，将传统文明与现代文明完成超时空嫁接，折射出文化智慧的审美生态表征。

（三）视听精品传播加快驱动城市智慧转向

数字化时代，智慧城市既驱动主导产业的特征发挥，也驱动战略产业模块化组织的超前集成，有序绕开夕阳产业对核心产业竞争优势的负向消解。主导产业的选择基准有产业关联基准、增长潜力基准、技术进步基准、就业功能基准、可继续发展基准五个方面。其中，产业关联效应有三种形式，第一种是前向关联效应，强调为后续产业的发展提供更多的产品和技术，创造更好的条件，从而带动这些产业的繁荣发展；第二种是后向关联效应，带动为其提供相关设备、技术和原材料等要素的产业发展；第三种是旁侧关联效应，对所在地的市场繁荣、就业面的扩大、基础设施的建设以及其他产业的形成和壮大产生积极的影响。[①]

视听精品驱动城市智慧转向的实质是主导产业和战略产业的创新兼容。视听精品创制产业的主导性集中体现在：第一，利用影像媒介载体将在地文化历史资源进行创造性转化，特别是历史文化街区能够成为年代景观变迁的空间标注；第二，视听精品对于社会绩效和实际经济转化增长率在某种程度上提供可观的促动力，显现其高成长性；第三，视听精品作为主导产业，具有长尾效应的开发潜质，利于提升需求增长弹性，而这种以长期主义为导向的运作逻辑符合可持续发展的基准。可持续发展指标的考

---

① 赵玉林，汪芳.产业经济学原理及案例［M］.5版.北京：中国人民大学出版社，2020：325.

量主要在于物耗和能耗程度，最重要的是，视听产业对于传统城市的智慧潜质被提前挖掘。视听产业的影响能够弥合其他多项产业的多元诉求，能够发挥对其他产业显著的关联带动效应和扩散效应，与城市产业结构的提档升级高度关联。

视听精品内容表现形式、传播平台的多样性、融合性以及与生俱来的强传播性为城市构建的智慧转型起到了直接的助推作用，甚至对城市的智慧转型发展带来了方向性的转向。2023年4月6日—9日，2022—2023年度电影频道M榜暨中国电影大数据盛典在湖北荆州举办，湖北省借此机会推出了首届"楚文化节"，荆州与"六公主"电影频道联手，强化互联网思维和平台意识、流量意识，引导主流媒体、新媒体开展系列宣传，电影频道运用自身媒体优势，将传统媒体与新媒体无缝衔接，推出大型融媒体直播，借助"半个电影圈的明星顶流"产生广泛的粉丝效应，通过全渠道、全平台传播，让"楚文化""荆州古城""荆州美食"全方位出圈，观众跟随电影人一起寻觅电影中的荆楚足迹。通过聚焦"半个电影圈的明星大咖云集、签下近1300亿元招商大单、楚文化论坛专家学者盛赞荆州、明星打卡推介荆州美景美食"等关键要素，先后策划楚文化节相关话题20多个，总体产生了超10亿的流量。其中短视频抖音话题《有凤来仪 荆州等你》总播放量超1亿次；关于首届"楚文化节"、大数据盛典等微博话题累计阅读量达7亿；活动期间，总计推送"楚文化节"相关短视频600多条次，阅读总量2.4亿，多次登上区域榜单第一。"荆头条"抖音短视频《为什么是荆州》被新华社、湖北发布等100多家媒体分发，24小时播放量超1000万。将近一年的准备、精心策划、创新传播，荆州一战成名，让"楚文化节""荆州""荆州古城"持续成为网络热词，成功打造了楚都荆州活力之城、魅力之城、文化之城惊艳全国的新IP，提升了城市品牌影响力，完成了一次经典的城市品牌转型营销战。[①]

[①] 楚天热事儿.荆州一战成名！首届楚文化节，一次经典的城市品牌营销战［EB/OL］.（2023-06-03）［2023-06-08］.https://baijiahao.baidu.com/s?id=1767649379793814611&wfr=spider&for=pc.

三、多方位提升视频精品传播为智慧城市构建赋能的维度

智慧思维、视听品质、传播声量、健全产业链是视听精品与中国式现代化智慧城市在实践过程中必然会面对和经历的。智慧思维与后三者是"道"与"术"的关系。智慧格局是尊重自然运行的规律的"道",而品质与传播声量则属于"道"的外化和具体实操。在探寻视听精品传播对中国式现代化智慧城市建设和发展赋能的路径上,"道""术"结合,既要提升城市发展思维观念,又要提升视听精品传播的思想定位、内容品质及健全的全产业链条,将传统与新媒体巧妙融合进行传播,提高整体声量,相互结合,在视听精品赋能智慧城市发展的路上不断探索、不断升级、不断完善。

(一)遵循"道":提升智慧维度,建立中国式现代化智慧城市的中国思维

在中国式现代化视域下,视听精品传播与智慧城市相互促进、紧密相关。根据可持续发展的概念,"每一个社会在每一个时代都有权追求自己的进步,但在这样做的同时,在空间和时间上不影响其他几代人这样做的权利",可持续发展的生态持续发展建立在连续的、不同时代的共存之上。国外学者也为"可持续发展"概念添加新释义角度,围绕可持续性概念中的现代进步框架将"公平"和"可持续"这两个词与"福祉"并列来定义追求福祉的方式[1],通过公平与福祉的分配来实现可持续进步。

科学技术在历史发展进程中起到了促进经济发展的作用,但要发展中

---

[1] BOVA D M. Intergenerational equity and transitional inequality measurement: techniques and empirics [J]. European journal of sustainable development, 2020, 9 (2): 129-149.

国式现代化的智慧城市，则首先需要建立更能体现中华文化精髓的高阶智慧思维。

智慧城市的概念指向城市现代化，物质基础设施是城市现代化的外在支撑，信息通信技术是现代城市提升竞争力的手段，但它仍然属于物质层面，内在机理应缝合非物质化思想的自然、人文审思。随着对现代化城市的不断实践和思考，我们对智慧城市的理论认知也应升级，突破传统理论框架，建立长久、自然的可持续生态观。可以说，理想化的城市形态并非仅仅是技术操控下的机械城市，也不应囿于现代建筑的聚合，而是顺应自然而建、与自然和谐相处。

人是中国式现代化智慧城市建设和发展的核心，对于如何让人的主观能动性发挥积极效用这个问题，前人已经为我们留下了深厚的智慧结晶。老子在《道德经》中提出："人法地，地法天，天法道，道法自然。"何为"自然"，它既是大自然，又高于大自然，是顺应天地万物的本性自然，是"无为无不为"的自然。在这句论述中，老子提出了人与天、地、自然之间互为、互约的关系。人固然有主观能动性，足以改造自然；但人口的增长速度和对自然的过度开发也足以对自然造成不可修复的损害。老子在《道德经》中还提出："天乃道，道乃久，没身不殆。"意思是天离道最近，只有把握"道"，才能保持其恒久持存、把握长远。古希腊哲学家巴门尼德追究"存在"与"本体"，他认为：存在，不生不灭、亘古不变、独一无二、独立完整，存在是永恒不变且唯一的。他认为眼前万物的存在都是假象，真正的存在是永恒的存在，这种永恒存在支配着眼前万物。后来的西方哲学家黑格尔、叔本华、尼采、托尔斯泰等都非常推崇老子的《道德经》。

自然是万物之本，那么在中国式现代化智慧城市的建设和发展中，我们有必要而且必须要尊重自然、顺应自然，顺其规律，做到自然、天、地、人的相互规约、相互强化与相互成就，达到可持续、能长久的良性发展状态，这如同天、地之所以能长久存在，就是因为它们遵循万物合一的规律而自然地运行着，正所谓"天地所以能长且久者，以其不自生，故能长生"。

中国式现代化智慧城市的建设与发展也应是尊重"道"规律上的高维发展，是绿色、低碳、人文且能对后世有益的良性循环、高质量正向循环、可持续长久循环；是包含但不限于绿色智慧、人文智慧、技术智慧、生态智慧的全方位智慧发展。

（二）提升"术"之一：升级品质，巧用媒体融合扩大智慧城市思维声量

当下，互联网时代已经全面到来，互联网已经成为经济、社会、文化、生活等各个方面的基础性设施，更成为文化、科技、社会发展的重要载体，电视剧、电影、纪录片、综艺、长短视频等视听内容无不与网络建立起了密切关系，网络化后的视听内容逐渐成为文化产业中的支柱性产业。

对于网络普及、媒体融合这一问题，我们要辩证地去看待。一方面不可否认，网络推动了社会的前进，互联网的发展、媒体融合的深入，带动了以视听为核心的内容的融合创新——以视听为核心的短视频、移动直播、VR/MR/AR、H5、Vlog、数据可视化等具有活力的融合技术或形态增加了受众的体验感与交互感，使立足影像的视听精品传播无论从传播内容还是传播途径上都成为提高智慧理念传播知名度和美誉度的有效载体，推动了国民经济的转型发展，成为代际传承的有效增量。另一方面，网络带来的负面效应也不可小觑，传播内容直接影响受众思想观念的形成和日常实践，视听行业出现的质量良莠不齐、低端产品供给过剩、高品质作品供不应求的问题，与优秀文化传承、艺术品质呈现背道而驰，给社会、受众、经济、文化带来了负能量。在这种生态下，视听作品的制作水准、文化、艺术品质、思想品质等各个方面就需要不断提高，以更好地发挥其作为承载者的文化价值、艺术价值、产业价值等综合价值。从这个意义上

说，提升视听作品制作者的意识理念，尊重自然，敬畏自然，持续创作出真正的、积极的、符合自然规律和哲学智慧的视听精品，再用优质的视听精品、开阔的传播渠道来提升智慧城市建设与发展的声量，反哺智慧城市的正向发展，从而带动经济整体正向提升，实现社会效益、经济效益、自然效益、人文效益的和谐统一、良性互动，促进国家经济、人民生活的可持续、高质量、健康、长远运行和向上发展。

（三）提升"术"之二：健全视听平台全产业链，运用科技打造智慧城市IP新动能

在智慧城市标准的评判要素中，文化和科技具有合理性和进步性；技术、资本、土地等关键要素之间共享生产效用，技术、资本要素对视听文化的产业链再造也意味着产业价值链的系统化拓展，在调节需求与供给有机平衡中发挥杠杆功能。视听行业属于创意行业，也是第三产业，是无限创意得以实现、优质内容得以展现的重要载体，只要有创意，内容就可以持续不断地输出。尤其是在抖音、快手、视频号、B站等新媒体平台出现后，广大受众已经从单纯的信息接收者转为视频创作者，为视听作品的创新贡献了极为丰富的创意来源，很多爆款频繁出现在视频平台上。视频平台一方面带来了可观的流量，另一方面也容易使优质视听作品淹没在浩瀚的视频海洋当中，出现"有流量没效益，有用户没黏性"的局面，因此有必要为视听精品创建完整的上、中、下游全产业链。上游完成视听创作的前期筹备、创新创意、科技加持、资金支持以及作品创作等一系列创作过程；中游打造自主可控的聚合平台与广泛快捷的传播路径；下游增强与用户的黏性互动，发挥视听精品的长尾效应，结合当地特色，开拓视听精品新增量。

城市是人类发展到一定阶段的产物，是人类进步的外化体现。城市的出现不仅在政治方面促成意志的统一，而且在物质、劳力、生产技术等经济方面形成了高度聚合，产生了集约效应。城市的出现促使大社会的逐步

形成，生活和工作等方面的社会性得到加强，进而形成特有的城市物质和精神文化，并且使这种文化得以凝聚、传递、储存和更新。在中国式现代化的大背景之下，在历史发展的重要节点上，智慧城市的提出与践行必然需要打开格局；视听精品作为社会发展的传播媒介，进入智慧城市发展的场域，其融合传播平台与全产业链布局也必然应该发挥其优势、规避其劣势，真正将一部视听精品的综合价值在智慧城市构建中达到可持续发展的良性循环，实现视听精品在社会、经济、文化领域的创造性转化和创新性发展，成为扩大智慧城市思维高度和价值理念、打造智慧城市 IP 新动能的强大助力。

习近平总书记在党的二十大报告中指出，要"提高城市规划、建设、治理水平"，同时，党的二十大报告指出，"中国式现代化是人与自然和谐共生的现代化"。

构建中国现代化智慧城市，核心智慧在于"有为与无为"、在于大"道"、在于从"自然"中汲取灵感、在于可持续性，在于对全人类的从长计议而非竭泽而渔。城市的智慧转型必须向可持续性发展实践无限靠近并无限延伸；城市的智慧转型，势必将文化与科技深度融合，形成智慧城市的精神内核，推动意识认知领域的跃迁，使之成为推动社会进步和历史发展的动力源泉；城市的智慧转型，还须依靠运用创新、创意、科技而呈现的视听精品发挥其视觉媒介的传播、监督、宣传功能去展现和扩大智慧城市的声量；城市的智慧转型更需绿色、生态、文化、科技等的精心培育和呵护，从软实力层面上推进国民意识的整体提升以及国民经济和文化的发展进程。从情感角度来说，我们理应运用智慧之"道"与"术"为后辈儿孙创造一个美好的城市，一个子孙后代仍能安享和发展的美好世界。

中国式影像的实践与观念
——以郎静山的"集锦摄影"为例

王莎莎　中国传媒大学

中国式现代化作为人类文明的一种新形态，深深植根于中华优秀传统文化之中。在今天的图像时代，摄影已成为人们的一种日常生活方式，而何为摄影与摄影何为则成为值得思考的问题。郎静山作为我国摄影界的先驱之一，开创了中国实验摄影艺术的先河，在世界艺坛享有盛誉。他将西方的摄影技术与中华传统美学精神的表达融为一体，独创了具有中华民族特色与个人风格的中国式"集锦摄影"。他毕生致力于弘扬中华传统文化和东方艺术精神，为促进国际艺术交流和推动中国文化走出去做出卓越贡献。本文试图探析其艺术创作实践及背后所蕴含的艺术观念及美学思想，以期为中国式影像艺术的创作与表达提供些许参考与借鉴。

2023年6月2日，习近平总书记在文化传承发展座谈会上强调，"中国文化源远流长，中华文明博大精深。只有全面深入了解中华文明的历史，才能更有效地推动中华优秀传统文化创造性转化、创新性发展，更有力地推进中国特色社会主义文化建设，建设中华民族现代文明"。郎静山的"集锦摄影"作品，便是对中华优秀传统文化进行"创造性转化、创新性发展"的艺术典范之一。

摄影技术自1839年发明以来，逐渐改变着人们对世界的表达与认知。

与艺术一样，摄影通过镜头记录着时代的变迁与社会的发展变革，在今天的图像视觉时代，"人人都是摄影家"同时"人人又不是摄影家"。纵观摄影艺术发展史，在中国摄影近200年的历程中，在世界影坛留下足迹且具有东方美学意蕴的摄影家并不多，郎静山便是其中的一位佼佼者，被誉为"亚洲摄影之父"。他一生热爱摄影，将摄影与中国传统绘画相结合，开创了一条极具个人风格又有鲜明民族特色的"集锦摄影"之路，以东方的美学意境与深厚的文化蕴含享誉世界摄影艺坛。他的艺术创新对于提升国人的文化自信、凝聚民族精神以及弘扬和传播中华优秀传统文化具有重要意义。

一、郎静山的学习与艺术经历

郎静山（1892—1995），祖籍浙江兰溪，生于江苏淮阴。自幼受父亲的熏陶，诵读四书五经、研习诗词书画，并对摄影产生了浓厚的兴趣，这对其日后艺术创作风格的形成产生了重要影响。他12岁时到上海南阳中学读书，师从李靖兰学习摄影、绘画，从此奠定了其艺术创作的基础。完成学业后，先后进入上海《申报》和《时报》工作，成为中国最早的摄影记者之一。1927年，郎静山与胡伯翔、陈万里、张珍候等摄影同好在上海发起了最早的中国摄影团体之一"华社"（中华摄影学社），并举办了轰动一时的摄影展览，这些都为推动摄影艺术进入艺术家族起到重要作用。1930年，他在松江女子中学开设摄影课，开摄影教育之先河。一年后，他设立"静山摄影室"，从事人像和广告拍摄，其作品《柳丝下的摇船女》入选日本国际摄影沙龙。"七七事变"后，他往来于上海、昆明、重庆之间，一方面做新闻采访，一方面做集锦摄影创作，并在重庆、昆明等地成立了摄影学会，协助举办以抗战为题材的全国性摄影展览，出版了《集锦照相概要》，介绍集锦摄影的原则与方法。1944年，美国摄影学会为其举办摄影展,曾巡回美国39个城市展出。1948年在上海成立了全国性的"中国摄影学会"。新中国成立后,他离开上海暂居香港,后迁居台湾。1950年他在香港《影艺月刊》创刊号发表《摄影与中国绘画艺术》一文,随后在马尼拉、日本、雅典、法国、美国等地举办展览。1980年,郎静山被美国摄影学会选为世界十大摄影师之一。1990年10月,故宫博物院为郎静山先生举办百龄百幅摄影展,在此之前,故宫还从未有过个人摄影展览。

可以说,郎静山近百年的摄影生涯,创下了多个"第一"的纪录,如最早的新闻摄影记者之一、开摄影艺术教育之先河、开创中国画意的集锦摄影艺术、最早在故宫举办百岁摄影展、最早入选国际摄影沙龙且获奖最多的艺术家,等等。他的画意摄影艺术逐渐得到世界艺术界的公认,在国际上赢得了人们的尊重。"影中有画,画中有影",人们总是这样来评价郎静山的摄影作品。美国摄影学会会长甘乃第曾这样评价他:"郎先生为中国人,并且又研究中国绘画,所以他是以中国绘画的原理,应用在摄影上的第一个人。他所用的方法,不是一般所谓之'集锦',郎先生将现代摄影技术与中国传统绘画理论相结合,创造出一条集锦摄影的新路子,此后的几年,作品在国际摄影沙龙入选数量直线上升,是中国第一位打入世界的华人摄影家。"[①]

2014年10月15日,习近平总书记在文艺工作座谈会上指出:"文学、戏剧、电影、电视、音乐、舞蹈、美术、摄影、书法、曲艺、杂技及民间文艺、群众文艺等各领域都要跟上时代发展、把握人民需求,以充沛的激情、生动的笔触、优美的旋律、感人的形象创作生产出人民喜闻乐见的优秀作品,让人民精神文化生活不断迈上新台阶。"[②] 正如我们所熟知的艺术家如林风眠、赵无极、朱德群、吴冠中等都享誉国际画坛,他们的艺术融

---

① 程刚.郎静山传[M].南京:江苏人民出版社,2012:59.
② 中共中央宣传部.习近平总书记在文艺工作座谈会上的重要讲话学习读本[M].北京:学习出版社,2015:16.

汇中西、贯通古今，有着鲜明的个人风格与民族艺术特色，创造出令世界人民瞩目的艺术经典。民族的不一定是世界的，但杰出的艺术作品一定是基于民族文化之根所生发出来的世界艺术之花。

二、郎静山的艺术观念与美学思想

"照相虽然5分钟就可以学会，但其中的学理和门道，可够人摸索研究一辈子。"[①] 在长期的摄影艺术实践中，郎静山感受到摄影和绘画的密切关系，这与其人生阅历、兴趣爱好、艺术积淀有关，他善于从中华传统文化艺术资源中进行挖掘，从而开一派之风。他一生热爱中国绘画艺术与中华文化，深研中国画论、诗论和文论，力求创作出反映中华民族文化精神的艺术作品。一幅摄影作品，经取材、构图、曝光、结合、重叠等过程，需要摄影艺术家深厚的文化底蕴与精湛的艺术技巧。如谢赫的绘画六法，即气韵生动、骨法用笔、应物象形、传移模写、随类赋彩、经营位置等艺术理论给予郎静山很多启发，中国传统艺术与摄影艺术存在诸多暗合之处，他逐渐摸索并打通多种艺术门类之间的壁垒，如文学、绘画、书法、摄影、音乐等艺术种类，创造出自己的一种独特集锦摄影艺术风格，他的艺术创作不拘泥于真实情景的再现，而是追求一种更高远的艺术精神的表达。

郎静山生活的时代正处于社会动荡时期，儒学受到极大的冲击。据其长子郎毓详回忆："父亲热爱中国艺术与民族文化，为了探索和创造能够反映灿烂的中国文化的摄影作品，下了很大功夫研究历史画论，咀嚼山水画花鸟画等艺术精髓；遍阅唐诗、宋词、元曲，背诵其中的精篇名篇，他要把画意、诗意融进摄影作品。创造属于自己的摄影艺术，属于中国文化

---

① 石四维.中国最早的摄影记者郎静山[J].新闻记者，1987（5）：22-23.

的摄影艺术。"① 陈申先生认为，我们要将郎静山的摄影艺术置于具体的文化环境中去考察其艺术历程，今天我们处于影像时代，他将人的创造划分为三个时代：第一个是人工影像时代，即绘画，一直延续至今；第二个阶段是 1839 年，法国发明家达盖尔发明摄影术，进入机械影像时代，即利用照相机、利用光学等技术完成造像；第三个时代是数字影像时代。郎静山的生活与创作居于第二个时代，机械摄影时代。20 世纪 20 年代初，以"五四运动"为标志，西方文化强势进入中国，传统文化受到猛烈的冲击。当时北大成立"画学研究会"。1923 年，陈万里等成立"光社"业余摄影组织，郎静山等人在上海成立"中华摄影学社"。当时中国摄影家作品的艺术风格，刘半农称为"清派"和"糊派"，即写实派和写意派。自摄影术产生后，在一定程度上影响了西方绘画艺术的发展历程，各种区别于古典艺术的流派如春笋般纷纷涌出，如印象派、立体派、野兽派、达达派等现代派绘画。尽管摄影是舶来品，但很快被中国化、民族化了，它不仅被作为一种真实记录手段，还被发展为一门艺术，成为中国艺术家族中不可或缺的一员。

郎静山的摄影作品体现了中国传统绘画独有的诗情画意与东方美学境界，令人叹为观止。他认为，摄影作品就应该有中国的面貌与风格，要以弘扬中华民族文化精神为宗旨。他说："我做集锦照片，是希望以最写实、最传真的摄影工具，融合我国固有画理，以一种'善'意的理念，实用价值，创造具有美的作品。以弘扬中国文化和东方艺术之本……照相机是外国人发明的，为何与我有如此不解之缘呢？想起最初外国人到中国，往往只拍摄中国女人的'三寸金莲'，拍鸦片烟、坐人力车、抬轿子那些落后的东西，他们根本不知道中国的文化是什么，他们根本看不到中国文化优美的一面，久而久之，使人误以为这些就是中国。我的创作理念很简单，就是想把好的、美的东西拍出来，呈现给大家，我一直致力于在摄影中找

---

① 陈宝生.用相机显影百年岁月：略论郎静山"集锦摄影"的意蕴追求［J］.西北美术，1997（4）：33-35.

一种可以表现美的方法,把美的保留,不美的丢弃,于是就有了集锦的诞生。"① 从中我们可以感受到郎先生的拳拳爱国之心、强烈的民族之情和对真善美的追寻。如郎先生 1930 年拍摄的《乡村长者像》,作品中的乡村长者穿长衫戴毡帽,尽管已是耄耋之年仍精神矍铄,这何尝不是民族形象与精神的表达?

在创作实践上,郎静山认为,艺术摄影需要具备以下两个条件:一是画面上的结构与层次有艺术性;二是照片本身要具有深刻意义,余味无穷。中国画以笔墨,摄影则用相机,两者的工具虽然不同,但同样都是要营造出美好的画面。摄影作品不仅要有神韵,而且要在画面之外于无形处求深意,要"如音栖弦,如烟成霭"于无声处见声,于无云处变化成龙。集锦摄影作品的制作需要精湛的艺术技巧与深厚的功底。郎静山的作品不同于社会调查式的摄影记录,而是常营造出一种虚实相生、气韵生动、宁静淡泊的悠远之境,这是心中之丘壑,是生命情感的自然流露。"艺者,思想、方法、情感之动态者。"他认为,作为艺术创作的技艺是必要条件,而非目的,在技巧应用无碍的情况下,思想与情感应是艺术创作的根源。郎静山的集锦艺术创作以西方摄影的方式,传达中国绘画的义理。其创作"有着荆、关、董、巨那种大气磅礴、空间深远的山水气象,也有着倪云林等画家淡泊清远、轻盈宁静的高雅诗意,在摄影中传递了中国文人艺术的精髓"。② 如张岱年先生所言:"一个民族,只有产生了民族的主体意识,才能具有自觉的内在凝聚力,才能具有推动民族延续发展的内在精神动力。"③

张大千曾评价郎静山的集锦摄影为"集自然之事物,发胸中之丘壑"。著名学者徐蔚南认为郎静山的作品是最现代化的,同时又是最中国化的,

---

① 朱家宝.忆郎老[N].中国摄影报,2000-04-14.
② 京闻.静山远韵:郎静山摄影艺术特展在京展出[J].美术观察,2013(12):36.
③ 张岱年,程宜山.中国文化精神[M].北京:北京大学出版社,2015:313.

他在国内因为挟有现代的摄影技术而成为卓绝的时代艺术家,在世界上则以其摄影能表现中国的精神而卓然成为代表中国摄影的大家。陈申认为郎静山的艺术作品是具有中国的民族精神的,对民族艺术形式的追求和研究,他已达到了痴迷的地步,以至表现在生活习惯中,郎氏直到晚年,依然保持着步履和长衫,而在艺术上更达到无以复加的程度。[①]孙维瑄在《观郎静山的东方情境与时代性》中,将郎静山的集锦摄影与西方超现实主义进行比较,指出他的作品是"超现实"表现手法融合了东西方的意境,打破了幻想与现实世界,游走在摄影与绘画之间。苏立文在《中国现代美术革命》一文中说:"在中国社会走向现代化的同时,又怎么能拒绝文化艺术的现代化呢?"法国摄影界认为他的集锦手法将摄影艺术的表现力达到了完美无瑕的境界,超出了无关紧要的现实,表现了更深刻的现实。[②]从某种程度上,似乎与西方的超现实派的风格有异曲同工之处,如入化境。

郎静山的集锦摄影题材比较广泛,如风景、肖像、人体、花鸟题材等。其中的经典作品很多,1934年创作的《春树奇峰》多次入选国际摄影沙龙比赛并获奖;《松鹤长寿》被誉为英国皇家摄影协会的展览中最好的一幅,其中白鹤、山峰、松树和山坡分别拍摄于黄山、上海、北京和苏州,可以想见艺术家创作的甘苦与精益求精,有的作品创作竟三十余年才完成。另外,在《花好月圆》《春耕》《晓风残月》《云峰鸟语》《晓汲清江》《斜风细雨不须归》《野渡无人舟自横》《烟波摇艇》等作品中可以感受到艺术家的灵性、气度和胸襟流荡在尺幅之间。

在世界摄影史上,郎静山的摄影作品充满着"中国风格与中国气派",在其一生的摄影生涯中,他用中国式的艺术语言,为我国摄影艺术的发展做出了开拓性的贡献。他在《乾坤一镜收》中写道:"摄影是国际语言。因此我决定用这种最有利的国际语言,把中国山川之美,文物之博大,道德之善良,介绍展示给全世界。"摄影已经融入郎静山的生命之中,即便

---

① 陈申.《摄影大师郎静山》今版前言 [J].民主,2004(7):1.
② 朱枢.郎静山先生的摄影艺术 [J].文史杂志,1986(2):13.

在发生严重车祸的瞬间,他仍然保护着手里的相机。只有将艺术视为生命才能将其发扬光大并传承下去。

在中西古今交融的当下,传统文化精神如何进行"创造性转化、创新性发展"?如何创作出世界人民所认可的具有本民族特色的艺术语言?无疑,郎静山的艺术实践与理念给了我们答案。2021年12月14日,习近平总书记在中国文联十一大、中国作协十大开幕式上指出,"以文化人,更能凝结心灵;以艺通心,更易沟通世界。广大文艺工作者要立足中国大地,讲好中国故事,以更为深邃的视野、更为博大的胸怀、更为自信的态度,择取最能代表中国变革和中国精神的题材,进行艺术表现,塑造更多为世界所认知的中华文化形象,努力展示一个生动立体的中国,为推动构建人类命运共同体谱写新篇章"。

三、郎静山的艺术交往圈

从郎静山的摄影作品中,我们可以领略到齐白石、张大千、溥心畬、梅兰芳、吕月樵、林风眠、傅斯年、罗家伦等大家的风采;国际友人如安塞尔·亚当斯、坎宁安、曼雷等;政治家如于右任、宋子文等,还有诸多名流雅士都曾走进他的镜头。赴台后,郎静山为许多名媛如蒋碧薇、李丽华、卢燕等拍摄过肖像,极具东方古典美学神韵。当然,他也用镜头记录了台湾当地民俗风情,极具文献与史料价值。由此看出,郎静山的社交圈极为广泛,而且社会各界名流人士都与其有密切的交往,这也影响着他的艺术创作之路。

郎静山小时候和京剧表演艺术家周信芳是对门的邻居,父亲是一位戏迷,和京剧大师梅兰芳是好朋友。郎静山的二女儿郎毓秀就曾经得到梅兰芳的悉心指导,不仅亲自登门授课,还分文不取,可见他们的情谊之深。郎毓秀出国深造也是在著名作曲家冼星海的敦促下成行。郎静山三女儿的授业恩师是丰子恺先生,绘画知识由张大千亲自指导。黄宾虹、齐白石、吴湖帆等文化艺术界的领军人物都在其"朋友圈"之列。1946年，他更是带着妻子雷佩芝到北京拜齐白石为师，之后也随张大千习画。

郎静山和张大千的交往也为人称道。其中他为张大千拍摄的肖像数量最多，据张大千回忆，第一阶段是20世纪30年代初期，张大千与其兄张善子合住苏州网师园期间；第二阶段是20世纪60年代末，张大千旅居巴西八德园。郎静山邀请张大千一起合作的《松荫高士图》，在风景作品中呈现其仙风道骨的高士形象，作品模仿南宋马麟《静听松风图》的风格，照片中以张大千为模特。此后还创作了《张大千八德园摄影艺术》《张大千摄影集》，他们的交往与创作也成为影画双璧的一段佳话。据郎静山的女儿郎毓文说，其父亲的肖像摄影中张大千和于右任居多。1930年，国民党元老许世英为桑梓效力，发起建设黄山活动，聘请张大千、郎静山、黄宾虹等人为黄山建设委员会委员，组织成立"黄社"，以绘画、摄影为黄山做宣传。[①] 由此，两人结下了深厚的友谊，并互为艺术上的知音。郎静山说："张大千仿制石涛，常有化简为繁，或化繁为简的手法，移此幅之城楼，补另幅之云山，或者缩短两岸的距离，突出人物的形象等等，亦可说是一种'集锦'。"[②] 可见，他们是艺术上的知音，亦师亦友，彼此启发。从郎静山的艺术交往圈，可以看出他是一个有人缘、善社交、淡名利的艺术家，其摄影作品的魅力也足以吸引着诸多仁人志士与其结交和交往，彼此之间更多是精神与性灵的契合。

张大千曾和毕加索在二十世纪五六十年代有过交集，毕加索对中国艺术给予了很高的评价与认可。毕加索说："你们中国人为什么要到巴黎来学艺术？毫不避讳地说，配在这世界谈艺术的，第一是中国人；第二是日本人，而日本的艺术又源于中国；第三是非洲人。除此之外，白人就没有艺术，甚至整个西方都没有。如果把东西方艺术比作一块精美的面包，那么西方的不过是面包的碎屑罢了。"中华文明影响深远，艺术自古以来就

---

① 包立民.张大千艺术圈[M].北京：中国文联出版社，1999：184.
② 冯克力.老照片[M].济南：山东画报出版社，2008：138.

走在世界前沿。在今天这个"地球村"的时代，人类社会已经形成一个休戚与共的命运共同体，而艺术作为一种世界语言，可以超越国别和民族的边界，甚至跨越时空，直抵人的心灵深处。作为文艺工作者，我们要努力讲好中国故事、传播好中国声音、阐发中国精神、展现中国风貌，让外国民众通过欣赏中国作家艺术家的作品深化对中国的认识、增进对中国的了解。要向世界宣传推介我国优秀文化艺术，让国外民众在审美过程中感受魅力，加深对中华文化的认识和理解，同时，也要借鉴与吸收世界优秀文化艺术，努力探索艺术创作从"高原"迈向"高峰"的路径，进而创作令世界人民所激赏的经典艺术作品。

  2022年5月27日，习近平总书记在中共中央政治局第三十九次集体学习时指出，"中华优秀传统文化是中华文明的智慧结晶和精华所在，是中华民族的根和魂，是我们在世界文化激荡中站稳脚跟的根基"。2014年10月15日，习近平总书记在文艺工作座谈会上指出，"传承中华文化，绝不是简单复古，也不是盲目排外，而是古为今用、洋为中用，辩证取舍、推陈出新，摒弃消极因素，继承积极思想，'以古人之规矩，开自己之生面'，实现中华文化的创造性转化和创新性发展"。相关研究发现，艺术有助于推动文明互鉴，进而推动人类命运共同体的构建。美学家托马斯·门罗指出："艺术能够也应该被作为获得世界性理解和同情，从而获得和平与积极的文化合作的手段来加以利用。它们可以被用来减缓种族、宗教、社会和政治集团之间的敌对，并发展相互的宽容和友谊。"鲁迅先生指出："美术家固然需有精熟的技工，但必须有进步的思想和高尚的人格。他的创作表面上是一幅画或一个雕像，其实是他思想人格的表现。"古人云：画如其人、书如其人、文如其人，通过艺术家的作品，我们能够感知到经典艺术作品的背后都有一个真善美的灵魂。如列宾的《伏尔加河上的纤夫》、米勒的《拾穗者》、梵高的《农鞋》、贝多芬的《命运交响曲》、阿炳的《二泉映月》等，这些艺术作品深深引起我们心灵的共鸣，唤起对人类命运的悲悯与省思。文艺工作者应该树立经典意识与精品意识，以人民为中心，扎根老百姓的生活，努力创作出无愧于时代与民族的精品力作。无疑，郎静山的艺术作品为我们树立了一个典范。

随着我国综合国力的增强，世界对中国的关注度越来越高，艺术作为人类文明交流互鉴的方式之一，在推动人类命运共同体的构建中起着举足轻重的作用。在全球化时代，中国作为一个古老的文明古国，我们的文艺工作者应有世界视野与人类情怀，为人类文明做出自己应有的贡献。郎静山所独创的集锦摄影所呈现的中华美学精神，以西方之摄影开中国文化艺术之生面，用独特的中国式的艺术语言向世界呈现了一个诗性艺术的国度，为当下影像以及其他艺术门类的理论与实践提供了一个中国范本。

2014年10月15日，习近平总书记在文艺工作座谈会上深刻指出，"文艺是时代前进的号角，最能代表一个时代的风貌，最能引领一个时代的风气"。纵观艺术史上有成就的艺术家都是一座座精神上的高峰，他们不断为艺术注入新的生机与活力，创新是艺术发展的动力，基于中华五千年灿烂文明基础上的艺术创新则会愈加根深叶茂，将会为世界增添更加璀璨夺目的民族艺术之花。影像艺术是传播与弘扬中华优秀传统文化的重要载体，作为文艺工作者，应积极响应习近平总书记的号召，学习贯彻习近平文化思想，用艺术努力推动构建人类命运共同体，探索不同文明间的艺术新形态并加强交流与互鉴，讲好中国故事，传播好中国声音，让世界看到一个"学术中的中国"、"理论中的中国"和"艺术中的中国"。

新时代艺术人格的审美生成
——以古典文艺作品引领文化传承

张嫣格　济南大学

古代文艺作品与文化传承有密切的关系。在古典文学与艺术范畴里，作者与作品的关系往往重"文"轻"人"，而本文着重用艺术人格重新阐释二者的关系。明确文学与艺术的价值，即明晰地探讨艺术人格的审美生成。文学与艺术，是作家与艺术家心灵的产物，它与创作主体的思想、情感相互辉映，是生成艺术人格必不可少的条件。

2021年12月14日，习近平总书记在中国文联十大、中国作协十大开幕式上强调，"让中华优秀传统文化成为文艺创新的重要源泉"。在2023年6月2日的文化传承发展座谈会上，习近平总书记总结中华文明的五个突出特征，认为要在守正创新的基础上铸就中华文化的繁荣与发展。新时代的文化使命是建设中华民族现代文明。中华优秀文化成为文学与艺术创作的重要源泉，既继承了中华优秀文艺思想，又引领了新时代文艺思想的发展方向。2014年10月15日，习近平总书记在文艺工作座谈会上提出，"文艺是时代前进的号角，最能代表一个时代的风貌，最能引领一个时代的风气"。在习近平文化思想的引领下，本文试图从文艺作品中解读艺术人格的审美生成，并阐述它对文化传承的重要价值。

文艺作品是作家与艺术家心灵的产物，它与创作主体的思想、情感相互辉映，是生成艺术人格必不可少的条件。从这个意义上说，文艺作品反映的内容不仅仅源于生活的点滴，更重要的是对于创作主体的透视与剖析，因此，我们认为文艺作品有助于维护和完善理想的艺术人格的塑造，就如心理学家荣格提到的，文学与艺术有助于维护人性的完整，"人类精神史的历程，便是要唤醒流淌在人类血液中的记忆而达到向完整的人的复归"[①]。在文艺创作中，涉及的风格、题材、手段、形式等都是艺术人格所派生的价值观念。

人格理论是以人性论为基础的。文学艺术中"文如其人""文以气为主""画如其人"等思想，承认个体的自我价值，注重审美主体人格对作品的审美价值判断，这一判断的标准是人格的建构与培育。于是，文学艺术作品也就成了作家艺术家的理想人格的载体。理想的艺术人格作为一种内在的价值尺度，指引着文艺创作活动，规范和制约着创作主体对现实人生价值的追求，并通过其作品升华到至高的境界，熔铸为真、善、美相统一的人格境界。

一、艺术人格与文艺创作的审美共识

从文艺创作观念考察作家艺术家的创作过程，涉及艺术人格的认知和塑造过程。换句话说，他们有什么样的价值观念，就会产生什么样的文艺作品。作为一种艺术人格的模式，它常常具体表现为创作的动机、创作的目的、创作的过程、创作的结果等综合性的判断标准。诚如美国著名的艺术心理学家艾克斯在《艺术批评笔记》中所说："无论创作与否，艺术家的才性、人格和生活上都会表现属于他们自己的特征。就生活方式来说，他们比普通人更动荡，更自然化也更极端。因此，对他们的不理解和偏见

---

① 荣格.心理学与文学[M].冯川，苏克，译.北京：生活·读书·新知三联书店，1987：176.

是很多的。"艺术人格的价值在于生命意识的自觉体现,因为它体现着创作者的思想、情感、性格等综合特征。

传统的作家艺术家在文艺创作中体验审美的快感,不仅能够解除内心的困惑和苦闷,更重要的是回归本真、自由的生命精神。如唐代吴道子以豪放著称,故苏轼在《书吴道子画后》中谈及对吴道子的看法,提出了"在法度中出新意,在豪放中寄妙理"的说法。在一般意义上讲,"豪放"一是指文艺作品的真实性,以及作品的风格与气势;二是表现了作家、艺术家的一种内在气质。相比苏轼的豪放外露,柳永创制慢词,他以真情实感作赋,并且以真实叙事见长。对宋代的豪放风格辞赋的兴起起到了奠基作用,以《浪淘沙慢》为例。

梦觉透窗风一线,寒灯吹息。那堪酒醒,又闻空阶,夜雨频滴。嗟因循、久作天涯客。负佳人、几许盟言,便忍把、从前欢会,陡顿翻成忧戚。

愁极,再三追思,洞房深处,几度饮散歌阑,香暖鸳鸯被。岂暂时疏散,费伊心力。殢云尤雨,有万般千种,相怜相惜。

恰到如今,天长漏永,无端自家疏隔。知何时、却拥秦云态?愿低帏昵枕,轻轻细说与,江乡夜夜,数寒更思忆。

可以看出,柳永的慢词运用了赋体铺叙法的风格,而非比兴式或含蓄式的传统手法。这种被后人称作"柳式家法"的铺叙范式,将书面用语和口头表达融合在一起,仿佛一气呵成,表现了作者的真实情感,并且极富磅礴之势。

从以上论述可知,文艺创作与艺术人格之间存在着密切的关系。文艺作品的题材、内容、风格、形式,都在无意识中与创作者的精神属性相呼应。从美学意义上分析,艺术人格的塑造是一个个人与社会的完整有序的结合过程。既不能过分追求个性与自由,也不能受到制度和规范的不合理约束。这其中包含了道德人格、文化人格、理性人格的合理因素,因而具有精英属性。

二、文艺创作中艺术人格的审美塑造

作家艺术家在文艺创作中,从审美心态的建立,到审美体验的感悟,进而生成审美意象,以期达到艺术人格的理想境界。艺术人格的审美塑造过程主要体现在以下几个方面。

首先,在文艺创作中,艺术人格与道德人格有密不可分的关系。创作者在文艺实践的过程中,需要有意识或者不自觉地遵循社会法则、道德规范、伦理价值等。在抒发个性张扬自由的同时,还具有理想性的色彩。由于人的道德人格具有个体差异性,因此界定创作者的行为模式和道德准则,为衡量艺术人格提供了可贵的契机。

唐代的王维虽然出身官宦世家,但是来自其佛教徒母亲的影响,并没有沾染上当时一般贵族子弟奢侈腐化的生活习气。此外,又因受其母亲的情感性教育和祖父的管乐教育,养成了恬淡寡欲、细腻敏锐的性格特质。因而,王维的山水画多以清雅俊秀、温润自然的景色为主。相比而言,元代赵孟頫的书画则颇具争议,有学者认为他的作品过于俗媚,不受世人推崇,某种程度上与他的"贰臣"经历有关。如张丑在《清河书画舫》中评价其书画:"过为妍媚纤柔,殊乏大节不夺之气。"[①]可想而知,人们对赵孟頫的评价如此之低,多是因为他屈节求荣、效力异族的行为所致。在古人眼中,一个画家的民族气节显得尤为可贵,若抱着追求功利的心态,不以社会安危为己任,其作品显然就丧失了生命力,这与艺术人格的塑造是相违背的。

进一步说,在文艺创作中,道德人格所指向的不仅仅是个人的道德认

---

① 陈传席.中国山水画史[M].南京:江苏美术出版社,1988:147.

识、道德意志，更重要的是个人对社会的一种道德认知。我们认为，道德人格中难能可贵的是对社会的责任感和使命感。这是因为一个人隶属于社会的一员，他的行为模式、生活方式与社会所持有的道德准则的总趋势具有一致性。因此从道德标准来看，人格的价值与社会的价值是内与外、知与行的内在统一关系。现代艺术家丰子恺一生孜孜不倦地践行着"为人生的艺术"的理念，他精通散文、漫画、国画，会弹钢琴、能做翻译，他的绘画、音乐以及文学作品等等，都以现实的生活为依据，反映现实中人的生存状态。如他的漫画《艺术的劳动》《阿花饮水处》《有情世界》等作品，力图通过艺术创作体现人生价值，关注现实世界的"生命融通"，表现了画家对"人生艺术化"的理念的体现。鲁迅评价蒲力汗诺夫《再论原始民族的艺术》时写道："详言之，即蒲力汗诺夫之所究明，是社会人之看事物和现象，最初是从功利底观点的，到后来才移到审美底观点去。在一切人类所以为美的东西，就是于他有用——于为了生存而和自然以及别的社会人生的斗争上有着意义的东西。功用由理性而被认识，但美则凭直感底能力而被认识。享受着美的时候，虽然几乎并不想到功用，但可由科学底分析而被发现。所以美的享乐的特殊性，即在那直接性，然而美底愉快的根柢里，倘不伏着功用，那事物也就不见得美了。"[①]

应该指出的是，道德人格作为一个内在的精神向导，指引着人们的文艺创作和审美活动。个人的道德认知与社会的道德规范相互融合以实现艺术人格的自身价值。

再者，艺术人格的养成与作家艺术家的品性与修养有直接关系。通常所说的"品性"系指体现于气质个性、涉及伦理道德层面的品质与特性，人们常以此标准来衡量艺术品格。人的品性与诗品、画品有直接关系，也就是说作家艺术家自身的性格、气质等特征通过其作品呈现为不同的品格，他们品性的养成需要自身的意志、情感、态度等性格因素。元代杨维

---

① 鲁迅.鲁迅全集：第4卷［M］.北京：人民文学出版社，1981：263.

桢在《图绘宝鉴序》中说："画品优劣，关于人品之高下，无论侯王贵戚，轩冕山林，道释妇女，苟有天质超凡入圣，即可冠当代而名后世矣。"[①]文学艺术家的艺术人格与先天的"天资"以及后天的气质和涵养是紧密相连的。作家的涵养常常体现为以学开悟、以文启道。宋代韩拙在《山水纯全集·论古今学者》中谈到："天之所赋于我者性也，性之所资于人者学也。性有颛蒙明敏之异，学有日益无穷之功，故能因其性之所悟，求其学之所资，未有业不精于己者也。且古人以务学而开其性，今人以天性而耻于学，此所以去古愈远，贻笑于大方之家也。"[②]这说明，一个人的天资来自品性和态度的端正，从这一点出发，人们在创作中可以避免华而不实的风格，务求独抒性灵、不拘格套的气度。

此外，在文艺创作中，创作者受到传统文化的熏陶，将文化人格中的真性情展现出来，对艺术人格的塑造有极大帮助。文艺创作中的真性情，是源于传统文化和思想感情的真实表露，受到传统文化和艺术精神的熏陶。文艺创作是作家艺术家的自由创造活动，一件艺术作品的创作过程包含了很多因素，因此创作者需要保有对人的真挚情感和传统文化精神。以唐代诗歌为例，李白的浪漫与豪迈，受道家追寻自由、回归自然的深远影响；杜甫的边塞诗，每一首都饱含着对国家的责任与使命，表现了儒家忧国忧民的积极进取精神，王维受佛家的"出世"观影响，无论其诗歌还是山水画，皆透出超逸之情怀、淡雅之心境。再看北宋画家的作品，以范宽的《溪山行旅图》为代表，该作品展现了北方山川气魄雄伟、宏阔壮美的景象，震撼人心。这是因为范宽长期生活在太华山林一带，自然中的山水草木皆融入了其切身的审美体验与真挚性情，这种胸怀真应了那句"外师造化，中得心源"。乃至"元四家"、清代的"金陵画派"都以范宽为典范，在自然天地间寻找内心的信仰。

所以说，艺术人格中的这种信仰是受中国传统文化的熏陶下，产生

---

① 于安澜.画史丛书：第1卷[M].上海：上海人民美术出版社，1963：1.
② 米芾，等.画史：外十一种[M].上海：上海古籍出版社，1991：325.

的一种真、善、美的审美特性。这既源于一种文化积淀，又是一种心灵写照。创作者在文艺创作中，表现出内心的情怀与感受。作为一代文人，南唐后主李煜的诗词抒写自己无尽的悲壮与无奈。文艺创作激活了创作者的生命意志与热情，否则也不会有陈子昂感叹人生"前不见古人，后不见来者"的千古绝唱；也不会有曹植"本是同根生，相煎何太急"的七步诗；亦不会出现"扬州八怪"郑板桥，经"眼中之竹"到"心中之竹"再到"手中之竹"的真情流露。这无不说明了，作家艺术家在疏放狂宕中展现其真性情的艺术人格。郑绩在《梦幻居画学简明》中谈到："凡写故实，须细思其人其事，始末如何，如身入其境，目击耳闻一般。写其人不徒写其貌，要肖其品。何谓肖品？绘出古人平素性情品质也。……肖品功夫，且须讲究。"[①]作家艺术家的内心情感与自然生活相互交融，消除人与自然、人与社会、人与人之间的利害关系，建构真、善、美的艺术境界，从某种程度上说是肯定了道德人格和文化人格的相互融合，顺应了社会发展的潮流，成功地塑造了艺术人格。

三、文艺创作中艺术人格的审美生成

艺术人格在文艺创作中的形成某种程度上源于审美认知过程的体现，从历史发展脉络来看，这种关系的建立仅有合理的认知、判断是不够的，这中间还需要将艺术人格的理念转化为审美认知和实践活动。艺术人格伴随着作家艺术家的创作生涯，并且随着审美认知变化而发生着改变。理想的艺术人格是对审美感受、审美趣味、审美体验以及审美意象的把握。

南宋真德秀《西山答问·问颜乐》释"颜子之乐"云："集注所引程子三说。其一曰不以贫窭改其乐，二曰盖其自有乐，三曰所乐何事，不说出颜子之乐是如何乐，其末却令学者于博文约礼上用功……颜子功夫，乃

---

① 俞剑华.中国画论类编[M].北京：人民美术出版社，1957：574.

是从博文约礼上用力。博文者,言于天下之理,无不穷究,而用功之广也。约礼者,言以理检束其身,而用功之要也。博文者,格物致知之事也。约礼者,克己复礼之事也。内外精粗,二者并进,则此心此身,皆与理为一,从容游泳于天理之中,……真积既久,自然有得,至于欲罢不能之地,则颜子之乐,可以庶几矣。"(真德秀《西山文集》卷三十)

他指出了颜回以遵守礼法和"安贫乐道"为审美认知的过程。从美学领域来看,西方人眼中的"认知"可以理解为认识世界的方式和方法;而在中国,"认知"理解为一种身心的感受和精神的觉悟,它强调一种内在的心灵体验与价值判断,目的是实现人与自然和谐共处。从文艺创作角度去理解,审美认知是作家艺术家审美感受、审美体验以及审美意象生成等方面的内心体现。人的认知体验最终是与自然生命融为一体,艺术家用自己身入其境的游弋式的方式去表现和体悟人生。

第一,在文艺作品的创作中,人的心理活动会产生多样性和复杂性的意识形态。从美学层面上说,审美心理是审美主体对审美客体的主观反映。它深度融合了人的感官体验、知觉认知、理性思维、情感体验及个性特质等多种复杂而细腻的心理活动。这意味着,审美心理作为艺术人格的特征之一,具有非理性因素。在我国古代,称之为"虚静"之心。虚静之心是创作主体不可忽视的审美心态。"虚静"意在洞察天地万物之心,这种状态可以看作审美主体观察和感悟世界的一种方式,成为艺术人格与艺术审美之间必然建立的联系。表现在如下方面。

一是,虚静具有超功利的审美特征,从美学角度阐释了文艺创作论与人生形态的双重内蕴。老子提出"致虚极,守静笃"的"虚静"说,意在形容心境的空、静状态。只有保持虚静的心理状态,才能观照宇宙间万物的变化,追溯"道"的本源。而体道的过程需要人的心理达到一种"无我"的状态,即老子所言"去知""去欲"。在文艺创作中,诗文、绘画、书法及音乐等类型,都不可避免地对主体做审美判断。例如,陆机第一次把虚静之心运用到文学作品中去,他在《文赋》开篇说道:"伫中区以玄览，颐情志于典坟。"他认为文学创作的必要条件是在构思时要保持虚静的心理状态。其中"玄览"即虚静的意思。刘勰在《文心雕龙·神思》中谈诗文的创作应遵循"陶钧文思，贵在虚静"。这实则是对陆机虚静之心的发挥。至唐代张彦远，在《历代名画记》中指出绘画要"守其神，专其一"。这说明在文艺创作过程中，主体必须排除任何外在环境的困扰，摆脱具体认识事物方式的执念，达到一种物与我合二为一的心理状态，摆脱了功利性的心理状态。

二是，创作者若想达到虚静的心理状态，需要蕴含着精神自由的审美心态，达到一种精神自由的审美心态。作为创作的主体，要达到主观的空明与宁静，需要一种游心于虚静的自由心态，只有这样才能使审美想象不受拘束。如苏轼《送参寥师》云：

上人学苦空，百念已灰冷。剑头惟一映，焦谷无新颖。胡为逐吾辈，文字争蔚炳？新诗如玉屑，出语便清警。退之论草书，万事未尝屏。忧愁不平气，一寓笔所骋。颇怪浮屠人，视身如丘井。颓然寄淡泊，谁与发豪猛？细思乃不然，真巧非幻影。欲令诗语妙，无厌空且静。静故了群动，空故纳万境。阅世走人间，观身卧云岭。咸酸杂众好，中有至味永。诗法不相妨，此语当更请。

苏轼以"静故了群动，空故纳万境"来凝神于对万物的观察与思考，这是因为主体处于"静""空"的精神自由状态。不难看出，苏轼之所以视庄子笔下梓庆的"削木为鐻"为极品，盖因他认为文艺创作中的关键来自创作主体任自由的审美心态。又如陶渊明、白居易的某些诗句亦是此种心态的写照："白日掩荆扉，虚室绝尘想"（陶渊明《归园田居·其二》）；"澹然无他念，虚静是吾师"（白居易《夏日独直，寄萧侍御》）。如果没有虚静的心理状态，一切抑制、阻塞艺术构思的客观因素和心理杂念就会产生，进而不利于文艺创作的顺利进行。

第二，在文艺创作中，创作主体的审美体验源于一种精神的体验，伴随着感知、感悟、想象的共同活动，进而在不断整合中表达对事物的态度，使审美体验的超越性在主体与客体之间相生相发。卡西尔指出，创造性是"一切人类活动的核心所在，它是人的最高力量，同时也标志了我们人类世界与自然界的天然分界线"[1]。作家艺术家的创造性体现于其独特的艺术想象之中，中国古代文论称之为"心游"或"神思"。"心游"是一种高度自由的审美体验，主体凝神观照以达到文艺创作活动与生命自由超越的境界。所谓"思理为妙，神与物游"（刘勰《文心雕龙·神思》），"精骛八极，心游万仞"（陆机《文赋》）。凝神的内在精神正在于"游"，虚静以"游心"内在审美体验，进入"神与物游"的心理状态，有利于展开审美想象，在"应目""会心""畅神"等不同层次中实现自己的审美体验。

作家艺术家眼中的世界是净化了的审美对象，其艺术形式追求自然平淡，如宗白华所说："山川大地是宇宙诗心的影现；画家诗人的心灵活跃，本身就是宇宙的创化，它的卷舒取舍好似太虚片云，寒塘雁迹，空灵而自然！"[2] 东汉书法家蔡邕谈书法创作时说："写书法时需先静思，以虚静之心与内心之气相互融合，再下笔端之墨。"米友仁论画云："画之老境，于世海中一毛发事泊然无着染。每静室僧趺，忘怀万虑，与碧虚寥廓同其流。"[3] 他强调画家必须以"心斋""坐忘"的方式回归本心，忘却杂念，才能创造出艺术的境界之美。这是何原因呢？朱熹认为："不虚不静，故不明，不明故不识。若虚静而明，便识好物事。"

可见，在文艺创作过程中，创作者需要有澄明的心胸、淡泊的心态，像徐复观所言："所以在坐忘意境中，以'忘知'最为枢要。忘知，是忘掉分解性的、概念性的知识活动；剩下的便是虚而待物的，亦即循耳目内

---

[1] 卡西尔.人论[M].甘阳，译.上海：上海译文出版社，1985：8.
[2] 宗白华.美学散步[M].上海：上海人民出版社，1981：73.
[3] 宗白华.美学散步[M].上海：上海人民出版社，1981：73.

通的纯知觉活动,这种纯知觉活动,即美地观照。"①这种"心游"可以说是艺术创造的心理历程的精神实现,作家艺术家摆脱了主观意念,畅游于宇宙天地间,达到人与自然和谐共生之境,这正是文艺创作始终追寻心灵的解放,然后才可以获得"澄澹精致,格在其中"的艺术精神。

第三,在文艺创作中,作品表达的"言外之意""弦外之音""象外之象""味外之旨"等审美意象活动,是审美认知过程中审美主体与审美客体的相互呼应。审美意象脱离不了审美主体的心理认知过程。审美意象被纳入审美认知的领域,正是代表了审美主体的思维方式由感性向理性的转变。借朱熹的话是"言之所传者浅,象之所示者深"(《周易本义》)。审美意象既是追求一种审美的超脱,也是对神性、韵味、境界的追求。有学者指出:"'象外'的内容是丰富多彩的。或者是弥漫的某种气氛,或是洋溢着某种情感,或是流动着某种心志,或者是岁月之飘忽,天地之杳渺,历史之沧桑,人生之真谛,种种幽微难言者皆于此'象外'发之。"②作家艺术家在文艺创作过程中,把审美主体的意旨引向客观物象,在不断地品味中完成审美意象的意旨。

宋代画家米芾认为:"画者,多专于才逸隐遯之流,明卿高蹈之士;悟空识性,明了烛物,得其趣者之所作也。"③"悟空识性"是超越现实的理想生存态度,以隐逸的方式表达作者的内心意象和道德思想。在宋元的渔隐文化中,渔夫大都是文人士大夫的隐逸形象的化身,在山水画中以"画龙点睛"的形式得以表现。"渔夫"的形象多以孤傲、潇洒的形态显现。宋元盛行的"马一角、夏半边",从构图中可窥见一斑。例如马远《寒江独钓图》、元代高克恭《夏山过雨图》之类作品,画家注重将景色拉近并进行局部放大,对画中的人物进行细节描绘。不难发现,这时的画家不再

---

① 徐复观.中国艺术精神[M].沈阳:春风文艺出版社,1987:63.
② 成复旺.中国古代的人学与美学[M].北京:中国人民大学出版社,1992:349.
③ 米芾,等.画史:外十一种[M].上海:上海古籍出版社,1991:327.

注重宏大叙事和雄伟写照,而是通过笔中的山水来表现内心的思想、想象、情怀和气度,他们以"人心即万物"的思想促使笔墨程式的演变。如董逌所说:"盖其生而好也,积好在心,久则化之,凝念不释,殆与物忘,则磊落奇特蟠于胸中,不得遁而藏也。"[①]

总之,古典文艺创作中的审美意象是在作家和艺术家的心理结构中生成的。无论是文艺创作的过程,还是审美体验的升华,都离不开意念与物象的融汇、契合。文艺作品中的形象不再是现实生活中真实的再现,而是经过二次转换才能实现。一是创作者眼中表象世界的主观性转换,也就是心像、心境的生成。二是由心中物象转化为作品的过程,这个演变过程最能体现文学艺术家的人格底蕴。在文艺创作中,创作的自由与艺术人格之间存在着必然的联系,也正因如此,才会把审美自由看得如此重要。故而,人类才能以精神生命谱写艺术的篇章。

---

① 米芾,等.画史:外十一种[M].上海:上海古籍出版社,1991:498.

试论"双创"视域下中国戏剧的融合发展之路

——以中国国家话剧院为例

孙　路　中国国家话剧院

2021年7月1日，习近平总书记在庆祝中国共产党成立100周年大会上的重要讲话中，明确提出"把马克思主义基本原理同中国具体实际相结合、同中华优秀传统文化相结合"的重大理论观点，是当代中国马克思主义理论的又一重大创新。

优秀传统文化是中华民族的精神命脉，是最深厚的文化软实力。在推动中华优秀传统文化创造性转化、创新性发展"双创"之路上，一方面是研究转化成什么，另一方面是思考如何转化生成。笔者从习近平文化思想对中华传统文化的逻辑解析出发，探寻中华优秀传统文化的发展道路，以中国国家话剧院近年来的艺术生产为案例，寻求中华优秀传统文化的实现途径。

一、中华优秀传统文化的逻辑理路

（一）中华优秀传统文化内涵

笔者翻阅文献发现，有这样一条描述中华优秀传统文化的语句，中华传统文化,"是中国几千年文明发展史在特定的自然环境、经济形式、政治结构、意识形态的作用下形成、积累和流传下来,并且至今仍在影响当代文化的'活'的中国古代文化"。[①] 其中具有物化和泛化两个层面,一方面包含了文字语言、历史文献、文物等物化内容,通过客体的呈现方式而存在;另一方面,包含了我们多年以来形成的道德价值、思维方式、知识体系、风俗人情等泛化内容,通过主体的呈现方式而存在。

(二)中华优秀传统文化思想精髓

中华优秀传统文化以儒家、道家和法家等文化为精神主旨,是多元化融通和谐包容的。具体表现如下。

儒家思想在中华传统文化中占据主流地位,蕴含"仁义礼智信"的观念。仁是指同情、爱护和关心,仁爱是孔子思想体系的理论核心;孔子以"义"作为评判人们思想与行为的道德原则;把"礼"作为中国封建社会的道德规范和生活准则,只有以道感化人,以理说服人,以礼法规范人;"智"就是知识、智慧、见解,属于认识论和伦理学的基本范畴;"信"就是待人接物诚信、言行如一,属于做人原则范畴,儒家思想对中华民族精神素质的培养起了重要作用。

道家主张无为、无私、无欲、无争的道德观,倡导一种古朴自然的生活状态。人们最为熟悉的就是《道德经》中一个根本性的说法:"一生二、二生三、三生万物。"充分体现了老子的天地人观,一就是天,二就是地,三就是人,阐述了德行与心欲之间的辩证关系。

法家是诸子百家中对法律最为重视的一方,并提出了富国强兵、依法治国的思想,倡导"以法为教"理念。法家思想在国家的政治、文化、道德方面仍具有很强的约束力,当前我国开展法治建设就是受到法家思想影响,对当代法治社会也具有深远的影响。

---

① 周蓓.关于传统文化内涵之思考[J].艺海,2009(8):107-108.

（三）中华优秀传统文化所具备的特征

2023年6月2日，习近平总书记在文化传承发展座谈会上指出，"中华优秀传统文化有很多重要元素，共同塑造出中华文明的突出特性"，并深入地阐释了中华文明具有突出的连续性、创新性、统一性、包容性、和平性。结合中华五千年深邃传统文化，探究五大特性背后所蕴含的精神特质。

1.具有连续性是传统文化区别于其他文化的独特属性

众所周知，中华文明是四大文明古国中唯一延续至今的文明，这充分体现了中华传统文化的连续性，这也是世界上其他任何一个国家所不具备的。这种连续性具体表现在语言、文字、思想和制度等方面。这是其他几个突出特性的基础和前提，如果没有连续性，那么其他特性便无从谈起。我国古代的学术传统最早可以追溯到夏、商、周三代文明，所表现出来的连续性也是中华传统文化连续性的表现之一。正因如此，中华文明内在精神和主要特征才能得以延续。只有充分认识了中华传统文化的连续性，才能更好地认识中国式现代化道路。

2.具有创新性是传统文化发展的不竭动力

中华传统文化之所以能够在五千多年的历史长河中延续下来，是因为中华民族能够不断求索、勇于追求创新。正是因为具有强大的创新性，才能在历史进步中不断汲取新的营养和元素。《周易》中所提出的"革故鼎新""辉光日新"，孔子所讲的"因循损益"等都是中华传统文化追求创新性的具体表现。正因为有了这种创新精神，中华民族才能不断创造出属于自己的物质文明、精神文明和政治文明，才保证了中华传统文化能够一直从古延续至今。

3.具有包容性是传统文化多样发展的前提和保障

从历史发展的角度分析，中华民族是在各个民族相互交往、相互交流、相互融合的基础上逐渐形成的。中华传统文化也是在儒家、道家、法家等各家融合发展的基础上逐渐发展起来的。中华传统文化容纳不同的思想、信仰以及文化，不但相互融合，而且与之和谐共处，同时，对于外来文化也抱有极大的开放包容精神。

4.具有统一性是传统文化发展的牢固根基

中国传统文化在中国漫长的历史进程中形成了统一的价值观和道德观，以及行为准则。统一性是中华文明与生俱来的一种特性，植根于遥远的史前时期，植根于中华文明的起源与早期发展过程之中。① 这就决定了我们坚不可摧、牢固凝聚的民族信念，坚强统一、不断不散的命运根基。

5.具有和平性是传统文化发展的重要支撑

中华传统文化的包容性，决定着中华传统文化不具有侵略性和斗争性，而是具有和平性的。倡导和平、崇尚和睦、追求和谐等理念一直是中华传统文化的重要内容。正如儒家所倡导的"以和为贵""仁者爱人"，道家所倡导的"兵者不祥之器"，墨家所倡导的"兼爱""非攻"等都是这一思想的不同体现。这些是建立在尊重、包容各种文化基础之上的，自古至今都体现在反对战争、倡导和平的理念和追求天下太平的理想目标上。

通过上述五个特性，足以印证一个国家的传统文化可以反映出其文明程度，一切国家和民族的崛起，都以文化创新和文明进步为先导和基础。中国五千多年绵绵不断的历史长河，积淀了璀璨辉煌的中华文明。

二、中华优秀传统文化的发展道路

（一）中华优秀传统文化是中华民族的精神命脉

党的十八大以来，党中央高度重视中华优秀传统文化的传承发展，

---

① 郑任钊.中华文明统一性的历史解读和当代启示［J］.人民论坛，2023（14）：25-29.

习近平总书记在不同场合就中华优秀传统文化进行了阐述，并作出重要论述，为传承和创新发展中华优秀传统文化指引了方向。

2013年3月1日，习近平总书记在中央党校建校80周年庆祝大会暨2013年春季学期开学典礼上的讲话中强调，"中国传统文化博大精深，学习和掌握其中的各种思想精华，对树立正确的世界观、人生观、价值观很有益处"；2016年5月17日，习近平总书记在哲学社会科学工作座谈会上的讲话中指出，"中华文明延续着我们国家和民族的精神血脉，既需要薪火相传、代代守护，也需要与时俱进、推陈出新"[①]；2021年12月14日，习近平总书记在中国文联十一大、中国作协十大开幕式上的讲话强调，"要挖掘中华优秀传统文化的思想观念、人文精神、道德规范，把艺术创造力和中华文化价值融合起来，把中华美学精神和当代审美追求结合起来，激活中华文化生命力"。

我们不难看出，习近平总书记将中华传统文化视同为中华民族的根与魂，上述系列讲话都观照中华传统文化，将继承和弘扬中华优秀传统文化作为我们文化建设的行动准则，更是"明体达用、体用贯通"的思想方法。

（二）中华优秀传统文化与马克思主义基本原理的结合

习近平总书记在庆祝中国共产党成立100周年大会上的重要讲话中首次明确提出了要坚持马克思主义基本原理同中华优秀传统文化相结合的重要命题。俄国十月革命的一声炮响，给中国送来了马克思列宁主义。只有马克思主义基本原理同中国具体实际相结合，走社会主义道路，才能救中国。

回顾中国百年建党历史，我们不难发现，历任领导人都将中华优秀传统文化作为文化建设的前提与根基。他们都尝试用"博大精深"这一词语

---

① 习近平. 在哲学社会科学工作座谈会上的讲话 [M]. 北京：人民出版社，2016：17.

来精准称赞中国传统文化的丰厚内涵，多次用"从孔夫子到孙中山"这一介词结构来表述对其杰出伟人遗产的珍视。

毛泽东在《中国共产党在民族战争中的地位》中强调："学习我们的历史遗产，用马克思主义的方法给以批判的总结，是我们学习的另一任务。我们这个民族有数千年的历史，有它的特点，有它的许多珍贵品……从孔夫子到孙中山，我们应当给以总结，承继这一份珍贵的遗产。"[①] 邓小平曾指出："所有文艺工作者，都应当认真钻研、吸收、融化和发展古今中外艺术技巧中一切好的东西，创造出具有民族风格和时代特色的完美的艺术形式。"[②] 江泽民认为优良的历史文化传统会随着时代变迁和社会进步获得扬弃和发展，进而对当代中国人的价值观念、生活方式和中国的发展道路产生深刻影响。胡锦涛提出的建设"和谐社会"、"科学发展观"以及社会主义核心价值体系等重要思想，都是马克思主义与中华优秀传统文化价值融通的时代性创造。

2014年5月4日，习近平总书记在北京大学师生座谈会上论及中华优秀传统文化的"天人合一""民惟邦本""和而不同""以文化人""己所不欲，勿施于人"等时强调："像这样的思想和理念，不论过去还是现在，都有其鲜明的民族特色，都有其永不褪色的时代价值。这些思想和理念，既随着时间推移和时代变迁而不断与时俱进，又有其自身的连续性和稳定性。我们生而为中国人，最根本的是我们有中国人的独特精神世界，有百姓日用而不觉的价值观。我们提倡的社会主义核心价值观，就充分体现了对中华优秀传统文化的传承和升华。"

中国共产党领导人民的百年奋斗中，走出了中国式现代化道路，创造了人类文明新形态，揭示出历史的真谛——"在五千多年中华文明深厚基础上开辟和发展中国特色社会主义，把马克思主义基本原理同中国具体实际、同中华优秀传统文化相结合是必由之路"。

---

① 毛泽东.毛泽东选集：第2卷［M］.北京：人民出版社，1991：533-534.
② 邓小平.邓小平文选：第2卷［M］.北京：人民出版社，1994：212.

三、中华优秀传统文化的实现途径

笔者作为一名戏剧领域的文艺工作者，尝试从戏剧角度入手，阐释与分析中华优秀传统文化在戏剧领域中的运用。

（一）首先要做到"两有"，即有鉴别地对待，有扬弃地继承

在历史发展的进程中，对待传统文化有两种较为极端的态度。一种是全盘否定，也就是所谓的"全盘西化"论；另一种是故步自封的"保守主义"论。上述两种态度都不能真正打开中国传统文化的复兴之路。在对传统文化的认识上，就要做到有鉴别地对待，有扬弃地继承。

当马克思主义进入中国以来，国人的意识中便逐步形成一种运用科学立场、观点和方法来分析和研究问题的方法。其中，"辩证的否定观"便是马克思主义对待传统文化的基本方法，在批判中继承，在继承中批判，两者辩证统一。

如果我们用发展的眼光去分析，由于受历史条件的制约和影响，传统文化必然有其糟粕之处，因此用"去其糟粕，取其精华"的甄别态度去对待传统文化才是最好的选择。毛泽东同志曾表示，"剔除其封建性的糟粕，吸收其民主性的精华，是发展民族新文化提高民族自信心的必要条件"[1]，此话不仅阐明了对待传统文化的态度，同时也指出分辨传统文化中"糟粕"与"精华"的价值标准：封建性与民主性之分。纵观中国近现代史，在中国共产党领导下的社会主义国家，与封建专制主义有着本质性的不同，因此传承中国传统文化也就不会是"照单全收"，从根本上杜绝"天不变，道亦不变"这种形而上学的绝对主义。

---

[1] 毛泽东.毛泽东选集（第2卷）[M].北京：人民出版社，1991：707-708.

产生于封建社会的中国戏曲，就是反映当时的封建社会的历史生活，描写封建社会的人物。其中必然存在糟粕的内容，但以《西厢记》等为代表的一批戏剧作品，以积极的思想内容和艺术的表现形式，取得了永久的艺术价值。作为舶来品的话剧同样如此，从刚开始的模仿西方戏剧，到去除糟粕，自我革新，涌现出像田汉、老舍、郭沫若等一批带着浓郁中国气派的剧作家，逐渐形成了具有中国作风和民族气派的表导演风格。这足以证明：摒除西方资本主义带来的糟粕腐朽思想，汲取自身民族之精华，吸纳文化之经验，成为中国戏剧事业不断发展的内生动力。

（二）其次要做到"两相"，即与当代文化相适应，与现代社会相协调

2016年12月1日，习近平总书记在中国文联十大、中国作协九大开幕式上的讲话中，深刻阐明了实现"双创"的实践路径："要加强对中华优秀传统文化的挖掘和阐发，使中华民族最基本的文化基因与当代文化相适应、与现代社会相协调，把跨越时空、超越国界、富有永恒魅力、具有当代价值的文化精神弘扬起来。要推动中华文明创造性转化、创新性发展、激活其生命力，让中华文化同各国人民创造的多彩文明一道，为人类提供正确精神指引。"[①]

中华传统文化与当代中国的世情和国情相适应，如果只是一味地崇尚古代的文化、国外的文化，不能与整个时代进程相映衬，都只能装装样子，"转化"与"发展"就更无从谈起。

2015年，中国国家话剧院与英国国家剧院联合制作的舞台剧《战马》中文版与观众见面。这部舞台剧根据英国同名小说改编，2007年搬上英国舞台，相继在英国、美国、澳大利亚、德国、荷兰等国家演出超过4000场，取得巨大反响，先后斩获20余项世界级戏剧大奖。这部剧目从英文

---

① 习近平.在中国文联十大、中国作协九大开幕式上的讲话[M].北京：人民出版社，2016：15-16.

版到中文版，不是简单地复制，而是一种对于传统文化的创造。一方面是内容上，故事发生在"一战"时期的英国，中文版保留了剧情原貌，通过对主人公男孩艾尔伯特与骏马乔伊在战争期间深厚情感的细腻描摹，颂扬了和平、友谊、勇敢、坚韧的主题。在剧目呈现方面，中文版作品更强调"中国式"表达，从语言和表演方面，把世界经典与中华传统文化有机相融。另一方面，中文版导演也刻意强调时代性，特别是首演选择在"世界反法西斯战争暨中国抗日战争胜利70周年"之际，其主要意图是让作品与当代社会有呼应，让观众在和平年代一样体会到当时战争年代所带来的情感冲突。

（三）最终才能做到"双创"，即创造性转化与创新性发展

弘扬中华优秀传统文化，要处理好继承和创造性发展的关系，重点做好创造性转化和创新性发展。

中华优秀传统文化创造性转化就是在新时代中推陈出新的过程，把传统文化中有借鉴价值的内涵赋予新的活力，提升对于中华优秀传统文化的觉知、自觉和自信；中华优秀传统文化创新性发展，是对其进行凝练升华的过程，展现文化大国的民族智慧和时代感召力。

新时代以来，推动中华优秀传统文化创造性转化和创新性发展的实践不断走向纵深，积累了鲜活而丰富的经验。首先，实践中华优秀传统文化"双创"的具体对象宜采取小切口、深内涵。近年来，《中国诗词大会》《经典咏流传》等大型原创电视文化节目屡上热搜、好评如潮。究其原因，中华优秀传统文化浩如烟海、博大精深，节目坚守中华文化立场，用时代眼光挖掘中华优秀传统文化的精神标识和文化精髓，艺术化、全景化地展现泱泱大国历史之美、山河之美、文化之美。

2021年初，中国国家话剧院和中央广播电视总台推出了《典籍里的中国》，再次圈粉无数。这是国家艺术院团与国家主流媒体的深度合作，也是一次戏剧领域与电视行业的跨界融合。

节目聚焦《尚书》《论语》《史记》等中华典籍，通过"戏剧+影视+文化访谈"的沉浸式舞台表达，让灿烂的中华思想通过典籍的现代化转译，在时代流转中"活"起来。创作者从善良的观念出发，尝试时空穿越的戏剧表达方式，让现代读书人与古代先贤隔空对话，让曾经艰涩难懂的古籍有了时代的温度。这种在电视荧幕上以戏剧演绎的方式，其文化浸润感动了很多观众，深刻阐述出中国故事、中国智慧、中国精神和中国价值。

《典籍里的中国》通过对于中华传统文化的创造性转化、创新性发展，让我们深刻认识到，中华文化绝不是晦涩艰深的古董，而是集中储存在典籍中、至今仍然指引今人思考我们从哪里来、到哪里去的思想宝库。

四、以中国国家话剧院"青年导演扶持计划"为例谈"双创"在戏剧领域的成功经验

中国国家话剧院在2022年推出"青年导演扶持计划"，旨在立足中华文明传承，凝聚中国文艺力量，集结青年戏剧人才，搭建国话展示平台，以时代精神和青春之力激活经典。对中国经典文学名著进行创意改编，完成剧本孵化及舞台呈现，使中华五千年文化基因与当代文化相适应，把跨越时空、超越国界、富有永恒魅力、具有当代价值的文化精神弘扬起来。"青年导演创作扶持计划"第一季以古典名著《牡丹亭》和《水浒传》为基础蓝本，以"一文一武"为风格定位，由12位青年导演创作出12部风格迥异的话剧作品。通过现代戏剧艺术形式引导年轻人了解经典、研读经典、热爱经典，树立青年人对中国历史、地理、文化和思想的认知，使中华美学精神与当代审美追求相结合，实现对中华优秀传统文化的传承和对古典文学的现代化演绎。

"青年导演创作扶持计划"大胆从中国传统戏曲中借鉴"文戏"和"武戏"的概念，将其与话剧导演训练相融合，这不仅是将古典名著用话剧形式进行了表达，也是一次新的选择，一种发现和创造，一次超越性回

归，说明起源于西方、在中国仅有一百多年历史的话剧能够全面系统地发挥继承中华文化遗产、推陈出新的功能和作用。

2023年，恰逢"双创"提出十周年之际，中国国家话剧院走进孔孟之乡山东济宁，与山东省文化和旅游厅、济宁市人民政府在山东济宁曲阜共同推出"青年导演创作扶持计划"第二季。这次活动在延续首季以继承和传播中华优秀传统文化、培养优秀青年创作人才为核心的基础上，升级打造文旅产业融合的品牌项目，实现"以文塑旅，以旅彰文"。其间展演了10部青年导演原创剧目、6部高校剧目、5部特邀剧目，同时充分运用尼山圣境景区的不同场地、空间，打造了9场大师讲堂、8场艺术工坊，同时开展了装置艺术展、五道雅集、亲子六艺、国风剧本杀、手作和美食市集等丰富艺术活动。

（一）展现青年导演新力量，助力中华优秀传统文化新发展

"青年导演创作扶持计划"第二季通过剧院资源与地方政府资源的结合，接续传承了剧院对青年人才的大力培养，并实现了全新的跨越，为青年人才在新时代的风浪中开拓前进，在新时代的天地中施展拳脚奠定了坚实的基础，也为当地乃至全国范围内热爱戏剧艺术的青年人提供学习交流的机会。"青年导演创作扶持计划"带领青年艺术家寻根儒家文化发祥地，以实际行动让儒学与戏剧交融成新时代的光辉，用艺术精品为人民群众创造新型文旅，用青年人的创意火花传承和发展中华优秀传统文化。

"青年导演创作扶持计划"自创作之初便确定了立足于中华优秀传统文化的主体思路，把创作生产优秀作品作为中心环节，并在此基础上思考"如何将中华传统文化与当下中国发展形成呼应""如何在新时代发展中融入中华优秀传统文化的精髓和思想"，并以此作为创作工作的核心要务。

通过前期筹备和实施，将调查研究、深扎工作与创排实践紧密结合，对中华优秀传统文化进行深扎学习和调研成果转化，挖掘阐发中国式现代

化的艺术表达，实现了"调研"与"深扎"的双向奔赴，最终确定从"新经典、新田野、新城市"三个角度，开展全维度创作工作。"新经典"指的是从儒学经典和传统文化中汲取创作营养；"新田野"，是将创作视角转向此刻正在进行时的中国，从乡村振兴的时代命题中寻找素材；"新城市"则是把当下人的城市生活，用戏剧的方式呈现在舞台上。这三个角度既是对传统文化有扬弃地继承的具体体现，也是与现代社会相协调的生动表现。

在创作中把现实主义的创作方法与中华优秀传统文化传承发展的探索相结合，形成了"新经典""新城市""新农村"三个创作主题互相对话、有效编织的创作模式。青年导演在走进历史、走近人物的过程中，主动探寻创作思路，无论是创作方法还是创作形式，都得到了很好的锻炼。本次活动通过现代戏剧艺术走进传统文化之乡，打破地域文化壁垒，引导更多当地青年了解、体会、热爱戏剧艺术，提高青年人对中国历史、文化和思想的认知，使中华美学精神与当代审美追求相结合，实现对中华优秀传统文化的传承和对古典文学的现代化演绎。可以说是如何推动中华传统文化在戏剧领域创造性转化、创新性发展的方法论式的探索。

（二）深化线下线上融合，打造传统文化品牌新形象

中华优秀传统文化为文化产业数字化提供坚实基础和深厚沃土，数字技术的应用则为中华优秀传统文化的创新发展注入了强劲动力。2020年11月，文化和旅游部出台《关于推动数字文化产业高质量发展的意见》，明确提出实施文化产业数字化战略。

"青年导演创作扶持计划"第二季坚持导向为魂、移动为先、内容为王、创新为要的理念，努力打造新型传播宣传模式，采用线下线上融合、演出演播并举的方式，开拓全媒体宣传格局。线上传播矩阵的亮相，实现了国有文艺院团突破传统走品牌化发展道路的理念创新，实现了以数字技术赋能传统戏剧模式的技术创新，体现了剧院致力于打造国有文艺院团现

代化、数字化、赋能化发展运营新模式，为国有文艺院团改革发展、为数字演艺行业探寻一条行之有效的未来之路。

与此同时，活动与新华网、"学习强国"、字节跳动等媒体平台深度合作。三家单位分别组建报道专班，全程进驻活动现场进行内容报道，通过专题页面、话题的搭建，形成宣传矩阵。活动线下演出共40场，观看人次超两万。互联网相关话题总阅读量超50亿，开幕式及大师讲堂、艺术工坊，截至目前共组织11场直播，通过20家网络媒体，共279个端口播出，总观看人次达3276万，"学习强国"、人民日报、新华社、中央广播电视总台、央视频等20余家党媒央媒投入资源，强势报道，累计刊播报道及转载四万余篇，不遗余力擦亮"青年导演创作扶持计划"品牌，努力实现以内容升级促进消费升级，推动文旅融合高质量发展。

（三）持续建设新业态传统文化传播，推进文化旅游新融合

"青年导演创作扶持计划"第二季走进山东济宁曲阜，亲近圣人，通过现代戏剧艺术形式引导年轻人了解经典、研读经典、热爱经典，以当代眼光重新诠释经典，以青春脚步丈量田野，展现乡村振兴新面貌，以年轻视角观察新时代城市文明新成果，创造性演绎、创新性展示"马克思主义基本原理与中国具体实际、与中华优秀传统文化相结合"，讲述独属于中华大地的中国故事，以时代视角创新表达，培养青年艺术家的文化责任感，为民族立心的文化自觉和自信。

本次活动不仅为青年导演搭建了成长的平台，也在积极探索"以文促旅、以旅彰文"的新业态、新模式，增设了大师讲堂、艺术工坊、特邀剧目展演、学生剧目展演、纪录片和"CNT现场"展映、室外艺术装置展和五道雅集、亲子六艺等丰富的"戏剧+文娱"活动。

通过项目的成功举办，启发广大文艺工作者，把推动中华优秀传统文化创造性转化和创新性发展作为党的一项重大理论创新，对于繁荣我国社会主义文艺事业起着举足轻重的作用。在推进中华优秀传统文化创造性转

化、创新性发展的进程中,"守正创新"有了新的定义,既是历时态文化嬗变的积淀,也是共时态社会文明的汇聚。我们文艺工作者就要主动承担新时代新的文化使命,助力文化传承与发展,培养和涌现更多青年艺术家人才。

立足新时代,面向新未来。文艺工作者要全面而充分地领悟"双创"思想理论内涵,用新时代的脚步去探寻其发展路径,深刻剖析经验教训,为传承创新中华优秀传统文化提供全新方向,共同铸就社会主义文化新辉煌。

影视创作中传统文化创造性转化和创新性发展的实践路径探索

王　锟　首都师范大学科德学院

"人的创造力很有限，而真正的创造又需要靠传统的架构才能进行。"[①] 随着社会的快速发展和文化形态的多元转变，对于创新发展的需要愈加强烈，而作为创新的基础，传统的重要性也更加凸显出来。因此传统文化如何在当代进行创造性转化与创新性发展也就顺理成章地成为文化领域备受关注的议题。

作为当代主流的文化传播样态，影视作品不仅内蕴着历史传统文化的精髓，还展现着当代社会的审美理念，对传统文化的创造性转化与创新性发展起到了举足轻重的作用。以影视作品为媒介，传统文化不仅能实现广泛的传播和普及，更在新时代焕发出了旺盛的生命力。本文尝试论述如何积极有效地应对传统文化在技术革新和全球化背景下可能遇到的挑战与机遇，摸索在影视创作领域实现传统文化与现代审美完美交融的实践路径，使传统文化与影视创作共同焕发出新的活力。

---

① 林毓生. 中国传统的创造性转化 [M]. 北京：生活·读书·新知三联书店，2011：326.

一、"创造性转化"和"创新性发展"的概念界定

"创造性转化"和"创新性发展"的概念最早出现于2013年12月30日习近平总书记在中共中央政治局第十二次集体学习会的讲话中,之后逐渐发展完善成为指导中国文化的先进文化理念,显示了新时代中国共产党面对传统文化的基本态度和策略,反映出对传统文化价值的深刻认识,指明了中华优秀传统文化在现代社会发展中的实践路径,即不断变革创新,确保与时代同频、与人民同行、与发展同步。

(一)对"创造性转化"的界定

《现代汉语词典》对"创造"的解释是"想出新方法、建立新理论、做出新的成绩或东西";"创造性"则是"努力创新的思想和表现","属于创新的性质";"转化"是指"矛盾双方经过斗争,在一定条件下,各自向着和自己相反的方面转变,向着对立面所处的地位转变"。"创造性转化"则是指"要按照时代特点和要求,对那些至今仍有借鉴价值的内涵和陈旧的表现形式加以改造,赋予其新的时代内涵和现代表达形式,激活其生命力"。[①]

创造与转化是相互依存、相互融通的关系,创造是转化的手段和方式,转化是创造的结果和目标,创造性转化强调的是文化元素在不同时空背景下的再解释和重构的过程。具体到中华优秀传统文化而言,"简单地说,是把一些中国文化传统中的符号与价值系统加以改造,使经过创造性转化的符号与价值系统,变成有利于变迁的种子,同时在变迁过程中,继续保持文化的认同。这里所说的改造,当然是指传统中有东西可以改造、

---

① 中共中央宣传部.习近平总书记系列重要讲话读本[M].北京:学习出版社,人民出版社,2016:203.

值得改造，这种改造可以受外国文化的影响，却不是硬把外国东西移植过来"①。

在全球化语境中，不同文化元素的交流碰撞成为常态。在这个过程中，传统的单一的文化元素不断与外来的文化元素交织融合，并根据时代的特点和受众的需求改造转化，有的被赋予新的价值内涵与情感意象，有的建构起新的结构样式与表现形式。很多不同文化元素经过这样的混合重构之后，就转化成为新的要素或新的事物，具有了新的文化特质，传统文化资源借此就实现了再定义和再利用。当然也要看到，这种方式提供了思考传统文化新视角、促进文化多样性的同时，也对传统文化的理解边界和身份认同形成了一定的挑战。

（二）对"创新性发展"的界定

"创新"一词来源于拉丁语"innowatus"，意味着"更新"或"改变"，在《现代汉语词典》中，创新指"抛开旧的，创造新的""创造性，新意"。从广义上讲，创新既包括技术和产品的更新，也包括思维方式、社会实践和文化表达的改变。从文化领域上讲，创新是文化动态性和适应性的体现，是文化应对外部挑战和内部变化的方式，是自我更新和自我超越的过程。

在《现代汉语词典》中，"发展"一词指"事物由小到大、由简单到复杂、由低级到高级的变化"，因此其核心是某种形态或状态的进步和演变。黑格尔辩证法认为，发展是在对立统一的过程中实现的，每一个发展阶段都是对前一阶段的否定和超越。从文化领域来看，发展是文化认知、文化实践和表达形式等随着时间演化的过程，既是量的增加，也是质的变化。

文化不是固定不变的实体，而是动态演变的过程，其中既包括传统元

---

① 林毓生.中国传统的创造性转化[M].北京：生活·读书·新知三联书店，2011：328.

素，也包括不断涌现的新元素，具有非线性和多元化的特点。"创新性发展"强调的是在传统文化的基础上，吸纳并结合新元素或新思想的进程。新元素的介入为发展注入了新的动力，发展则为创新提供了广阔的沃土，使其能够发挥充分的作用和价值。这一进程不仅是量上的增长与扩张，更是质的飞跃和转型。对于传统文化而言，"创新性发展，就是要按照时代的新进步和新进展，对中华优秀传统文化的内涵加以补充、拓展、完善，增强其影响力和感召力"。① 既要保留传统文化的根基，又要引入新元素、新方法或新思想，使传统文化呈现出新的面貌和价值。

（三）"创造性转化"与"创新性发展"辨析

"创造性转化"强调的是与历史对话，尊重传统文化原有的核心精神，依据新的环境或语境，采用创新手段对其重新诠释和改造，使其更加贴近现代社会的理解和审美，获得新的生命力。这种方式使传统文化更加易于被现代观众理解和接受，增强了文化传承的连续性和亲和力。

"创新性发展"侧重于在原有文化基础上引入新的元素、方法或观念，创造出与原文化截然不同的新的价值内涵、表达形式或文化样态，通常涉及对文化核心概念的根本性改变。这种方式可能会在一定程度上对传统文化形成挑战，改变受众对传统文化的固有认知，但同时也为文化的多元表达拓展了空间，从而引发更深层次的思考和讨论。

"创造性转化"和"创新性发展"两个概念在处理传统与创新的关系、变化的范围和深度上存在明显差异，但都是文化发展和演变的关键组成部分，"指明了新时代中国共产党面对传统文化的态度和途径，实现了中华优秀传统文化在新时代中与时代同频、与发展同步、与世界同向的变革性新发展，是新时代的文化自觉……以时代新要求和新发展提出切实可行的实践路径，

---

① 中共中央宣传部.习近平总书记系列重要讲话读本［M］.北京：学习出版社，人民出版社，2016：203.

提升传统文化的当代价值和魅力，以提升文化认同和文化影响力"。①

二、传统文化在影视创作中的重要性

对于影视创作而言，传统文化的作用是多维度和深层次的，不仅是一种艺术表达的手段，更是一种文化探索和文化创新的途径。

（一）社会认同与价值传递

作为文化的重要载体，影视作品中的传统文化元素在塑造社会认同和传递价值观方面发挥着深远的影响和作用。通过传统文化，受众能更为深入地理解和认同自己的文化根源，感受与世代先辈共同的文化纽带和历史身份。而对如仁义、忠诚等传统美德的现代化诠释和表达则更加符合观众的期待视野，强化了观众对自身文化的认同感，这对于增强文化自信至关重要。电视剧《人世间》是近几年温暖现实主义的代表佳作，"正是因为以家国情怀、乐观进取精神为代表的传统价值与天人合一、辩证中和的处世方式为其提供了扎实的文化根基，对其创作产生了深刻影响，其不回避现实并在价值判断中更强调积极建设的选择，体现出昂扬、乐观的价值观以及中庸、和谐的方法论风范"。②

（二）文化传承与现代诠释

通过影视作品进行现代诠释，是传统文化传承与创新的重要方式之一。将传统故事、观念、符号、元素等融入现代叙事，不仅是影视创作的

---

① 北京大学习近平新时代中国特色社会主义思想研究院，清华大学习近平新时代中国特色社会主义思想研究院，北京大学中国文化研究中心. 马克思主义与中华优秀传统文化相结合十讲［M］. 北京：研究出版社，2023：88.
② 胡智锋，潘佳谋. 温暖现实主义影视创作观的传统文化基因溯源［J］. 北京电影学院学报，2023（2）：20-28.

方法和手段，更为传统文化注入了新的生命力，使其在全球化和数字化的时代背景下更具吸引力和影响力。如《长安十二时辰》以盛唐作为故事背景，通过精致的服饰、建筑和礼仪细节再现盛唐风貌，在叙事方式、角色塑造和情节构建等方面运用了现代技巧，通过复杂的情节设置和角色之间的微妙互动，引发观众对于人性、权力、爱情等人类永恒主题的思考，使古代文化与现代观众产生共鸣，同时为现代观众提供了对传统价值观的新理解。

（三）创意激发与艺术创新

传统文化经常成为影视创作者的重要灵感来源。通过对传统文化的重新解读和创造性运用，影视创作能开发出独特的艺术风格和创新表达，给观众带来全新的体验，从而促进了传统文化的现代传承和发展。这两年大热的《哪吒之魔童降世》《封神第一部：朝歌风云》等电影都是如此，传统文化不仅从故事题材内容方面激发了创作者的灵感，更为创作者带来了极大的艺术想象空间。令人神往的九天仙宫、神魔大战等恢宏场景，前所未有地通过最先进的影视技术呈现在屏幕上，给观众带来震撼的视觉体验。

（四）文化多元与交流互鉴

在全球化背景下，传统文化在影视作品中的展示让不同文化背景中拥有迥异历史渊源、价值观念和生活方式的人们得以相遇。这种跨文化的展现丰富了观众的文化视野，增进了不同文化之间的尊重理解和交流互鉴。电影《孔子》展现了中国古代伟大思想家、教育家孔子的生平经历，除了故事背景、服饰建筑、礼仪音乐等视听符号的展示，更重要的是以动人的故事反映出儒家思想仁、义、礼等中国传统哲学的精髓，为其他文化背景的观众提供了一个了解中国传统思想文化的窗口。

三、影视作品中传统文化创造性转化和创新性发展的三种主要实践路径

"文化"一词的词源是拉丁语"cultura",早期意涵是"一个表示过程的名词,意指对某物的照料,基本上是对某种农作物或动物的照料",后来逐渐演变为"人为照料",并扩大延伸为"指涉思想、精神与美学发展的一般过程的概念,被有效地应用,进而延伸到作品与活动中"。[①] 文化从来不是固定不变的实体,而是不断变化和发展的动态过程。随着政治、经济、社会环境的改变,新文化元素不断进入原有的文化系统,并出现新的解读和构建,因此探寻传统文化创造性转化和创新性发展的实践路径从根本上符合文化本体特质和规律。

作为当下社会文化传播的主流形式,影视作品承载了时代文化责任,是塑造、再现和创新文化的重要工具,也是传统文化在当代社会重新焕发生机的主要载体。正是凭借影视屏幕的缤纷呈现,历史悠久浩如烟海的传统文化不再束之高阁,而是"飞入寻常百姓家",成为满足普通人日常休闲娱乐的精神食粮。如何在影视创作中有效展开创造性转化和创新性发展的实践,既能满足当下人们的精神文化需求,又能以现代化方式赓续中华文脉,弘扬中华优秀传统文化,是影视从业者理应深思的问题。笔者尝试提出三种主要实践途径,以供参考指正。

(一)传统故事的现代改编

以传统故事为基础进行二次创作,是当前影视创作的重要方式。传统故事流传至今,经历了不同时代的修改、完善、解读和重构,通常具有深

[①] 威廉斯.关键词:文化与社会的词汇[M].刘建基,译.北京:生活·读书·新知三联书店,2005:152.

厚的文化内涵，而且具有强大的知名度和影响力，因此在为影视创作提供丰富素材和创作空间的同时，也能更好地实现影视作品的商业价值。

对传统故事的现代改编可以从以下三个实践层面展开。

1.传统观念和文化思想的扬弃与提升

影视作品对传统故事的改编过程中，最重要的部分就是对传统价值观念和文化思想的扬弃与提升。这一过程涉及深入挖掘和重塑蕴含在传统故事中的文化精髓，如仁爱、孝道、忠诚等。这些传统价值观对中国文化的演变有着深远的影响。影视创作通过将这些传统价值与当代社会现实和现代观众的情感体验相结合，不仅保留了文化的连续性，也为这些价值观注入了新的生命力和时代意义。

在改编经典文学作品时，创作者往往不会局限于原著的表面叙事，而是尝试探索和突出作品背后更深层的文化主题和价值内涵，比如对于某些传统观念进行现代化诠释，或对某些不适合现代社会的观念进行淘汰或重塑，使之更加符合当下的价值观和伦理标准。如此，传统故事就能在保持其文化根基的同时，让现代观众产生共鸣，既促进了文化传承，又激发出更广泛的社会思考和讨论。这种对传统文化价值观念的发掘和提升，不仅丰富了影视作品的文化深度，也增强了传统文化在现代社会中的影响力。

2.故事情节和经典形象的借用与重塑

传统文化中的经典故事情节和人物形象不胜枚举，成为无数影视作品的灵感来源。影视创作中的借用与重塑，使经典文化故事和经典形象跨越了时空的界限，实现了与当下观众的情感碰撞，在新的文化和社会背景下依然焕发艺术魅力和深刻意义。

创作者对这些故事和人物的创新性改编，有的尊重并保留其故事原貌和核心主题，并且为了贴合现代观众的感受，把现代情感元素和社会议题融入其中，如电视剧《三国演义》《红楼梦》等；有的只借用经典故事情节和人物形象的基本框架，对具体内容进行重新组织和演绎，对人物形象亦是做了脱胎换骨的处理，典型的代表作品如"大话西游"系列电影。

把握好对原作的尊重与现代的创新之间的平衡，既要努力保留原作的文化魅力，又要注入创新的元素，既要成为传统文化传承的媒介，又要成为现代文化思考的载体，是影视创作者的重点着力之处。

3.历史场景与时代风貌的营造与展现

把历史场景与时代风貌以符合当代审美的方式呈现出来，让观众能够身临其境地直观感知到历史不再是冰冷的故纸堆里的文字，而是充满生命力的视觉和情感体验。这不仅是一种文化复原，更是一种艺术创造。

有的影视作品为了从视觉上对古代场景进行精确还原，从情感上重塑特定时空的独特韵味，不惜斥巨资搭建古代建筑场景，重现唐朝长安、宋朝汴京等历史名城，从建筑风格、街道布局到日常用品、服饰妆造等，无不在细节上下足工夫。

影视技术的飞速发展，尤其是近年来数字技术的突飞猛进，为营造恢宏震撼的视听效果提供了客观条件。创作者可以利用数字特效创造出令人震撼的视觉场景，让过去的历史在观众面前真实呈现。技术带来的不仅是降低成本和创作便捷，更重要的是给创作者提供了前所未有的自由度和可能性。他们为历史场景和古代风貌注入了现代创新元素，使其具有引人入胜的魅力，传统故事也因此在当代社会更加绚丽多姿。

（二）传统元素的现代表现

在快速变化的现代社会中，文化不仅要反映社会变迁和技术革新，还要回应不断变化提高的审美标准。为了实现传承与弘扬的目标，传统艺术元素就要实现再创造，不断获得新的表现方式，以符合现代观众的认知水平和审美标准。影视制作技术的发展使传统元素在影视作品中的呈现方式发生了显著变化，不但大大拓宽了传统元素的创新空间，还大大增强了其在现代社会中的吸引力和影响力。

传统艺术元素在影视创作中实现现代化表现的实践方式亦有以下三方面。

1.视觉效果的再现与创新

文化传承与现代表达最重要的表现方式是视觉艺术。在影视作品中对传统文化进行视觉再现，既是一种致敬，也是在新文化语境中的创新性诠释。

利用现代技术手段对传统建筑、服饰、道具等予以复原，从视觉上精确再现历史，有助于建立起影视作品的真实性和可行性，让观众更容易代入角色而沉浸其中。如电视剧《甄嬛传》在服饰、道具和场景设计上既吸收了传统元素又融入了现代审美，营造出精美的视觉效果，成为颇受赞誉的代表。

利用现代理念将传统文化与现代艺术风格相结合，创造出全新的视觉效果，既保留传统文化的精髓，又赋予其现代意义。张艺谋的电影《影》就大胆运用了黑白色调与中国传统水墨画风格的画面设计，充满了中国绘画的静态美，并且赋予传统文化符号以新的象征意义，营造出"水墨丹青影如画"的独特视觉效果。

2.音乐声音的融合与创新

影视创作中将传统音乐声音元素与现代音乐音响技术融合，既保留了传统音乐声音的韵味，又具有现代的情感表达，为观众创造出新颖的听觉体验。作品的艺术表现力因此也更加丰富，大大加强了对观众的吸引力，传统文化的传承和传播也因之有了更多新的途径和可能。

传统音乐与现代音乐风格的融合已经成为现代影视创作的常见做法，除了增强音乐本身的魅力之外，还要更有利于增强故事的情感表达。比如电视剧《琅琊榜》的配乐巧妙结合了中国传统音乐和现代交响乐，如把古筝、琵琶等传统乐器演奏的旋律与西方管弦乐和谐地融为一体，创造出既具有东方古典美感又符合现代听觉审美的音乐风格，对于情节的推进、人物的塑造、气氛的烘托都起到了重要作用。

声音效果的创新也可以通过传统与现代的结合来实现。在人物语言中适当加入一些古代表达方式，使角色的语言风格与历史背景更为匹配，既体现出古代的文化气质，也制造出审美陌生化的效果，增加了作品的文化深度和真实感。在环境声音中加入古代宫廷、市井、战场等特有的音效，故事场景的真实性大大加强，给观众置身其中之感。

音乐是最能够跨越语言和文化障碍的艺术形式，多元文化音乐的融合显示了不同文化间的共通性，独特的跨文化音乐风格也为影视作品本身增添了新的艺术魅力。

3.特效技术的加成与创新

诸多现代影视技术为传统文化在影视作品中的呈现提供了无限可能，使得历史场景和神话故事能够以更真实、更震撼的方式出现在观众面前，同时传统文化自身也在这个过程中寻找到新的传播与发展路径。

通过特效技术重现和再造传统文化内容，如制作出宏伟的宫廷城堡或史诗般的战争场景，为观众提供超越时空的视觉体验，使传统文化以全新的样貌为提升影视作品的艺术表现力添砖加瓦。电影《满江红》就使用大量动画特效打造出历史感十足的情境氛围，给观众带来了很好的沉浸感和代入感。

特效技术能够使创作者对传统文化元素进行创新性的解读和展现。通过特效技术，创作者能够将传统符号和故事以更具有想象力的方式呈现，尤其是在奇幻、玄幻类型的影视创作中优势更为明显。比如动画电影《白蛇·缘起》就是通过动画技术将古老的白蛇传说转化为全新的视觉效果和叙事语言，吸引了大量年轻的观众。

特效技术不仅仅是技术层面的进步，若将其与传统文化深度结合，就能对艺术语言和表达方式展开更多维度的创新，大幅提升影视作品艺术表现的广度和深度，为传统文化的现代表现和国际传播提供新的动力和平台。如使用动画技术展现唐代诗人群体跌宕起伏命运的动画电影《长安三万里》，虽是最难表现的人物传记题材，却通过传统文化与现代技术的完美结合，再现了令人无限向往的大唐盛况，李白、高适、杜甫、王维等诸多唐代名人一一登场，远山、近水、孤舟、剑舞等传统文化元素无所不在，真正激活了传统文化的魅力，对观众尤其是对青少年观众的吸引力前所未有，成为令人赞叹的案例。

（三）传统文化的跨文化融合

跨文化元素的融合创新是文化多样性表达的必然结果，也是在全球化背景下影视作品走出国门的关键。把传统文化和跨文化元素进行融合创新，将中国丰富多样的文化景观展现给世界观众，能够增进中国与其他文化背景观众之间的广泛接受与相互理解尊重。在跨文化融合的过程中，传统文化拥有了新的叙事内容和艺术形式，传播空间得到大大拓展，甚至能够开拓出另一片新天地。

传统文化要实现跨文化的融合创新，也可以尝试以下三个实践路径。

1.故事叙述的跨文化重构

当下影视创作已很少局限于单一的文化视角，而是趋于跨文化融合与重构，不仅把传统文化简单融入现代叙事框架，更是在全球化背景下对传统文化深度的重新解读和创新的艺术表现。从国际传播的角度看，跨文化融合创新的优秀作品还具有重要的文化翻译功能，即把一种文化转化为另一种文化可理解和接受的形式，哪怕这两种文化可能相差甚远。

对传统文化深入挖掘，发掘其潜在的普遍性价值，找到不同文化背景观众的共鸣点，并对其重新诠释以适应千差万别的价值观念和审美偏好，是传统故事跨文化重构的重中之重。电视剧《大明宫词》的叙事方式就明显受到西方戏剧文学的影响，台词既具有莎士比亚风格又极具中国古典气息，给观众以欣赏西方油画般鲜艳浓烈的感受，同时又充满中国传统美学的悠长韵味。

对于多元文化视角的融入，除了叙事角度和情节构建的层面，还要考虑语言表达、情感表达的多元化，如将西方叙事技巧与东方故事情节相结合，创造全新的故事体验。电视剧《长安十二时辰》大量挖掘并使用中国古代文化元素，又借鉴了西方影视作品的叙事技巧，如复杂的情节设计和悬疑推理元素的熟练运用等，呈现出一种跨文化的叙事风格，更加符合审美多元化的现代观众的期待视野。

另外，在叙述中融入不同文化的故事背景，或创设具有多元文化背景的人物角色，或运用不同文化的叙事手法提供新的解读方式等，都是实现故事叙述层面跨文化重构的方式。

2.视觉风格的跨文化融合

视觉元素是影视作品最重要的组成部分，因此视觉风格的跨文化融合把不同文化的视觉元素和美学观念完美结合后，能够创作出既具有传统特色又兼具现代多元审美的影视作品。这不仅拓宽了传统文化的边界，而且经过跨文化融合之后，不同文化的视觉符号形成了新的对话，使得文化背景截然不同的观众也能在最基本的视觉感官层面建立共鸣。

视觉风格的跨文化融合首先是通过先进的视觉技术对传统美学元素的重新解读和创新表达，即通过数字技术把不同文化传统中的文化元素转化为影视画面的有机组成部分，为影视作品的视觉效果增添艺术魅力，有时甚至起到决定性作用。比如电影《影》就利用视觉技术对传统中国水墨画融入影视画面进行了堪称极致的探索，给观众带来了前所未有的视觉体验。

视觉风格跨文化融合最常见的方式是在画面中引入不同文化艺术的独特视觉元素，如色彩、纹理、图案、符号等，创造出独特的艺术空间氛围和超越文化界限的视觉效果。张艺谋的很多电影对此有较为深入的尝试，如大家熟知的《红高粱》《大红灯笼高高挂》等。

需要注意的是，视觉风格的跨文化融合对创作者的艺术素养有着较高的要求，除了要精通自己文化的视觉语言，还要具有理解和欣赏其他文化艺术的能力，否则极易陷入文化刻板印象的陷阱。

3.音乐声音的跨文化整合

声音是影视作品中最直接的情感传达手段，尤其是通过音乐能够打破不同语言和文化的障碍，有助于不同文化背景的观众建立情感共鸣。而且融合不同文化的音乐元素，能够有效推动音乐风格的创新和多元化，为影视作品带来更丰富的艺术表达，为观众带来更多彩的听觉体验。

对传统音乐元素的深入研究和创新性改编是音乐跨文化整合的重要方式。将传统民族乐器或旋律与现代音乐相结合，能够创造出新颖的音乐风格，在影视创作中起到推进故事情节、塑造人物角色、烘托场景气氛等诸多作用，升华影视艺术。如电影《封神第一部：朝歌风云》中就把西方交响乐的大气磅礴与中国古典乐器的细腻情感完美地融为一体，并大量使用鼓、埙、笙等中国传统乐器，是历史文化艺术在现代电影创作中的成功创新实验。

对不同文化中的声音元素进行恰当整合对影视作品的真实性、丰富性具有重要作用。比如在对白和旁白中加入方言或特定环境下的声音，能够营造出独特的文化氛围，增强观众的文化体验。

寻求真正意义上的文化交流与理解，通过艺术的手段展现不同文化之间的共通性和差异性，是传统文化跨文化融合之根本。因此创作者应具有丰富的跨文化知识和深刻的文化洞察力，避免对不同文化的误解和扭曲，细致处理文化敏感性问题，使影视作品成为传统文化与现代审美融合和增进不同文化情感的桥梁。

四、传统文化在影视创作中创造性转化和创新性发展的新展望

影视行业的快速发展和全球化进程的加速使传统文化的创造性转化和

创新性发展面临着前所未有的机遇和挑战。这不仅涉及技术层面的更新换代，更深层次地关系到文化理解、艺术表达和全球视野的拓展。作为连接过去与现在、不同文化与国家地域之间的重要桥梁，影视创作为传统文化的传承、传播和创新提供了更为广阔的发展空间。

（一）技术革新背景下的文化展现

新技术的不断涌现让传统文化在影视作品中的呈现不再局限于传统的叙事和表达手法，而是开启了全新的叙事和感官体验。虚拟现实技术让观众沉浸式体验传统文化内容，"走进"历史场景，直观感受传统文化的魅力；增强现实技术将数字信息叠加到现实世界中，让传统文化的展示更为丰富，互动性更强；人工智能技术在影视领域的应用更为广泛，不仅能够辅助创作者更准确地重现历史场景等细节，还能够根据需要个性化定制符合某种传统文化的历史故事；数字档案和三维技术则能够让那些被时间侵蚀或无法实地展现的文化遗产得以在影视作品中生动重现。

（二）全球视野背景下的文化交融

全球文化融合的背景为传统文化通过影视作品大范围传播提供了条件和机遇。影视创作的跨国合作早已不鲜见，此类作品能结合不同国家地域的文化特色和艺术风格，拓展作品的视野和深度，并为传统文化的现代表达提供新的视角。但同时要清楚地认识到，文化交融给影视创作带来的挑战不可小觑，如何尊重并准确地表现不同文化的传统和特点；如何在全球化背景下保持不同文化的独特性；如何寻找创新且恰当的方式将这些文化元素如盐化水般融入影视作品，让观众感受到更加丰富多元的文化魅力；如何促进各种不同文化的和谐共生等诸多问题，都为创作者带来不小的难题，需要付出更多的思考和尝试。

（三）学科交叉背景下的文化合作

学科交叉为传统文化在影视创作中的展示增加了广度和深度，并增加了新的视角。结合不同学科的知识和方法，影视创作能够更全面地捕捉和表达传统文化的精髓，同时为传统文化的现代转化与创新发展开辟新的道路。随着观众欣赏水平的提高，影视作品的创作越来越需要来自不同学科的贡献，如历史学、人类学、艺术学、社会学等。不同的学科能够提供关于历史渊源、文化背景、社会习俗和艺术传统等不同层面的深入见解，有助于传统文化在影视创作中的真实与多维呈现。影视领域与各学科学术界的合作将日益增加，除了理论指导，即使是在实际的创作实践中，专家学者的介入亦会越来越多，以最大限度保证影视作品在展现传统文化时的准确度和深刻度。同时，学科交叉合作有助于在传统文化的传承和创新之间寻找恰切的平衡点，只有真正理解传统文化的核心价值，才能在尊重的前提下，探索新的表达方式和叙事技巧，才能使其真正焕发新的活力。

在探索影视创作中传统文化的创造性转化和创新性发展的过程中，我们发现了可资借鉴的实践路径与机遇，同时也发现仍有很多问题与挑战需要应对。但正是不断地学习交流和探索创新，把我们带入一个更加丰富多彩的文化艺术新时代！

国产动画电影的文化基因与破局之路

舒 敏 中国传媒大学

近年来，国产动画电影走入大众视野，进入了高速发展时期。在中国式现代化语境下，当下的动画创作既体现着传统"中国学派"动画电影的文化基因，也在故事内容、创作风格、主题内涵等方面表现出了新的特征，比如对经典人物、题材的回归和对文化精神的强调与深化等。但动画电影的发展仍存在许多问题，需要坚持扎根文化传统、坚定文化自信，站在时代前沿，将多种艺术与技法巧妙融合，才能创作出能够传递中华传统美学神韵、彰显中国故事文化气质的优秀作品。

1941年，万氏兄弟的动画长片《铁扇公主》在上海公映，这便是中国动画电影的开端。自诞生之日起，国产动画电影就体现着浓厚的传统文化基因。新中国成立后，中国动画开始蓬勃发展，《大闹天宫》《哪吒闹海》《宝莲灯》等优秀的动画电影作品在口碑和市场上都获得了国内外的一致认可，中国动画以其独特的东方意蕴与美学样式被世界熟知，形成了"中国动画学派"。但进入市场经济时代，出于种种原因，中国动画电影的发展之路暂时中断。在中国式现代化语境下，尤其自2015年以来，多部优秀的传统文化题材动画电影接连上映，叫好又叫座的同时也让人思考这是否意味着"中国动画学派"的复苏。

一、传统国产动画电影的文化基因

1957年,上海美术电影制片厂厂长特伟提出"敲喜剧风格之门,探民族形式之路"的创作口号,成为"中国学派"动画电影的初始理念。20世纪50年代到20世纪90年代,是我国国产动画电影发展的黄金时期,30余部动画影片在各类国际电影节上先后获奖,"中国学派"凭借新颖的表现手法、独特的艺术风格和深刻的价值体系在国内外的舞台上大放异彩,成为世界动画学派中一股全新的力量。

(一)写意留白的创作手法

在道家"清静无为""顺应天道""逍遥齐物"等思想的影响下,中国哲学讲究"天人合一,物我两忘",《系辞传》开篇写道,"子曰:书不尽言,言不尽意""圣人立象以尽意"。强调"意"的首要地位是中国古典美学的一大特征,这一点在书画中亦有体现,清代笪重光在《画筌》中说,"虚实相生,无画处皆成妙境",书法家邓石如也提出"常计白以当黑,奇趣乃出","意"的呈现不在于浓墨重彩的描绘,而是通过虚实结合、留白得当创造出令人遐想的意境和空间,将写实与传神相结合,以达到妙悟的境界。这些哲学思想和美学传统也深深影响着国产动画的创作,相较于西方动画突出对现实的客观模仿与再现,中国动画更强调人主观意识的参与和创造,有时甚至会忽略客观现实的约束,随心而为、随性而发,追求意境的塑造而非再现事物的本来面貌,通过人的体悟实现对于物质与现实的超越。创作者用轻重不一的线条和画面留白营造出想象的空间,以有尽之象诉无尽之意,渲染出美的意境。比如,1963年上映的动画片《牧笛》,在舍弃了语言对白的情况下,用水墨笔触描绘出牧童与老牛、现实与梦境的关系,体现了寓情于景、以心造境的艺术追求。

（二）东方神韵的艺术风格

"神韵"是我国古代文学艺术评论中的重要概念与核心范畴，"中国学派"的创作者注重写意性美学原则，不求形似，贵在神似，自然传神，清空淡远，中和内敛，韵味天成。[①]唐代司空图认为诗文应当追求"象外之象，景外之景，味外之旨，韵外之致"，即跳脱出语言文字的描绘，感知精神世界的情景和韵味，强调诗歌当有"神韵"。国产动画也深受其影响，在人物造型、声音对白和动作表演等方面都更注重体现"神韵"，而非还原形象。水墨动画是"中国学派"动画作品中东方神韵的典型体现，用国画中笔法、墨色的变化，描绘花鸟虫鱼、湖光山色，生动传神又饱含诗意。再如《大闹天宫》中采用了京剧脸谱式的造型来刻画孙悟空神性与妖性、人性与兽性并存的复杂性格；《牧笛》则采用了传统民间乐曲与传统水墨画结合的表现方式，营造出自在空灵的中式韵味和诗情画意；《哪吒闹海》中哪吒与龙王三太子的激战，借鉴了戏曲表演中的程式化动作，以方寸之地绘无尽之象，既是对传统戏曲艺术的创新性开发，也由此增加了影片的传统"味道"，皆是对东方神韵的学习与凸显。

（三）寓教于乐的意义追寻

西方动画巨头迪士尼曾喊出口号"创作出让全世界的人感到快乐的动画片"，主张娱乐至上，善于运用充满想象力的情节和密集搞笑的噱头为观众带来情感的宣泄。"中国学派"的动画作品一直十分注重作品的思想内涵和教化作用，这种特质起源于《尚书·尧典》中"诗言志"的文艺传统，也是源于儒家思想影响下创作者们强烈的社会责任感，推崇"乐而不淫、哀而不伤"的中庸之道，认为娱乐当有节制、文艺应有深意，要将审美活动与社会价值结合、赏心悦目和发人深省结合，创作出艺术高度和

[①] 高超，孙立军."中国学派"动画电影中的东方神韵及其现实意义[J].北京电影学院学报，2018（6）：5-10.

思想深度兼备的作品。因此，轻松愉快的故事情节背后一定蕴含着严肃的主题思想，花哨精美的美术风格之下也一定饱含着深刻的人生哲理。比如《三个和尚》批评了人心不齐的现象，《猪八戒吃西瓜》告诫人们不能好吃懒做，《邯郸学步》警示人们不要只顾模仿他人反而失去自我等，"寓教于乐"是"中国学派"动画作品独特的不懈追求。

二、当代国产动画电影的创作特征

2015年暑期，沉寂已久的国产动画行业出现了一匹黑马，《西游记之大圣归来》用浪漫主义的英雄故事创造了9.54亿元的票房成绩，让大批动画人和电影人嗅到了国产动画电影再度崛起的信号。2016年的《大鱼海棠》，2017年的《大护法》，2018年的《风语咒》，2019年的《哪吒之魔童降世》，2020年的《姜子牙》，2021年的《白蛇：缘起》《白蛇2：青蛇劫起》，2022年的《新神榜：杨戬》，2023年的《长安三万里》，国产动画电影以每年一至两部爆款的速度成为电影市场上不可忽视的力量，观众对于国产动画电影的期待和评判标准也越来越高。在中国式现代化语境下，当前国产传统文化题材的动画电影已经拥有了自己的创作体系，但在制作技术和思想深度上相比其他动画强国还有所欠缺。

（一）故事内容：经典题材的回归

"题材的选择与主题的表达往往传达出一个民族的审美取向与价值观。"[①] 传统文化代表着中华文明的主流价值传承，承载着一个民族的理想和信仰，也滋养着人的价值体系和思维方式。"中国学派"动画作品自诞生以来就极具国风特色，一直传达着中华民族的传统美学和传统文化，并逐步形成了独特的东方神韵和美学特质。当代动画人成长于传统文化滋

---

① 颜慧，索亚斌. 中国动画电影史［M］. 北京：中国电影出版社，2005：21.

养的社会体系之下，长期感受着前辈佳作的熏陶，无论是自身的民族基因还是对于国产动画的情怀，都在无形中推动着他们选择这些历史底蕴深厚且饱含人性理想的典型形象。孙悟空、李白等经典形象，还有劈山救母、大闹天宫等经典故事，都是创作者与观众建立情感共鸣共振的原型与支点，也是深厚民族情感的符号和依托。从中外动画电影发展史来看，经典题材的作品更容易获得成功并形成品牌化效应。例如1937年，迪士尼根据世界经典文学《格林童话》创作的经典动画电影《白雪公主和七个小矮人》赢得了全世界广大观众的喜爱，奠定了迪士尼在动画电影发展中的龙头地位。而蜚声国际的国产动画电影作品《大闹天宫》《宝莲灯》等，也都取材自经典民间传说故事。无论是过往中外动画电影的创作经验还是近年来国产动画电影市场的票房表现，都显示出从中国的古典神话、传统文化中寻找观众熟悉的经典原型和经典素材，用观众耳熟能详的人物形象和故事情节创造更强的文化认同感，能够使市场的接受度更高、作品的风险性更小，是当代动画电影创作者兼顾创作追求与经济效益的第一选择。

（二）创作风格：传统美学的发扬

宗白华在《美学与艺术》中提到王船山论诗，"以追光蹑影之笔，写通天尽人之怀"，这也是中国传统艺术的理想与成就。国产动画的发展一直深受中国传统美学和中国传统文化的影响，追求审美形式与审美内容的高度统一，不仅在题材和造型上参考了民族传统文化，在风格与手法上也借鉴了许多民间传统艺术，比如早期的水墨动画《小蝌蚪找妈妈》、剪纸动画《猪八戒吃西瓜》、木偶片《神笔马良》等。但20世纪90年代初，由于对市场经济的准备不足以及美国、日本动画作品的大量引进，国产动画电影的发展空间被挤占，进入了长时间停滞不前甚至几近消亡的阶段，新时期的国产动画电影只能重新摸索适合当下的创作风格。2016年，《大鱼海棠》的上映引发了热烈讨论，也代表着国产动画电影美学风格的一次全新尝试。这部影片的故事灵感源自庄子的《逍遥游》,主要人物"椿""湫""鲲"等以及故事主线和场景环境都充满了民族色彩,影片的制作也具有相当高的艺术水准。但纵观全剧,画面的风格和叙事手法时常有日本经典动漫的影子,借鉴来的绮丽包装让作品中蕴含的民族品格和情感内核黯然失色,最终成为形式的模仿。后续上映的《姜子牙》《白蛇:缘起》《雄狮少年》等作品则更加注重创作风格与故事内容的统一性,在制作层面不断趋近一流水平的同时,内容与格调也从模仿发达国家转向寻求中国特色,回归了对于传统文化美学风格的探索和挖掘,用现有的技术手段更好地呈现更具中国特色的审美张力。

(三)主题内涵:文化精神的深化

故事内核与文化精神的塑造一直是国产动画电影的一道难题,动画电影的成功从来都不是依靠好的画面技术以及形象设定来获得的,再完美的形式也只是包装的手段,内容才是作品的核心。而国产动画电影面向全龄化的创作新特点,对作品的内涵提出了更高的要求。2018年4月上映的《猫与桃花源》是追光动画的第三部作品,相较于之前的《小门神》《阿唐奇遇》,该片画面精美,技术更加成熟,甚至连光影、毛发、水波都能做到较好的处理。但是,单薄的剧情、混乱的主旨表达,在"桃花源"这样一个传统文化意象的外衣下终究透露出种种难言的尴尬,票房一度低至2000万元,导致追光动画彻底放弃了合家欢的创作主题。而《大圣归来》《大鱼海棠》《姜子牙》等票房表现良好的作品也常因为情节拖沓、叙事不清晰、台词尴尬、人物扁平等问题被人诟病。立意与叙事是国产动画电影需要着重关注的问题,目前观众对于动画产业的制作水平已经有了足够的信心,只有将民族精神与文化特质视为动漫电影之本,在技术美学之下,注入文化想象和文化精神,呈现出丰富流畅、有情感有力量的故事情节,方可产生如《大闹天宫》般的经典作品。

追光动画创始人于洲在2018年《白蛇:缘起》上映时接受媒体专访

时说:"我们之所以立项《白蛇前传》是基于我们在两年前有明确的一个大方向,即强类型、重情感、年轻向。"①塑造全龄观众喜闻乐见的故事与形象,意味着在传承经典的同时也要摆脱刻板印象,打造符合当代人民价值观的精神气质。因此,创作者们摸索出了一条抛弃原始文本故事,注重人物精神气质的创作思路。比如,虽然都取材于观众熟悉的神话故事,但《新神榜:哪吒重生》和《哪吒之魔童降世》就对原有文本和经典的哪吒形象进行了不同程度的解构。前者选择了赛博朋克的风格来反映哪吒鲜明的叛逆形象,对传统文化中惊世骇俗的反叛精神进行现代性演绎,在装饰造型与环境设定上将重金属与传统美学融合,用铆钉、机车等元素体现强烈的反父权、反权威色彩,而元神的个性自我与正义精神则通过主人公对生活的态度和选择上体现。后者则通过"烟熏妆""鲨鱼齿"等"雷人"外形特征塑造了一个与以往完全不同的"丧系"魔童形象。哪吒不再是英勇神武的天之骄子,而是饱受偏见、叛逆、天性顽劣的"魔童",他奋力打破偏见、获得"重生"的成长过程,更加贴合大众对于平民英雄的想象,向不屈命运的抗争也更符合观众的情感诉求,对于当代社会处于巨大压力下的观众来说有着极大的抚慰作用,颠覆的形象塑造成为对"我命由我不由天"这一主题的聚焦和凸显。

三、未来国产动画电影的破局之路

从《铁扇公主》《宝莲灯》到《大圣归来》《长安三万里》,鲜明的文化色彩和民族精神一直是中国动画电影独特的文化标识,也是整个中国动画行业的共同追求。但当代动画电影的发展不能固守传统文化土壤,而是应该立足当下对传统做出符合时代要求和人民需要的阐释,从多个维度实

---

① 动画手册. 独家专访追光动画联合创始人于洲、动画总监黄家康、艺术总监高冉雨[EB/OL].(2018-04-07)[2024-11-13]. https://www.sohu.com/a/227466148_100096867.

现融合创作、均衡发展，赋予传统文化以新内涵，赋予动画电影以新生命。

（一）扎根传统，坚定文化自信

面对民族与世界、传统与现代、艺术与市场的多重矛盾，当前国产动画电影的文化创作语境愈发复杂，要在变化的环境中找准方向，首先要坚定文化自信，扎根中华文化。"中华文明源远流长、博大精深，是中华民族独特的精神标识，是当代中国文化的根基，是维系全世界华人的精神纽带，也是中国文化创新的宝藏。"①几千年的传统文化是中华民族在长期的思考与实践中创造出来的文化形态，承载了中华民族独特的审美情趣、生活方式、民族智慧和精神追求，既包括物质文化，也包括精神文化，是连接古老文明和现代社会的桥梁，是中华民族生生不息的源泉和动力。在国际范围里，也不乏出现民族文化主题的动画电影。比如《寻梦环游记》以墨西哥亡灵节和中美洲的音乐文明为依托，描绘了主人公的冒险历程，既展现了浓厚的民族神秘色彩，也完成了对生命的思考与诠释；再如《海洋奇缘》是以南太平洋诸岛屿原住民波利尼西亚人的文化、信仰、生活、传说为原型和特色创作出来的经典迪士尼风格的成长故事。由此可以看出，国际舞台上许多优秀的动画电影也体现着浓厚的民族风格、本土元素，创作者不应被落后于西方的思想裹挟，也不应纠结于传统文化与现代化之间的矛盾，应该着重思考中华文化之所以是中华文化的特质，中华民族之所以是中华民族的特征，超越中西文化的纠结，超越正统思想的束缚，用客观、理性的态度，从文化传承的内在逻辑中，追寻中华文化的历史起点和生命精神，挖掘中国文化生生不息的活力。

《礼记·中庸》有言"万物并育而不相害，道并行而不相悖"。文化承载着一个民族的理想和信仰，光荣和梦想，要坚定文化自信，赋予传统文化新时代的表达方式和烛照现实的温暖力量，做到历史厚度与思维深度兼

---

① 习近平.把中国文明历史研究引向深入 推动增强历史自觉坚定文化自信［N］.人民日报，2022-05-29（1）.

备、文化根基与时代特色并存。创作者可以从拥有较大受众基数的神话历史入手，在取材传统的基础上进行"双创"，用贴合当下社会的视角对传统故事做出全新的阐释，并运用最新的技术手段和视听语言将富有东方意蕴的审美元素具象化，赋予经典新的审美特点和现实意义，体现当代动画人的文化底蕴与艺术追求。从深耕中华美学文化的角度看，《长安三万里》是一部具有划时代典范意义的作品，通过动画电影这一表现形式，展现了国人对大唐文化的浪漫想象，带领观众感受盛世大唐之美，最终达到浸润观众心灵的审美功能，让中国人血脉中流淌的唐诗文化以具象的方式重现生机与魅力，深度体现了文化自信和人文关怀。创作者以东方美学意境书写东方思想情感，很好地表现了以家国情怀、文人品格、诗意人生为主要内容的中华人文精神，实现了中华优秀传统文化的创新性表达，是中国电影人赓续历史文脉、谱写当代华章的具体实践，为中国动画电影创作提供了优秀范式，也为传统文化的现代化表达找到了全新的角度。

（二）多维融合，彰显当代气质

国产动画电影作为电影市场的新兴力量，其独特之处在于它通过多种艺术和技法的融合，赋予传统文化现实生命力，用虚拟的影像情境构建出实在的文化记忆，提供了其他艺术形式无法呈现的视听语言和想象空间，激发了观众的情感诉求。但在融合中也要讲究均衡发展，"质胜文则野，文胜质则史"，无论是传统与现代、现实主义与浪漫主义、艺术与技术，还是不同的艺术形式之间，如果无法平衡好对立矛盾的关系，就会出现华而不实、言之无物、迂腐刻板等情况，这也为创作者带来了新的挑战，需要深入挖掘中华传统文化内核，从多重维度进行融合，将工匠精神融入对中华优秀传统文化内容的创造性转化和创新性发展。

第一，传统文化与现实语境的融合。文化是一个动态的过程，是一种生活方式，也是一种变化中相对稳定默契的共识。一方面，中华文化为动画的创作提供了深厚的文化底蕴和丰富的创作资源，大量的民间传说、历史故事、神话寓言等都是艺术创作的灵感宝库；另一方面，中华文明也孕育了独特的民族精神和优秀的民族品质，"仁义礼智信，忠孝廉耻勇"等富有中国特色的品德情操也是动画电影创作时的重要参照。"动画电影通过一种文化效应来完成大众的'情感众筹'，以寓言性的人文情怀来表达对现实生活的理性关怀。"[①] 当前，传统文化价值观已成为中国动画电影发展的历史根基与内在依托，传统文化在动画电影中的体现早已突破以题材、画风、物象的形式出场，而是以润物细无声的方式，在人物关系、人物思维方式和价值观念、审美趣味等方面，为中国电影打上了"中国"的烙印。面向未来的国产动画电影，需要在挖掘传统文化精神的基础上，加强对现代语境的融合，借助符合当代观众审美趣味的艺术表达形式来实现重构，并完成传统文化价值观的现代转换，让传统故事也能反映当下、回应时代，与现代价值理念相衔接、相协调，与人民心理诉求相吻合、相呼应。

第二，不同艺术形式的融合。早期的动画电影更多是在形式上与传统的美术和绘画艺术的融合，比如水墨画、剪纸、版画、木偶戏等，新时代的动画电影则是在内容上对中西方文学、哲学等艺术形式的借鉴。比如《长安三万里》就对诗歌与动画的融合做出了积极探索。

比起单纯影像带来的视觉美感，唐诗能带来更多关于美的想象，该作品以诗为媒，沿着中华民族的文化底色进行创作，让48首诗歌成为这部电影的叙事媒介，将纷繁复杂的诗、史、事交织在一起，大量的情绪、情感、意境通过诗歌来表达，成功地将文学语言转化成视听语言。故事以高适的成长为主线，将典型人物李白的人生巧妙地穿插其中，一文一武、张弛有度，有情怀、有节奏、更有诗意，表现出东方文化的独有魅力和人文关怀，挥洒出一幅大唐光辉灿烂的诗意画卷，生动地展示了影视背后的文学之美。优秀的诗词不会因为岁月的更迭而消逝，反而会在一代一代人的

---

① 饶曙光，常伶俐. 互联网时代中国动画电影的文化与美学 [J]. 中国文艺评论，2017（12）：34-42.

情感共鸣中生生不息，诗词中蕴藏的来自盛唐的浪漫，来自人世的无常，来自历史洪流中个体的卑微与抗争都借助荧幕获得新生，穿越千年与新时代的观众亲切交谈、灵魂共振。

第三，现实主义与浪漫主义的融合。德国美学家席勒认为，只有将现实主义和浪漫主义两者相结合，才能塑造并达到理想的优美人性。无论是典型形象的塑造，还是技术美学与文化精神的有效统一，在总体方法论层面，坚持走"现实主义与浪漫主义相结合"的创作道路方为中国动画电影创作的长久之路。[①]《长安三万里》就很好地体现了现实主义与浪漫主义的融合，豁达不羁的李白是浪漫主义的代表，勤恳踏实的高适是现实主义的体现，唐诗的天马行空和恣意潇洒是浪漫主义的情怀，而历史的进程和生活的无情却是现实主义的本质，二者交织在一起，不仅加深了故事的冲突与情感，更能凸显人物的精神品格和对历史洪流的喟叹。未来国产动画电影的创作要在人物形象、影像美学、文化精神等多个维度上践行现实主义与浪漫主义相结合的创作理念，要从现实主义的角度出发，立足于社会普遍认同的现代化价值观，对具有浪漫主义色彩的传统故事进行重新解读和阐释，实现神话传说与现实题材的有机平衡。

第四，数字化与艺术化的融合。弘扬中华民族现代文明很重要的是要促进数字化与艺术化的融合，数字时代与艺术时代相向而行、彼此成就，当前文化艺术的发展离不开数字技术的帮助，而动画电影这一艺术形式更是与数字技术紧密相连。《长安三万里》中对于黄河边《将进酒》的画面塑造花费了团队近两年的时间构思完成，呈现的画面完美契合了广大观众心中对于诗句的想象，这种效果的呈现与数字化技术的进步是分不开的，也是其他艺术形式无法呈现的，数字化的技术提供意象画面为观众形成想象空间，艺术性的处理体现了创作构思和美学追求。未来的国产动画电影制作要立足中华优秀传统文化，促进文化创意与数字化的相互塑造，提升

---

① 饶曙光. 新时代中国动画电影审美创造经验三思［EB/OL］.（2023-07-17）［2024-10-11］. https://m.mp.oeeee.com/a/BAAFRD0000202307717820102.html.

数字技术为物质和精神世界同步赋能。

张法在《20世纪西方美学史》中总结了现代美学的四个重要范畴：形式、表现、隐喻和荒诞。这四个美学范畴的多重关联体现的正是围绕年轻人所显现出来的一种现代美学精神：形式是现代人的依托，表现是现代审美心灵的直接表达，隐喻是现代人的故事，荒诞是现代人的世界观。此前，国产动画电影在"趋美日化"和"趋民族化"之间不断试探，既要在视听技术和时代语境上学习美日动画，又要在创作特征和精神内核上回归民族传统，找寻一条赋予传统"中国学派"现代性的可行之路。未来，国产动画需要站在时代前沿，加强关注当下观众，特别是年轻观众的心理、精神层面丰富多样的需求，用最新的视听语言和流行元素对传统文化的人物形象、故事空间进行重新阐释和意义赋予。同时找到中华文化精神国际化、现代化表达的语言方式，构建起属于中国动画的视觉表达符号系统，让动画成为对优秀传统文化的进一步创造和延续，才能更好地传递中华传统美学神韵，彰显中国故事文化气质。

"尊古不泥古，创新不失宗"，当下的国产动画电影已经逐渐找到了自己的发展道路，体现着鲜明的中国性、人民性和创新性，但是仍然存在种种问题，比如叙事节奏有待推敲、剧情逻辑饱受争议等。在未来的创作中，国产动画电影应坚守自己的文化基因和文明底色，以中华传统文化作为创作的坚实基础，以精品化思维、诗性的表达、鲜明的主流价值取向作为创作的目标导向，既要体现中华文化的突出特性和民族精神，也能够彰显关于人类命运共同体的深刻思考，在不断创新中实现传统文化与现代社会的交流碰撞、融会贯通，推动中国从动画电影大国到强国的历史性转变。

论新武侠影视对中国传统文化的创造性转化

张静雅　北京师范大学

新武侠影视对中国传统文化进行了多层面的创造性转化，在世俗语境下艺术性、哲理性地对武侠文化展开思辨。相当一批作品不仅市场表现优秀，并且口碑不俗，它们深具中华优秀传统文化质素，并在人物塑造、艺术风格、哲学质地等方面推陈出新，对充分伦理化的传统武侠叙事提出挑战，探索新武侠影视现实主义与浪漫主义的双重面向，召唤起武侠文化内在的生长性，进一步拓展"武"与"侠"的意涵，将经典性与当代性融合，彰显新时代的中国风貌。

武侠作为汉文化圈特有的亚文化类型，在历史长河之中伴随文明形态更迭而不断发展、演进，并以独特的话语形式与生成其自身的每一个当代语境产生对话，是历史与当下相碰撞的文化场域。近年来，武侠文化再度勃兴，在文学、戏剧、影视、游戏等垂直细分领域均涌现出有影响力、有代表性的作品，尤其是影视方面，新武侠精品已渐成规模。进入新千年以来，《卧虎藏龙》（2000年）、《一代宗师》（2013年）、《刺客聂隐娘》（2015年）、《影》（2018年）等电影，《大宋少年志》（2019年）、《庆余年》（2019年）、《少年游之一寸相思》（2020年）、《云襄传》（2023年）等电视剧，《虹猫蓝兔七侠传》（2006年）、《画江湖之不良人》（2014年）、《枕刀歌》（2021年）、《镖人》（2023年）等动漫作品，都在市场表现优秀的同时取得了不俗的口碑。它们深具中华优秀传统文化质素，并通过一系列创造性转化举措对"武"与"侠"的意涵进行拓新,彰显了新时代的中国风貌。

一、见自己:"武"的私人化与"侠"的世俗性

相较于经典武侠影视作品,新武侠影视更注重多维度呈现立体人物,他们既有性格、有私欲、有闪光之处,亦有缺憾。这种写人方式对经典的武侠叙事模式提出挑战,并不再借人物之口发出道德伦理宣讲,而是让人性的深度在故事之中自然浮现。

"武侠小说提供充分伦理化的世界图景。惩恶扬善、伸张正义,它拥有一套毫不含糊的道德秩序和行为准则。"[1]强烈的道德主张在既往武侠影视中,集中体现于主要男性角色,他们通常高度符合儒家主张,忠肝义胆、为国为民,在不同的时空时时刻刻体现出社会性,即使在远离朝堂、无视规矩的江湖横刀立马,快意恩仇,也始终不忘利他与协作。其中最具代表性的当数《神雕侠侣》中的郭靖,与黄蓉鏖兵襄阳数十年,谆谆教导杨过江湖中人练功学武的目标,最基本的是行侠仗义、济人困厄,更重要的是为国家奉献,并盼望故人之子时刻谨记在心,日后成为受万民景仰的大侠。在传统的武侠观念中,"武"与"侠"大抵如是:"武"是公共性的,"侠"是社会性的,与个人私欲无关,而以服务共同体为旨归;对于习武之人与侠士,至高目标就是在单一的社会评价体系中攀升。

新武侠影视在接续书写家国理想的同时,试图丰富武侠世界的价值尺度,不再讳言主人公的个人欲望,着力探究"武"的私人化与"侠"的世俗性之可能。《卧虎藏龙》的男主人公李慕白同样被称为"大侠",却不同于郭靖,其个人境界并非在广袤的江湖中修炼所得,而是于孤独的枯禅中渐悟而来,他是近乎独行的思想者,甫一出场就试图将青冥剑交给贝勒爷

---

[1] 孙金燕.武侠小说:一个"漩涡"体裁[J].江苏社会科学,2013(3):199-203.

收藏，以表达远离江湖恩怨的决心。而后，李慕白却又对退隐犹疑不定，虽不断言称"不过虚名"，在青冥剑失而复得之际亦不免欣喜，在发现杀死师傅的碧眼狐狸之时也难掩复仇之心，在俞秀莲与玉娇龙两位佳人之间更深陷责任与情欲的摇摆，至死都未完成放旷山林的诺言，而牵绊他的桩桩件件，都是非公共化的个人欲求。深描侠者之人性，展现其暧昧与含混，正是对当下中国文化语境的隐喻与回应：个体对自我独特性张扬或压抑的不确定，也是当代个人主义对传统儒家理想冲击下社会思潮最终走向的未知。《卧虎藏龙》在个体的踌躇不决中凸显了多样观点、理念与主流道德规训并存的局面，也将武侠影视从相对纯粹的道德空间转化为世道人心的种种侧面不断涌现的烟火人间。

《镖人》则不吝对一己私欲的承认，直接将受雇走江湖的武夫作为主角。动画直白地以"天下熙熙，皆为利来；天下攘攘，皆为利往"为引子，点明一批人为逐利聚集的基本属性。这几乎刨除了护镖行为的道德意涵，并将传统武侠作品中通常理想化地设定为公益共享的武功，彻底转化成可供习武者个体支配的变现资本，即使在事实上人物使用武功行动的最终效果与某种道德期待相一致，它通常也是利益权衡之下的副产品。当然，这并不意味着武侠世界的道德观念彻底沦丧，它不再是主人公所有行动的刚性第一考量，而成为一种基于个人自由意志的选择。这可能让武士显得更为高尚，毕竟"只有自由的道德才是真正的道德。道德本身不是自足的教条，而是要由自由来建立、并由自由的规律来判断的法则"[1]。刀马为钱走江湖并不显得可鄙，反而在因心中道德律而有所不为之际更具侠士风骨。承认个人欲望，搭建一个物欲横流的江湖世界，消解了传统武侠故事中伦理优先所致使的微妙景观，"人们对基本权利和自由的主张屡屡在社会福利和社会和谐的名义下被忽略"[2]，在武力可以充分保证持有者诸多

---

[1] 邓晓芒.康德道德哲学的三个层次：《道德形而上学基础》述评[J].云南大学学报（社会科学版），2004（4）：19-28，94.

[2] 李承焕，梁涛，赵依.儒家基于美德的道德中存在权利观念吗？[J].现代哲学，2013（3）：84-91.

诉求实现的情况下，有所为、有所不为就蕴藏着价值判断，也将武士升格为具有道德意味的侠士，实质以呈现个人抉择之历程，进一步凝聚社会共识。《镖人》以武力的私有性拱卫"侠"的崇高感，在"侠客"这一特殊群体身上将一己私欲与社会普遍道德倾向相调和。

《云襄传》创造性地描述了侠士在江湖中重拾私欲的历程。进入云台之际，骆文佳满心灭族仇恨，受规约灭情绝欲，而作为云襄出云台走江湖之时，在重重阻挠之下仍旧坚持报仇雪恨，并反复强调如不入世便不可能知世，更不可能真正做到为苍生谋划。而在江湖闯荡的历程，也是不断识别涌动的暗流进而谋篇布局的过程，与伙伴的共同经历，使得云襄的种种情爱被不断触发，进而有了自己的牵绊和挂念，和人世间形成更加紧密的联结，使得最终跨越自身仇恨为大局做出牺牲成为可能。正是因为被唤醒的私欲，人才能够突破单向度的执念向更广博的天地进发，作为应对世道变迁能力的"武"，唯有依附于真实、切肤的个体感受，才能真正做到"及物"，为强大的能力搭建收束的边界；正是因为对自我的充分认知，人才在共同的情感之中跨越屏障成为高度相似的群体，有了基本的共情，构成推己及人的必要条件，诠释了"为何要为苍生谋福祉"。《云襄传》以对能力者私人欲望的深度开掘，在世俗情感中梳理"侠"的生成机制，对武侠世界中的伦理展开追问。

"见自己"是新武侠影视的重要表征，剧中的主要人物不再是先天完全的"大侠"，而是千面英雄，在自省中判断与抉择，在情感的全面激活中不断成长，人物在生命历程中不断探求，不停追问与反思。在文化意义上，新武侠影视作品或许已经与此前的武侠经典迥乎不同，它以主人公极强的自我主体性为起点，对"武"与"侠"的生成机制开展了多维度的思考。在此之前，以金庸小说为代表的相当一批经典作品，虽然已经有较强烈的写人意识，塑造了形象分明、个性各异的角色，却"不像新小说那样在肯定和要求人的价值同时，对世俗道德文化提出疑问或进行抨击，从而达到改变世俗道德的目的，而是在肯定和要求人的价值的同时，依据世俗道德文化进行人格的自我完善，目的在于维护和宣扬中国传统世俗道德文化"[1]。过往的作品或多或少带有宣教色彩，而新武侠影视注重人的觉醒，复现有全面主体意识和反思能力的个人对江湖世界的认知、使用"武"的方式、成为"侠"的因由。在世俗中，人在种种私人化的表达中呈现武侠世界的生机与丰沛的内在魅力，并在武侠世界弥合中国传统文化宏大的共同理想与当代思潮尊重个体选择的底层逻辑之间幽微的裂隙。

二、见天地："武"的风格化与"侠"的艺术性

受益于媒介的快速革新和影视生产机制的蓬勃发展，新武侠影视也形成了一定程度的规模效应，在产业各环节的协作之中，酝酿出具有浓郁武侠气息和深厚东方气韵的人物表现方式、画面呈现形式。以写意或通感的方式诠释"武"，以自然风物烘托"侠"成为新武侠影视的普遍选择，无限逼近真实的叙事策略与风格化、艺术化的画面表达相交织，构成新武侠影视现实主义与浪漫主义的双重面向。

相较于以往武侠对"武"的写实性强调，新武侠更注重意境的营造。"九十年代以前，武侠电影导演大多重在写实，一味表现中华功夫，镜头硬接硬切，呈现的人物形象饱满、武打真实之外没什么新意。即使二十世纪七十年代后期出现了谐趣武侠片，也只是在人物性格、语言上雕琢，在镜头的处理上没有太大突破。就是胡金铨还经常利用放烟雾来模糊影像，让实在的场景虚化，开始有些追求写意的迹象。"[2] 而近年来的武侠影视则在跳跃剪辑之中强化动作的利落感，并在整体的氛围感中渲染人物、探究"武"的边界、"侠"的意涵。

---

[1] 汤哲声.大陆新武侠关键在于创新[J].西南师范大学学报（人文社会科学版），2005（1）：144-147.

[2] 古晶.传统武侠电影到新武侠电影的艺术流变[J].电影文学，2006（14）：7-8.

《刺客聂隐娘》极尽写意，故事退居次要地位、拳脚功夫镜头少之又少，影片大部分的时间都用于刻画漫长的静默、流转的具有多重意味的眼波，置身于风物而抒怀于瞬息，一切呈现似乎都指向禅宗六祖惠能所谓"不是幡动，不是风动，仁者心动"的超验交互，促使观众调动所有感官去感受，在风声、雨声、穿林打叶声中追寻家事、国事、天下事的踪迹，于此共振中跨越事件本身，直接达成与整个文化大传统的共鸣。影片讲述的是刺杀，却有大量的空镜头展现自然景观，尤其是风与竹，幽微的声响对应内心的喧哗与骚动，指向"杀"与"不杀"的纠扯，而其中的爱恨情仇均隐而不发，家国叙事更如冰山般隐于更大的莫测之中，山雨欲来风满楼的压抑感混杂着藩镇割据时代的紧张感，将观众通过共鸣直接代入聂隐娘与其所处的时代。《刺客聂隐娘》讲述的全部故事可以由片名概括，而影片中不再大篇幅交代行为的逻辑，起承转合只保留最基础的形式，甚至人物也不再重要，传情达意未必需要人的具体反应作为介质，真正重要的是影片的质感，是东方色彩充溢荧幕的审美气韵，是整体的古典美学腔调，其实质是一种文化语境，聂隐娘在其中为是否动用武力设限，也通过对此的参悟成就自己的侠士身份。

用充满隐喻的文化符号传递"武"的意核、"侠"的精神，是新武侠影视的共同选择。经典武侠作品中的武打场面体量被极大压缩，武戏文唱的手法被大量使用。《一代宗师》中，叶问与宫羽田在南北武艺的切磋之时只见饼的推拉而不见蛮力的应用，比起拳法对冲，更昭彰的是想法的碰撞与交锋，以退为进与以进为退的底层逻辑、圆满与残缺之间的哲思辨析都在此中浮现，最终的胜负体现于"武"之理念的雄辩性和适用性，在理想状态下既不产生缠斗，也不会给参与者带来任何身体上的不可逆创伤，将"武"之道与"侠"之奥义共同推向了哲学层面，实质是以武侠为切入点探究天地之间永恒的时间谜题，照见普天之下所有的变与不变，推究作为瞬息的人何去何从。

无独有偶，《虹猫蓝兔七侠传》中熊猫达达的天瀑琴音、《影》中子虞的书法枯笔、《庆余年》中庆帝的棋局、《云襄传》中众人与严骆望的赌博，都是对于武侠之中搏斗形式的创造性转化，将经典意义上的"武"从刀光剑影的打斗，转译为画面中更具抒情性与哲理性的其他场景，多样并举地呈现"武"的风格。这些表现媒介普遍深具传统文化质素，且相对武斗更为静态，通过以静写动，在彰显"武"之力量感、掌控感的同时，剥离具体表现形式带来的感官幻影，叩问重重形貌之中恒定不变"武"的核心。

当然，新武侠影视在艺术上并不刻意规避武打场面，优秀的作品普遍让精致的细节在有限的武打场面之中进一步强化了"武"的雄健和"侠"的气场。《一代宗师》中叶问雨夜以双拳独自对战黑帮，双方拉开架势之时不仅有具体而清晰的手眼身法步，还以高处的全景俯瞰对以一敌百的局势进行渲染，纷乱的雨丝隐喻动荡的时事与众生纷纭的意图，而叶问虽动作饱满，身边却不起半点波澜，彰显其"武"的能力、"侠"的定力。实际上，新武侠影视中对武打场面的创新性处理也不乏争议，尤其是一些作品拙劣地滥用升格和慢镜头，将缠斗无限拉长，以"写意"为名号打乱了武侠节奏，显得冗长沉闷，而无论是电影、电视剧还是动漫，获得好评的武侠作品通常都有明快、流畅、有感染力和真实感的风格化打戏，《枕刀歌》正是凭借上乘的打斗刻写在国漫中独树一帜，不仅各集均浓墨重彩地花篇幅、费心思刻画因人而异的招式，更非刻板套路地描绘主人公何方知以智辅武赢得搏斗的历程，每一段对抗都因时间、节奏真实而有说服力，主人公从试探对手武功底细到制订具体对策破局的过程也让打斗具有趣味性。新武侠影视对"武"的呈现方式是多样的，但这绝不意味着可以摒除对武打的直接刻画，恰恰相反，对其丰富度提出了更高的要求，力图以恰如其分的篇幅具体展现"武"的魅力与"侠"的筋骨。

新武侠影视不仅在与天地万物的通感之中用丰富、多样的形式全方位刻画"武"的意蕴和"侠"的风度，还让人物在运用武力时对其展开反思批判。《云襄传》中的公子哥苏鸣玉为从贼人手中护卫生丝首开杀戒，目睹血腥场面后频频回忆手刃细节，失魂落魄地反复陈述人死不能复生的场景，心中久久不得安宁。在既往武侠作品之中，"侠"内蕴一套用以褒善贬恶的伦理标准，而"武"则是依循这套标准进行审判的利器，新武侠影视则一定程度上复现"武"的暴力实质，逼视其本身的残酷性，以此将善恶伦理与生死伦常相剥离，复原非道德化语境下对天地万物之生命的普遍尊重与深刻敬畏。

"见天地"是新武侠影视在艺术风格上的重要转向，它将自然风物纳入武侠世界的同时，将每一个具体的个人复原为自然中质朴的个体，人们与山河有着广泛而深刻的联结，与之同呼吸、共命运，在更广大的空间范畴之中照见自身的有限性，觉察世界的丰富性。是以，广泛的联动在新武侠之中不断发生，寄情山水、以景写人，在情景交融中探究自然人的是非与生死，对大好河山有眷恋，对世间种种有悲悯、有共情，都成为优质新武侠影视的普遍倾向，虽然也有部分作品过犹不及，"导演过分地追求画面的质感和观众的视觉感受，用电脑特技精心打造虚无缥缈的视觉效果，反而忽视了对心理的发掘和能引起心灵共鸣的内涵，使得武侠电影'有武''无侠'，侠义精神荡然无存"[①]，片面强调意境渲染而不知所云，但用多样形式来书写呈现作为方式的"武"和以多元视角来看待作为衡量尺度的"侠"之精神毕竟是新武侠影视求新的必然倾向，以风格化多维度展现"武"之魅力，以艺术画面渲染侠文化的意蕴，也成为新武侠影视的显著标志。

三、见众生："武"的普遍化与"侠"的对话性

如果说既往的经典武侠作品在群体中凸显"大侠"，那么新武侠影视就更广泛地采用群像策略去呈现江湖中普遍存在的"武"和人人都心向往

---

① 张敏.武侠电影的中国山水画意境：从《卧虎藏龙》看另一种境界[J].电影文学，2007（23）：42-43.

之的"侠",并常常在主人公群体的共同经历中让迥异的"侠"的观念磨合与统一。相较以往,武侠故事中"武"这一能指对应了更广泛的所指,"侠"也从不言自明的绝对概念转为动态生成的共同理想。

长期以来,"侠"被定义为以武犯禁的人物,而"武"是"侠"之所以为"侠"所依凭的力量,而不惧以自身能力突破常规,则是"侠"的行事逻辑。是以,"武"的实质是具有自保性和发动性的个人力量,其以不受社会规约的方式张扬就使"犯禁"成为结果。既往的经典武侠作品多用炫目的招式和特殊的兵器表现"武",心法口诀的使用、十八般兵器的运用,都是"武"的典型外化形式。而近年来的新武侠在此基础上有所增补,尤其强调"智侠"与之同构的力量感,实质是将江湖中各异的人物所擅长的看家本领都吸收为武侠质素,依循武侠的内核拓展其指涉的范畴。

无论是《大宋少年志》还是《云襄传》,主人公都未见得有足以横行江湖的无敌武功,却足智多谋,有一身匡扶正义的志气和惩奸除恶的胆气,无碍其同样成为豪侠。《大宋少年志》中的元家庶子元仲辛,精通各种江湖把戏、骗术设局,正是凭借敏锐的洞察力和机警的头脑,成为秘阁第七斋的核心人物,带领团队不断出奇制胜。而到《云襄传》中,仅会应急保密之法"逃十息"的云襄,出场时就单枪匹马深入敌营,在对方巨大的威压之下临危不乱,以强大的洞察力与分析力点明对方布局、谋略,并巧妙挑起内部纷争,使自己全身而退。不仅如此,情况危急之时,云襄也巧用"逃十息"唬住江湖高手,推动谈判的最终完成,运筹帷幄之中,以胆识和计谋为底色,实现以柔克刚、以弱胜强。在此,"武"不再是新武侠影视中江湖人唯一至高无上的生存法则,在各轮具体博弈之中足以发挥作用的种种本事都被纳入"武"的体系,共同铸就江湖中人生存与追逐的底气,总体而言极具包容性地肯定了武侠世界中形形色色之人的种种生活方式,以此讴歌每一种生活中同样蓬勃的生命韧性。这同时也体现了,新武侠影视中罕见纯粹的"被保护者"。既往的经典武侠之中,女性的力量时常被遮蔽,纵使有一身顶尖武艺也很少成为战斗的主力,强大如黄蓉也是受郭靖所荫蔽的角色，即使《穆桂英挂帅》或《杨门女将》中作为叙事中心的英勇女性也是在男性缺位的情况下不得已才承担责任。这一情况，在新武侠影视中被彻底颠覆，女性在武侠世界中不再处于从属地位，而有了自身的价值和独特的意义。《画江湖之不良人》中的石瑶以大天位为内力，持幻龙杖武器，既是不良人天佑星又是玄冥教教主，是不良人组织整体布局中的重要一环；《少年游之一寸相思》中苏云落不仅有冠绝天下的易容术，更有必杀技一寸相思，作为顶尖的盗贼参与了国宝山河图的护卫计划；《云襄传》的战力巅峰是女性角色舒亚男，文韬武略、智勇双全，屡次救伙伴于水火之中，柯梦兰、苏怀柔等女性角色也不仅识大体，更有才学、有胆识、有谋略，对每一个事件的圆满完成都不可或缺、厥功至伟。在新武侠影视中，江湖不再只有男人的故事，女性也绝不仅是等待被爱的客体，而是成为有自主意识、独立解决问题能力的武士、侠士，与伙伴之间有深刻的羁绊，共同构成了纷繁复杂、异彩纷呈的江湖百景图。

"武"主体得到拓展、形式得以丰富，让武侠世界更具生命力，更使其不断迫近"侠"之语词初生成的状态。"中国的侠文化是从写'游侠'的历史作品进到写'武侠'的文学作品，而在写'武侠'的文学作品中，又经历了一个汉代的'游侠'精神从保存到丧失，到在新的社会条件下获得发展和质的飞跃的过程。"[①]"侠"最初所指就是"游侠"，是一群广结宾客之人，无论宾客是否犯法都不断给予保护与帮助、为其解决困难。新武侠影视以当代精神渗入武侠文化的呈现，让有主体性的人在共同的冒险经历中不断发生对话和碰撞，共同生成"有所为"和"有所不为"的判断标准，此历程切合"游侠"的本意，是原初"侠"精神的一次当代性复归。

《云襄传》中，云襄、舒亚男本分别来自水火不容的两大组织，却因为互生情愫不断突破门户之见，在双向奔赴中共同度过重重困厄，公子哥苏鸣玉和女博头柯梦兰跨越贱籍制度的情感同样得到了伙伴的广泛尊重，

---

① 章培恒.从游侠到武侠：中国侠文化的历史考察［J］.复旦学报（社会科学版），1994（3）：75-82.

杀手金十两满身杀孽、一身赌债依然尽己所能救助孤儿……诸如此类的情节充满反差感，不一而足，却超越了社会明文的规则、法度与种种不言自明的常规，在血缘之外构筑起同样坚实与笃定的联结，基于个人品格上的互相吸引建起不断交流的命运共同体。每一次人员收编都是内部成员"侠"理念的碰撞，经由桩桩件件的共同经历，团队成员的理念互相琢磨、达成高度一致，并作出共同的决定。值得一提的是，在新武侠影视中，以类似模式动态生成的游侠团体通常不是唯一的，这就意味着多种"侠"的观念会在故事之中纷纷涌现，它们各有生成路径，也在与彼此的碰撞中发生对话，最终汇合或进一步分化。于是，在新武侠影视中，势必同时有两套核心脉络，一是具体人物在故事中的成长之路，二是"侠"之观念在摩擦与对话之中的流变。

"见众生"是新武侠影视的哲学质地，它照见武侠世界中人能力的多样性，关注所有人独特的价值和同代人彼此打磨的历程，并在人与人的交互之中不断追问"侠"的意涵，极具反思精神，召唤起武侠文化内在的生长性，使之不断演进，向更多可能性迸发。

新武侠影视对中国传统文化进行了多层面的创造性转化，在世俗语境下艺术性、哲理性地对武侠文化展开思辨。而通过观察一系列作品批判继承武侠文化的方式，仍可见浸润其中的深切底层关怀。武侠毕竟不同于仙侠，在此几乎不论出身，在这个世界中只要勤学苦练，似乎一切都能改变，最终都能如愿。在荒谬的世界中依然最大限度地保留选择权，规矩法度可以置之度外，以多样形式的"武"为依凭，人人从心所欲、彼此携手、快意恩仇，这就是"侠"的生成路径。

从这一角度来说，新武侠影视的实质仍旧是造梦。这梦关乎个人的主体性，涉及独特个性的形成与真实自我的发现；这梦关乎社会的群体性，饱含对世道人心的洞察与对公平正义的不懈追求；这梦也关乎艺术性，实质是中华文化自觉与文化自信的彰显；这梦更关乎时间与永恒性，在武侠文化的演进历程中照见中国传统文化的当代可能性。

谈新时代的文艺评论与文化交流

任俊萍　中国传媒大学

文化是国家、民族的灵魂，习近平文化思想具有建设文化强国、发展民族复兴、坚定文化自信、健全民生安全的理论品格。文化兴则国运兴，文化强则民族强，中华文明历史悠久、文化丰富，对世界文化体系有着重要的影响，习近平文化思想为马克思主义文化理论做了充实的发展，巩固了中华文明的文化主体性，中华民族伟大复兴需要中华文化繁荣兴盛，中国站在新时代的历史节点，必须更加严格要求自己。

文艺评论旨在通过深入分析和评价文学和艺术作品，来探讨作品与时代、社会和文化的关系，以更好地推动文化交流。文艺评论的核心在于批评，它不仅关注作品的优点，也敢于指出作品的不足，好的文艺评论应该具有独到的眼光和深刻的思想，深入分析作品背后的社会和文化背景。好的文艺评论应该超越简单的作品评价，能够启发读者的思考，促进文化的交流和发展。此外，文艺评论还涉及对文学和艺术理论的探讨，包括美学、诗学、艺术和文学理论等方面。它不仅是对作品的评价，也是对文学和艺术理论的贡献。因此，文艺评论在推动文化发展和促进人类精神世界的丰富方面发挥着重要作用。自西汉时期汉武帝派遣张骞出使西域，丝绸之路开启，经明代永乐年间郑和七下西洋，到15世纪末新航路开辟，文化交流日益加强，全球一体化逐渐显现。文化交流在全球一体化的浪潮下起到了推动民族文化发展、促进世界经济繁荣、增进世界文明交融等重要作用，但与此同时，逆全球化来袭，信任危机、经济危机、渠道危机相伴而生，为更好地应对逆全球化思潮，必须加强文化交流，吸收弘扬民族文化，加强文化对外传播。

一、新时代的文艺评论推动文化交流

文艺评论的目的是成为作者与大众沟通的桥梁，因此评论家在写作时应该有读者意识，既要关注作品本身，也要超越作品，从更广阔的文化和历史背景中寻找意义。新时代的文艺评论极具价值，加强文艺评论的权威性以严肃客观地评价文艺作品，避免阿谀奉承、庸俗吹捧，能够给受众，特别是青少年受众树立一个正确的价值观导向，拥有一个良好的社会风气。正如毛主席《在延安文艺座谈会上的讲话》里所讲，文艺应以人民为中心，为工农兵服务。将社会效益、社会价值放在首位，不能用商业标准取代艺术标准。中国艺术研究院电影电视艺术研究所所长丁亚平说："文艺评论要打开视野，与文艺创作实践共生，积极研究、挖掘更多的参照，敏锐地发现、把握一些文艺现象，认识文艺创作的发展趋势和过程，充分发挥文艺评论的优势，推动创作的开展，使局部的文艺创作经验、艺术触角上升为带普遍性的自觉。"[①]

（一）文艺评论应结合大众传播将国家效益和社会效益摆在首位

在新时代大众传播迅速发展的现状下，文艺评论逐渐大众化，使得文艺评论数量上升，质量却在下降。文艺评论要具有权威性，文艺评论应该引领文艺作品，使其具备真善美的本质，形成科学的、全面的、健康的文

---

① 刘江伟，李笑萌. 打磨好文艺评论这把"利器"：专家热议《关于加强新时代文艺评论工作的指导意见》[N]. 光明日报，2021-08-04（9）.

艺作品的体制。健全文艺评论标准，将社会效益、社会价值摆在首位，建立权威性文艺评论体系，健全完善大数据评价，加强网络算法研究和引导，避免错误信息的传播。让文艺作品树立世界眼光，体现中国视角，传播中国理念，发出中国声音。

文艺评论日渐走向大众的视野，逐渐日常化、普遍化。在人人都能发表评论的年代，许多受众的评论带着主观意识、粉丝滤镜等因素，使得评论不专业、不严谨，过于片面，专业的文艺评论要具有权威性，由专业人士提出具体的、全面的、科学的指导性意见。在信息化时代，文艺评论也要和大数据结合起来，运用好大数据、云计算这种网络算法的引导作用，开创新时代文艺评论新气象。

进入互联网时代，一切仿佛都便捷了起来。互联网贯穿了生活的方方面面，随着互联网的高速发展，大众传播逐渐被人们所熟知，大众传播是在互联网的基础上，采用现代高新技术手段，大量生产、复制、公开传播所传播的内容，并且大众传播具有反馈效果，既是社会互动系统，也是重要的社会管控系统。大众传播的速度快、覆盖面广，信息能够及时地传播给手机或电脑客户端的广大网友，网友们可以通过手机APP给各种文艺作品进行文艺评论，以影视作品为例，豆瓣、猫眼等APP可以进行电影打分、影评填写，微博、抖音等APP可以看到影视剧官方账号发出的影视片段，网友们可以进行点赞、评论，这都属于广义的文艺评论。这些评论中不乏专业文艺评论人员，也有很多非专业的文艺评论人员，大众传播的高速发展使得文艺评论逐渐大众化，大众化的优点是人人可评论，缺点是缺少专业文艺评论和具有权威性的文艺评论，许多网友在发表文艺评论的时候带着极强的主观意识及粉丝滤镜，使得文艺评论脱离文艺作品本身，而一味追求对演绎者的喜好。也有一些文艺评论中的不良现象，比如粉丝抱团，在影视剧作品中尤为明显，拉踩现象时有发生，不利于文艺评论的发展。文艺评论一定要将国家效益、社会效益摆在首位，最大限度地利用有限的资源满足人们日益增长的物质文化需求。

文艺评论者在一定程度上，会促进文艺创作者在创作文艺作品时的专业性与创新性。纵观历史上的传世经典作品，无一例外都蕴含着作者自身的艺术风格。想要拥有属于自己的艺术风格，就必然要进行艺术创新，想要艺术创新，就必然要有艺术创新的思维。专业的文艺评论者在此就起到了重要作用，正如中国文艺评论家协会副主席张德祥所呼吁的，"文艺评论的文风应实事求是、言之有物、深入浅出"。[①]

（二）文艺评论要结合大数据正确引导舆论

2014年10月15日，习近平总书记在文艺工作座谈会上强调，"文艺不能当市场的奴隶，不要沾满了铜臭气。优秀的文艺作品，最好是既能在思想上、艺术上取得成功，又能在市场上受到欢迎"。一首歌曲的形成就是一个音乐传播链，其中涵盖了音乐文化创意—音乐创作—音乐初级制作—音乐唱奏—高级音乐制作—音乐市场营销—音乐受众—音乐批评、反馈。这些因素的循环，形成了一部部鲜活的歌曲。每一个步骤都是一首好作品的决定性因素，如音乐文化创意阶段，就是一首歌曲的基调，歌曲的思想性由此诞生。音乐制作环节，决定一首歌的音质以及这首歌的编曲技术。音乐市场营销环节，就是经济来源，一首歌，歌曲本身质量好，加上专业的推广，则能得到一定的经济效益，经济效益能够激发歌手、作曲家、填词者、音乐公司的作品创作激情。很多受众认为，音乐受众环节以及音乐批评、反馈环节与一首歌的成败无关，实际则关系密切，歌曲的音乐反馈环节做得好，会激励创作者进行艺术创作，带动整个音乐产业的发展。数据量大、数据类型多样、信息处理速度快、价值密度低等，是当下大数据时代的重要特点，也是大众传播速度快、覆盖面广的原因。在这样的信息时代，大数据和云计算相辅相成，大数据和云计算通力合作进行数据计算，将计算结果反馈给客户端，这个操作在极快的时间内完成，对数

---

① 刘江伟，李笑萌．打磨好文艺评论这把"利器"：专家热议《关于加强新时代文艺评论工作的指导意见》[N]．光明日报，2021-08-04（9）．

不胜数、数以万计的数据进行快速处理，以达到方便用户在客户端使用的效果和高质量的网络服务。这也是我们看小视频、网购时，网络总是能够推荐我们喜爱产品的原因。亦如各大媒体或APP会有头条、热搜等信息，这些都是大数据和云计算相互配合的结果。在这种高新技术的辅助下，文艺评论可以更好地引导舆论，并且可以做到不给错误信息提供传播渠道。

（三）新时代文艺批评的重要性

文化是民族生存和发展的重要力量，亦如2014年10月15日，习近平总书记在文艺工作座谈会上的讲话，"一个民族的复兴需要强大的物质力量，也需要强大的精神力量。没有先进文化的积极引领，没有人民精神世界的极大丰富，没有民族精神力量的不断增强，一个国家、一个民族不可能屹立于世界民族之林"。当今世界是开放的世界，艺术也要在国际市场上竞争，没有竞争就没有生命力。现代社会部分人价值观扭曲，没有原则底线，没有善恶是非观念，不辨是非，分不清孰轻孰重。这些人都是因为抓错重点、方向，才会使文艺作品沿着错误的方向、错误的思想路线一再歪曲。这时，文艺批评的重要性凸显，作为专业批评家，应该做到恪守行规，严格管控自己，把控作品，尽职尽责，不徇私舞弊，不因关系远近而评判文艺作品，做到有理有据。

（四）文艺创作新要求

中华文化历经几千年变化没有中断而绵延至今，证明了我国传统文化的强大生命力，也说明了中华文化能够顺应时代的发展而不断发展壮大，发挥其时代的价值。正如党的十七届六中全会通过的《中共中央关于深化文化体制改革推动社会主义文化大发展大繁荣若干重大问题的决定》所指出的要"培养高度的文化自觉和文化自信，提高全民族文明素质，增强国家文化软实力，弘扬中华文化，努力建设社会主义文化强国"。我们的文化自信来源于五千年传承的深厚文化底蕴，来源于共产党领导的红色革命精神。正如 2014 年 10 月 15 日，习近平总书记在文艺工作座谈会上所讲"远人不服，则修文德以来之"，"以德服人、以文化人"，民族文化来源于人们的生产劳动生活，人们的生产劳动生活也离不开民族文化的影响。每一种文化都承载着一个国家或民族的精神。秉持着取其精华去其糟粕的态度，一代一代地将优秀民族文化传承下去。艺术创新会推动艺术的发展，艺术的发展又会影响着道德、哲学、美学等的进步。创新是推动文艺发展的原动力，艺术创新对一个时代的蓬勃发展起着至关重要的作用。在新时代的背景下，文艺的各行各业秉着扬弃的精神，进行激烈突破创新。一个国家、一个民族的强盛，总是以文化兴盛为支撑。文艺工作者要勇于肩负起时代赋予的使命责任，积极投身时代大潮，高举文艺创新的旗帜。正如近现代中国绘画大师齐白石曾说过的，"学我者生，似我者死"。在前人优秀精华的基础上，加入文艺工作者本人的创新，有了自己的艺术风格便是真正的艺术作品。如若没有创新，那么所谓的艺术作品就是失去了灵魂的复刻品罢了。文艺创新可以促进文艺的发展，文艺发展可以反作用于文艺创新，文艺创新与文艺发展相辅相成，相互依存，互为支撑。正如 2014 年 10 月 15 日，习近平总书记在文艺工作座谈会上所说的，"文艺创作是观念和手段相结合、内容和形式相融合的深度创新"。

二、全球化背景下文化交流的意义

文艺事业是党和人民的重要事业，文艺战线是党和人民的重要战线。新时代推进文艺服务对外文化交流，须加强顶层设计和研究布局，构建具有鲜明中国特色的对外文化交流长效机制。西汉时期开始出现节日，几千年的历史文化沉淀定型了今日的众多传统节日，如春节、元宵节、端午节、中秋节、腊八节等，大家会在春节放鞭炮、守岁，元宵节吃汤圆，端午节吃粽子纪念爱国主义诗人屈原，中秋节吃月饼，腊八节喝腊八粥。中国幅员辽阔，各个地区的节日文化也不尽相同，例如，端午节"南舟北柳"：南方诸多地区依山傍水，水运十分发达，因其得天独厚的地理优势，所以在端午节会举行划龙舟比赛；北方则是在端午节踏柳赋诗、骑马射箭和打马球，时至今日则演变为踏青。从世界范围来讲，中国人也会过国外的圣诞节、情人节，外国人也会在春节互道一声"Happy Chinese New Year"。然而逆全球化来势汹汹，各国家之间矛盾频发，在这样的情况下，我们该如何应对呢？

（一）文化交流引领民族文化发展

世界各地人民通过文化交流相互了解，同样通过文化交流助力世界文化发展。世界文化和谐发展也离不开全球化的推动。民族文化反映民族历史的发展水平，文化交流有利于民族寻找更适合自己的发展方向。西汉时期汉武帝派遣张骞出使西域，丝绸之路开启；明代永乐年间郑和七下西洋。15世纪末新航路开辟，文化交流日益加强，但欧洲新航路的开辟与丝绸之路、郑和下西洋目的截然相反，不管是汉代丝绸之路还是明代郑和下西洋，目的都是加强各地区交流，促进各地经济发展。近代中国落后的原因是闭关自守拒绝文化交流，当列强强势来袭，则毫无招架之力。打开国门后，有识之士如李大钊、陈独秀等人带领人民大众找到了一条适合国家发展的道路"马克思主义道路"，为当时混乱的时代打开一扇大门，让中国逐渐摆脱列强的控制。可以说当时的中国正因加强了与世界各国之间的文化交流，选择了马克思主义作为指导，才真正找到了发展方向。

（二）文化交流推动世界文化发展

费孝通先生的十六字箴言"各美其美，美人之美，美美与共，天下大同"十分详尽地表达了文化交流的重要性，我们首先要了解自己的民族文化，找到民族文化之"根"，加强民族认同感，同时还要积极了解其他民族文化，了解各个民族都有其独特的文化魅力，继而进行文化交流，在本民族优秀传统文化基础上吸收外来优秀文化，使世界文化充满生机。在我国，我们既过中国传统节日春节、元宵节、端午节、中秋节，也过西方节日感恩节、圣诞节、平安夜、情人节，既看爱国主义电影《红海行动》、"战狼"系列电影，也看个人英雄主义的漫威系列电影，复仇者联盟在中国同样拥有一大批粉丝。与此同时，西方在过自己传统节日的同时，也会在中国节日时庆祝，会翻拍中国古代传说《花木兰》，会编写西方人想象中的中国传奇故事《图兰朵》，虽然彼此之间仍然没有深层了解各自文化的内涵，但人们享受着全球各地的多元文化带来的不同感受。

（三）逆全球化背景下文化交流的阻碍

中国身份、角色以及与外部世界的关系快速变化，世界力量对比多极化与国际关系民主化难以逆转，各国之间综合实力的此消彼长已是大势所趋，大变局正在悄然来临，世界在面临共同挑战，世界发展前景如何，是和平、合作、共赢还是战争、冲突、衰退，这些都摆在世界各国的面前。

1.国际关系波及文化交流

中国日益发挥着世界和平建设者、全球发展贡献者、国际秩序维护者的重要作用。[1] 随着中国国家实力的增强，中国崛起已是大势所趋。现今的中国正在准备迎接它历史上的第四次崛起，新一轮科技革命和产业变革带来的激烈竞争前所未有。新一轮科技革命正在聚集力量，衍生出大量新变革，使人类生活发生巨大变化。

2.媒体渠道限制对文化交流的阻碍

文化交流的日益深化，不同文化之间相互碰撞出火花，集中力量办大事，完善制度保障，要打造属于我们自己的有竞争力的国际传播机制以及传媒集团，打破垄断格局，发挥市场基础作用，有效配置传播资源，大力

---

[1] 李民.初心使命引领中国共产党百年建设[J].中国浦东干部学院学报，2021，15（4）：41-56.

推进改革创新,激发媒体发展活力。

三、加深文化交流,继承弘扬中华优秀传统文化

文化是民族生存和发展的重要力量,是推进民族精神的强大动力。要实现中华民族伟大复兴,我们就要树立四个自信:理论自信,坚持马克思主义理论体系;制度自信,坚持社会主义制度;道路自信,走中国特色社会主义道路;文化自信,传承优秀中华文化。

(一)推进传统文化创新性发展

人们在学习不同文化的过程中,不能忘记自己的"根",具有文化自信,发展民族精神,增强民族凝聚力,创造先进文化,民族文化是人们在长期劳动生活实践中所创造的,是能够体现民族特点的文化。中华民族传承五千年之久,具有深厚的历史文化底蕴,一系列民族文化无一不体现着中华民族文化的博大精深。但随着文化的一步步发展,很多问题接踵而来,如文化边际问题、文化存亡问题等。这些都是在人类命运共同体这个大势所趋的环境下现存的问题,想要解决这些问题,就要推动文化转型。而文化转型必不可少的一个因素是文化自觉,文化自觉的前提就是文化自信,做到文化自觉、文化自信,民族文化才能得到更好的发展。我们的文化自信来源于五千年传承的深厚文化底蕴,来源于共产党领导的红色革命精神。民族文化来源于人们的生产劳动生活,人们的生产劳动生活也离不开民族文化的影响,每一种文化都承载着一个国家或民族的精神,秉持着取其精华去其糟粕的态度,一代一代地将优秀民族文化传承下去。

(二)学习国外先进文明

加强文化交流,应在自身优秀文化的基础上,吸收优秀外来文明,使

本土文明与外来文明和谐共生，开阔国民视野，面向世界，面向未来。如引进经典著作、电影，学习西方乐器，人才引进，学者访问等，都体现出拥抱国外先进文化成果、加强对外文化交流的意义与作用。

（三）加强对外传播，弘扬优秀文化

坚持巩固壮大主流思想，弘扬主旋律，传播正能量，要加强正面宣传，提高传播内容的质量，增进传播内容的吸引力以及感染力，让世界各国人民喜闻乐见，产生共鸣，做好对外宣传工作，创新对外宣传方式，加强国际传播能力建设，优化战略布局。如今，具有多种媒体功能的互联网，正在成为全球传播的大平台，发挥着越来越大的影响力，世界范围内，各个国家、民族和个人之间的跨国文化交流日渐普及。人们可了解的范围不再局限于本地区、本民族，作为"地球村"的一员，必须为世界文化交流而思考和行动。在当今"媒介全球化""人类命运共同体"的大背景下，世界文化交流日益加深，这不仅给个人提供了不同文化背景下自由表达观点和建立关系的空间，也使得文化交流因各个国家的文化差异而充满挑战。我们要站在优秀传统文化的基础上，弘扬大国文化，将本土优秀传统文化与西方先进文化进行整合，碰撞出新的火花，交流传播受众需要的文化，集中力量办大事，打造中国独有的文化品牌，实现真正意义上的跨国文化交流。

论文化自信与文化自觉的现实意义

任俊萍　中国传媒大学

从自然走向文化，从孤独走向群体，从安定走向活动，这似乎是人们的自然行为。人们因劳动聚集在一起，又在劳动中产生文化，由人聚集成一个个村落，又由村落聚集成一个个城镇，文化在城镇的建设过程中随着人口迁移不断向外发展，形成不同的民族文化。在文化融合的过程中会出现文化自信、文化自觉、文化边际等问题，由这些问题又可以引申到文化存亡、民族精神等问题。总的来说，文化自觉是指人们在学习不同文化的过程中，不能忘记自己的"根"，要坚定文化自信，发展民族精神，增强民族凝聚力，创造先进文化。2014年10月15日，习近平总书记在文艺工作座谈会上提出，"没有先进文化的积极引领，没有人民精神世界的极大丰富，没有民族精神力量的不断增强，一个国家、一个民族不可能屹立于世界民族之林"。

一、乡土文化的历史根基

人们因为劳动聚集在一起，人与人聚集成村落，村落逐渐发展为大小不一的城镇。文化从人们的劳动中产生，从村落中产生，再从村落中逐渐发展。我国社会学、人类学奠基人之一费孝通先生所作的《乡土中国》讲的就是一种村落文化。费孝通先生于1936年在朋友的好意安排下到江村养伤，从留宿的农民合作丝厂得来的启发中想为这"工业下乡"留下记录。这本书是费孝通先生在田野调查过程中从乡村的日常生活中提炼的一些概念。费孝通先生认为中国是乡土性的，也可以说很多文化都是从乡村产生的，乡村是社会生活的根基。自古以来，对于靠天吃饭的农民来讲，大家都希望世世代代平安无事、自给自足，过着男耕女织的日子，因为怕生事，所以每一代都在重复着上一代的生活，因此"重复"成为乡土社会的一大特点。费孝通先生给这一特点起了个名字，叫"熟人社会"，几代人的朝夕相处，大家互相知根知底，很多乡村特有的行为接踵而来，例如，人们会根据姓氏各成一派，各自维护着自己的宗族。借钱、租赁等这些常理来讲需要签字画押的事情也都靠着互相知根知底式的信任不走立字据的流程。当然这些行为准则存在一定的危害，在这种熟人社会中延伸出了一种"差序格局"，但费孝通先生没有做出明确定义，因为这是一种常见但复杂的社会关系，不是一个简单的概念能解释清楚的，所以费孝通先生又把这个社会关系分解成了不同问题。

人类是群居动物，没有任何一个人能做到与世隔绝，我们拥有各自不同的身份，如子女、父母、配偶、同事等。这些身份就表示我们与社会的联系，但不管哪种身份，你和人拥有的联系都是以自我为中心，进而再向外不断辐射，形成一个庞大而复杂的社会关系网络。这个复杂的社会关系网络中很重要的一个关系便是夫妻关系，在陪一人终老的年代，夫妻是相伴到老也是互相最亲近的人，两个人结合在一起，社会关系不断向外辐射，这其中包含有两个方面，一个是繁衍后代，另一个是结识双方家里的各种亲戚，这样由一个点散开的庞大复杂的社会关系网络就形成了，一个家族就慢慢形成了。

每个人都是以个人为圆心向外扩散的，以个人为圆心对人对事采取不同的评判，亲人犯了错和路人犯了错，大家采取解决问题的方式是不同的。古往今来，中国乡村社会所遵守的社会制度和道德规范缺乏普遍性，每个人都根据自身来审时度势，也就是根据所谓的个人关系网来判断远近亲疏，强调中国是个人情社会。在传统乡土社会中还有一个非常普遍的现象，那就是夫妻并不是靠感情走到一起的，夫妻结合的主要目的还是生育繁衍、壮大门楣、扩大人脉，也就是现在所讲的门当户对的婚姻。在这种社会环境下，大家对爱意都十分矜持，两夫妻也没有什么太过浓烈的对于爱的表达，两夫妻追求生活要无声胜有声。

每一种社会关系都需要有权力作为社会正常运行的保障，乡土社会中存在四种权力：横暴权力、同意权力、长老权力和时势权力。[①] 横暴权力是指，越是在动荡年代越可以依靠武力来赢得势力，哪里有压迫哪里就有反抗，这也是统治阶级与被统治阶级的一种斗争。同意权力是指，人们根据自己在日常生活中的社会分工所达成的一种共识，这种权力的基础是社会契约，是同意，这种权力类似于今天的公约，不是靠法律强有力执行的，社会分工越复杂，同意权力就越大，想要不被这个权力制约，只有做到"不求人"的境界，但在人们的群居生活中，这显然不会发生。长老权力是一种教化性权力，就好像家庭关系里长辈对晚辈的教育关系，长老权力包括但不限于家庭教育关系，这是村子里德高望重的长者所行使的一种权利，他们的意见在村子里代表着权威，这是一种乡土社会特有的权力，"为民父母"说的就是这个意思。时势权力发生在旧社会结构应付不了新环境的时候，在社会动乱时，谁能站出来稳定民心，谁就是英雄，所以中国有句俗话叫作"时势造英雄"。文化顺应时代的发展，根据潮流倾向产生不同文化，一个时期有一个时期的文化，各种不同的文化构成了缤纷多彩的世界文化。乡土社会文化并没有因为时代的发展而无效，反而从根源上总结了现代社会文化是怎样发展而来的。

---

① 费孝通.反思·对话·文化自觉[J].北京大学学报（哲学社会科学版），1997（3）：9.

二、文化自觉的现实理据

1997年在北大社会学人类学研究所开办的第二届社会文化人类学高级研讨班上，费孝通先生对"文化边界"、"文化边际"和"文化自觉"作了科学的解释。

（一）文化边界

"文化边界"是地域上用来划分两个不同单位的界线，在界线两边分属于不同的单位，一旦过界就属于另一个单位，两方不相重叠。"文化边界"是对中心而言的，从一个中心向四周扩散出来的影响，离中心越远，受到的影响就越小，形成一种波浪形状，这相当于力学里"场"的概念，声、光、电、磁，场就是一种能量从中心向四周辐射所构成的覆盖面，在这一片面积里，所受不同强度只有程度上的差别，但是划不出一条有和无的界线，文化就属于这种状态，有中心和扩散的范围，远离中心的可以称为边界，边界是不能用界线来划定的。[①]

（二）文化边际

文化边际问题是不少人现存的问题，比如，一个人是在其他民族聚集地出生的汉族移民，从小受到当地的民族教育，在当地民族文化的沐浴中成长。长大后，随着考学、工作逐渐离开其他民族聚集地，来到一个融合各种民族文化的大城市，那么他从小所接受的文化由其他民族文化为主转变为以汉族文化为主，虽然他是个汉族人，但因其从小受其他民族文化的影响，所以总感觉和汉族文化有点不融合，他在这个转变过程中就会逐渐

---

① 费孝通.反思·对话·文化自觉[J].北京大学学报（哲学社会科学版），1997（3）：9.

感受到"文化边际"的问题,"文化边际"纯粹依靠地域划分文化。

(三)文化自觉

从前文所讲的文化边界、文化边际的问题,我们不难看出文化自觉的重要性。文化自觉是从文学自信发展而来的,最早可以追溯到南北朝时期。先秦时期的文学还是混沌未分的状态,表现在两方面:一方面,表现在概念本身的多义性;另一方面,表现在作品性质的综合性。先秦时期的文学是以文、史、哲、歌、舞、乐混沌合一的方式发展起来的,到了南朝,文学自觉逐渐得到发展,文学自觉最主要的特征是人们对文学的审美特性有了自觉的追求,最直接的成果表现为两方面:一方面,产生了大量的文学理论著作,例如南朝文学理论家刘勰的《文心雕龙》、南朝文学批评家钟嵘的《诗品》;另一方面,文体走向完备,特别是五言诗和志人、志怪小说得到了长足发展,例如《世说新语》。"文化自觉"的首次提出是我国著名人类学家、社会学家费孝通先生于1997年在北京大学社会学人类学研究所举办的第二届社会文化人类高级研讨班上,为了解决人与人之间文化差异问题而提出文化自觉的方法。文化自觉指的是人应该对自己本民族的历史和未来发展具有充分认知,人类命运共同体是大势所趋,我们应该认真保护我们共同的家园,正确把握文化发展规律,主动担当发展文化历史的责任。人们大批大批向城市涌入,将乡村文化带到城市,从某方面来讲,"文化边际"问题、"文化自觉"问题,都是文化从乡村过渡到城市的必经之路。

三、文化自信的现实意旨

我们的文化自信来源于五千年的历史文化积淀,我们有博大精深的优秀传统文化,它能"增强中国人的骨气和底气",是我们深厚的文化软实力，是我们文化发展的母体，积淀着中华民族最深沉的精神追求。我们有"自强不息，厚德载物"——图强自立、深厚宽容的奋斗精神，"精忠报国"——为国家竭尽忠诚的爱国情怀，"天下兴亡，匹夫有责"——拯救天下苍生、拯救民族文化的担当意识，"舍生取义"——为正义而牺牲的大无畏精神，"革故鼎新"——旧事物和新事物更替的创新思想，"扶危济困"——乐善好施的公德意识，"国而忘家，公而忘私"——一心为公的价值理念，这些一直是中华民族奋发进取的精神动力。自古以来，优秀传统文化中的社会理想、治国理念、忧患意识、和平思想、处世之道、治理思想、东方智慧，一直是中华民族治国理政的思想渊源。中华文化历经几千年变化没有中断而绵延至今，证明了我国传统文化的强大生命力，也说明了中华文化能够顺应时代的发展而不断发展壮大，发挥时代的价值。正如党的十七届六中全会通过的《中共中央关于深化文化体制改革推动社会主义文化大发展大繁荣若干重大问题的决定》所指出的"培养高度的文化自觉和文化自信，提高全民族文明素质，增强国家文化软实力，弘扬中华文化，努力建设社会主义文化强国"。我们要彰显信仰之美、崇高之美，弘扬中国精神、凝聚中国力量，提供中国智慧、打造中国样板。努力创作生产更多传播中国价值观念、体现中华文化精神、反映中国人审美追求，打造中华文化的多样性发展。正如 2014 年 10 月 15 日，习近平总书记在文艺工作座谈会上所说："古往今来，中华民族之所以在世界有地位、有影响，不是靠穷兵黩武，不是靠对外扩张，而是靠中华文化的强大感召力和吸引力。"

综上所述，我们的文化自信来源于五千年传承的深厚文化底蕴，来源于共产党领导的红色革命精神。民族文化来源于人们的生产劳动生活，人们的生产劳动生活也离不开民族文化的影响。每一种文化都承载着一个国家或民族的精神。秉持着取其精华去其糟粕的态度，一代一代地将优秀民族文化传承下去。

谈艺术创作与教育的融合

刘彦河　广东省佛山市三水中学

在艺术实践中，创作与教育相辅相成，不可割裂展开。基于此，笔者进行如下探讨。

一、艺术意识形态与社会意识形态

艺术是审美的意识形态、特殊的意识形态，是为满足人们的审美需求和记录社会现实而被创作出来的。真正的艺术精品都是真善美的高度融合、内容与形式的和谐统一。一切艺术创作都是人的主观世界和客观世界的互动，都是以艺术的形式反映生活的本质、提炼生活蕴含的真善美，从而给人以审美的享受、思想的启迪、心灵的震撼。在马克思的著作中，艺术的意识形态与社会意识形态有着紧密联系、互不割舍的关系。

（一）艺术审美与艺术形态

艺术的心理意象与艺术的内在视像在艺术意识形态中都像是一枚种子，必须播在艺术构形的土壤里，才能开出艺术审美之花，结出社会意识形态之果。艺术意识形态不仅可以反映社会经济关系、生产关系和阶级关系，还可以反映社会生活中人们的政治、法律、道德、宗教观念，以及哲学和文艺思想，而且还能反映人们各种审美理想和审美情操。可以这样认为，人类社会生活的一切方面，均包括在艺术的视野范围之内，都可以成为艺术彰显的领域与表现的对象。历史车轮滚滚向前，推动社会不断发展，也促成了艺术家不断探索艺术创作的新方式，无论艺术表现形式迭代如何迅猛，艺术应反映社会意识形态这一特点不会改变。

（二）社会意识形态对艺术意识形态的影响

人在从事艺术活动的过程中，作为社会意识形态下的一分子、社会生产生活中的一员，必然离不开社会意识形态的思维架构。主张"寻乡"的海德格尔认为语言是本体存在之家，而提倡"离乡"的拉康认为语言结构与形式都寄身于社会意识形态文化内部的秩序法则，是先于主体并预备规定主体的言说方式。因此，拉康认为，不是人在说话，而是话在说人。人类参与的社会生活中形成的意识形态是艺术创作的根脉。所以，艺术的意识形态就是折射现实生活的社会人的现实现状的影子。社会政治文化背景对于同时期的文艺创作具有重大影响。经济基础决定上层建筑，一个阶段社会经济的发展状况会对此时期的精神风貌和风俗产生不同程度的影响，社会风俗风貌也会反映大众对精神思想文化以及社会意识形态的需求。所以，在不同的历史时期以及不同的政治意识形态下，产生迥异的文艺创作风格也是必然。

1. 汉赋

相比于经济、政治、军事发展相对漫长的春秋战国时期和短暂的秦朝，汉朝展现了前所未有的大一统国家的新气派。所以汉赋呈现出的艺术特点是气势恢宏、磅礴有力、想象力丰富及藻采夸饰。

2. 元曲

元朝有严格的种族等级制度，其中等级最低的是南宋遗留庶民。南宋遗民无论是人口总数还是对社会经济生产总值的贡献量，都有绝对的优势占比，但是却享有极不公平的科举席位比例，甚至元朝在其执政的数十年间还取消了科举制度，这必定导致大量济世之才失意落魄、黯淡一生。其中，比较典型的就有马致远，其所创作的《天净沙·秋思》就是彼时一些有识之士飘零天涯、凄苦愁楚的心灵写照，该作品也被奉为"秋思之鼻祖""元曲之状元"。同时期关汉卿所著的《窦娥冤》，这种悲剧色彩的作品就非常有代表性地呈现出了元朝时期的文化特征。这些无不体现出社会意识形态对艺术意识形态的影响是广而深的。

（三）艺术意识形态反作用于社会意识形态

"五四运动"以后，一些重大的历史事件对中国大多数知识分子的思想冲击与思维转变的力量是巨大的。在20世纪30年代救亡图存的关键时刻，艺术的创作方向应指向艺术本体的意识形态还是国家政治意识形态，在那个时代的文艺界也存在不同的观点。"创造社"与"太阳社"所引发的关于"革命文学"的争论，对时代主题艺术创作的促进作用绝不可忽视，在叙事艺术化的前提下，主题先行具有重大的现实意义。《黄河大合唱》词作者光未然在诗词中，首次把黄河称为"母亲"；称为中华民族的"摇篮"，把整个中华民族的情感认同推到了一个前所未有的顶峰。冼星海读到这首诗词后激动万分，六个昼夜不眠不休，完成了这首由八个乐章组成的不朽经典之作《黄河大合唱》。1939年，《黄河大合唱》在延安首演取得了巨大成功，随即传遍了全国，滋润了干涸的民族精神之魂。1970年，殷承宗再一次把《黄河大合唱》所蕴含的民族情感用钢琴协奏的方式呈现出来，他激情澎湃、热血沸腾，但是紧锁眉头，有一种强烈的情绪在心中涌动，即使到了整篇作品"国际歌""东方红"高潮旋律时，紧迫的情绪也没能释怀。2022年7月1日，93岁高龄的指挥家郑小瑛与81岁高龄的殷承宗合作钢琴协奏曲《黄河》。此次殷老先生的演奏刚毅振奋、自信洒脱、激情豪迈、神情释然，比起52年前的首次演奏总时长足足延长了1分40秒，这绝不是有意放慢拖延，更不是技术退化退步，而是演奏家在演奏时内心没有了紧迫危机感，从而更加从容不迫、泰然自若。

抗日战争时期延安文艺创作的特点反映了当时军民革命的热情，主流意识形态对民族心性的镜像书写，对于人们在艺术意识形态中感受主体的现实体验有着举足轻重的作用。假设光未然和冼星海没有去延安，没有被人民的力量和民族的情怀所感动，没有抗日图存的主题先行的创作思路，没有被延安精神所感化浸染，也就不会有这样一部世纪经典大作诞生。毛主席曾说道："一首抗日歌曲抵得上两个师的兵力。"在全国抗日战争的关键时期，一曲《松花江上》唱出了东北人民的心声，也让张学良大为动容。《松花江上》在当时，既是一首哀歌，更是一曲战歌。歌曲《义勇军进行曲》，感召无数中华儿女前赴后继、不惧牺牲，冒着敌人的炮火前进，夺取了一次又一次战斗的胜利。1935年电影《风云儿女》主题歌《义勇军进行曲》，第一次奏唱的时长为31秒，1964年《东方红大型歌舞史诗》中奏唱这首歌时长为36秒，延长了5秒。而现代版本的国歌——《义勇军进行曲》总时长46秒，比首演奏唱足足延长了15秒。同样的曲目，在不同时期奏唱时长居然相差如此之大，这又是为何呢？笔者认为，相比88年前，现在国家富强、经济繁荣、社会稳定，人民物质生活与精神追求发生了翻天覆地的变化，中国在国际上的地位显著提升，人民有信心、有力量，歌唱国歌时的表现状态也随之更加自信坚定、豁达稳健。这也说明相同的艺术作品和艺术传播本体在不同时空和语境结构上的变异特质，会带来艺术本体诸多方面的价值重构。

在人类历史发展过程中，一个民族的文化思想精神气度，决定了本民族的历史赓续长度。民族碎片散落化的"意识思想废铁"，被凝练锻造成不朽不败的"精神整钢"，只有具有意识形态的文艺作品才能完成这样神圣的历史使命。艺术家在创作过程中，既要关注社会现实问题，又要充分发挥自己的主观能动性，创作出具有时代特色和个性特点的艺术作品。艺术家应该关注艺术作品中所蕴含的思想观念和价值取向，以期在艺术创作、艺术鉴赏的过程中，不断提高自身思想境界和文化艺术素养，以适应社会不断发展变化的创作需求。

二、中华传统文化传承与创新并重

习近平总书记关于传统文化传承发展提出了三个观点：一是有鉴别地加以对待，有扬弃地予以继承；二是与当代文化相适应，与现代社会相协调；三是中华优秀传统文化创造性转化、创新性发展。①

这三个观点全面完整地诠释了中华优秀传统文化遵循传承发展的本质规律与科学方法论。现当代的文化发展应以习近平新时代中国特色社会主义思想文艺理论作为核心指导，坚持中华优秀传统文化守本固元、继承创新并举的工作方针，着重社会意识形态，强化民族符号以及本土标识，强调文化母题的延续性。守住专属我们中华民族优秀文化的本质、本色、本源，坚定不移地走中国特色社会主义文艺道路；走中正平衡且贯通持久的文艺创作之路。谨记优秀传统文化是我们进行文化建设和创意发掘工作的重要源泉，中华优秀传统文化的创造性转化和创新性发展，是转化生成机制的最佳现实解释。

（一）文化传承的内涵

文化传承是一个民族、一个国家历史发展的重要组成部分。它既是对过去的回顾，也是对未来的展望；是将优秀的文化传统、价值观念、艺术形式等传递给后代的过程。在全球化的时代背景中，传承优秀传统文化是我们艺术工作者的重要使命。文化传承具有以下特点：

1. 历史性

文化传承是在历史发展过程中进行的，既包括对过去文化的回顾，也

---

① 李海燕.以高度文化自信推动中华优秀传统文化"两创"［EB/OL］.（2021-12-30）［2024-03-01］.http://www.dangjian.cn/shouye/sixianglilun/dangjianpinglun/202112/t20211230_6278707.shtml.

包括对未来文化的展望。

2.连续性

文化传承是一个连续不断的过程，要求我们在继承优秀传统文化的基础上，不断创新和发展。

3.多样性

文化传承涉及多种文化形式和价值观念，要求我们在继承和发扬的过程中，给予充分尊重和包容。

（二）批判性继承与创新性发扬并重

1.批判性继承有助于提升文化品质与传承的质量

批判性继承是指在文化传承过程中，对传统文化进行深入的研究和理解，发现其中存在的问题和不足之处，并进行批判性的思考和反省。对传统文化的扬弃性继承，可以使我们更好地认识和理解传统文化的内涵和价值，从而更好地传承和发展优秀传统文化。

2.创新性发扬有助于推动文化的发展与繁荣

创新性发扬是指在批判性继承的基础上，注重创新和发展。传统文化是不断发展的文化体系，需要与时俱进地进行创新和发展。创新性发扬可以使传统文化更加适应现代社会的需求，最大化发挥其应有的作用和社会价值。

（三）批判性继承与创新性发扬有助于实现文化和谐发展

批判性继承与创新性发扬并重，既可以保持传统文化的连续性和稳定性，又可以实现文化的发展和创新。这种平衡有利于实现文化的和谐发展，使传统文化在现代社会中焕发出新的生机和活力。传统文化与时代接轨，就必须要与当代审美、价值观相融合，古今审美同频共振最大化，才能使社会效益最大化。

（四）批判性继承与创新性发扬的实践策略

1. 加强对传统文化的研究与普及

要实现批判性继承与创新性发扬并重，首先要加强对传统文化的研究和普及。深入研究传统文化，可以使人们更好地认识和理解传统文化的内涵和价值；加强普及，可以使更多的人了解和热爱传统文化，尤其对青少年进行"润物细无声"的传统文化熏陶，可以为文化传承提供人才支持及后备力量。

2. 推动文化产业的创新与发展

文化产业是实现文化传承与创新的重要载体。要实现扬弃继承与创新发扬并重，就要推动文化产业的创新与发展。创新文化产业的形式和内容可以使传统文化更好地适应现当代社会的需求，充分发挥其作用和价值，实现社会效益与经济效益双丰收，从而形成互动共赢的良性循环。

3. 政策推动与媒体传播对传统文化的影响

党的十九大把弘扬中华优秀传统文化写进了党章，就是要书写和歌颂生生不息的中华民族的人民史诗。2014年10月15日，习近平总书记在文艺工作座谈会上的讲话中指出："中华优秀传统文化是中华民族的精神命脉，是涵养社会主义核心价值观的重要源泉，也是我们在世界文化激荡中站稳脚跟的坚实根基。"五千年博大精深的文化根脉，我们必须去主动连接赓续。在文化传承发扬的过程中，要取其精华、去其糟粕，既要批判性地继承，更要创新性地发扬；既要把握分寸火候，也要注重表现内容形式、成色比例等问题。我们要留下多少核心的传统本质内容？改革创新到何种程度？我们艺术工作者应该谨慎思考，不能一味盲目追求创新发展而导致出现所谓的"马骡""驴骡"文化现象，使优秀传统文化变了味、变了质、变了色。在国家政策方针指导下，我们既要突破固有的陈腐文化思想的禁锢，又要巩固中华优秀传统文化的主题性和主体性。

2024年中央广播电视总台跨年晚会器乐节目《新国乐飞扬》，还有2024年中央广播电视总台举办的大湾区新年音乐会开场曲《长路漫漫伴我闯》，均采取以民族乐器为主奏、其他乐器为辅的演奏形式，演奏了现代流行音乐甚至摇滚风格的最前沿的时尚音乐。二胡、琵琶、阮等一些本来要坐着演奏的传统民族乐器，现在都可以站起来、走起来演奏，加上现代智能化舞台声光电功效赋能，传统民族乐器大放异彩。几十年来，随着现代音乐的蓬勃兴起，传统民族音乐受众面不断萎缩。近年来，随着国家对中华优秀传统文化的重视不断加强，经过最前沿时尚舞台形式的创新表现和现代科技传媒的加持，民族乐器的自身表现力得以延展，被漠视、被边缘化的传统民族音乐被推到了一个崭新的认识高度。2018年的央视元宵节晚会节目《看今朝》打破地域疆界、突破艺术形态壁垒，把陕北说书和苏州评弹两个地域、两种完全不同风格的表演艺术形式，大胆巧妙地结合起来也是一种新的尝试与创新。在2016年的中央电视台春节联欢晚会上，谭维维演唱的作品《华阴老腔一声喊》把整个华阴老腔乐队搬上了舞台，除了几件传统乐器和电声乐器，还加上长板凳、石砖、木棒子等非常接地气的物件，给观众带来了一段精彩绝伦的正宗华阴老腔摇滚表演。再者，中央广播电视总台电视节目《典籍里的中国》和《经典咏流传》以及15个地方台把传统文化与现代影视科技相结合的优秀作品，均是创造性转化和创新性发展的范本。中华优秀传统文化"两创"的转化生成机制，就是对其传承最核心精神的提格，也是我们当代文艺工作者重要的时代使命担当。

4.流量担当与社会担当

在继承创新中华传统文化的同时，还需谨记守住各种艺术外延形式的边界和艺术情怀的本质操守，不能只为"媚俗流量担当"，缺乏社会价值担当，而误导大众的艺术审美取向。所以，我们艺术工作者既要对人民各种层次的文化追求保持积极态度去研究创作，也要把我们悠久优秀的中华文化传承和发扬下去。

（五）与外来文化的交融、借鉴

1. 与世界文化交融时警惕文化安全

当今处于全球化时代，各国的经济文化彼此相互冲击，世界文化错综交融是大势所趋。狭隘民族主义造成的文化"孤岛"，只能使其被边缘孤立。中华民族向来就有海纳百川、有容乃大的特质，当不同国家民族外来文化与我国的民族文化交融时，我们必须谨慎批判性地去借鉴、接受、融合。弘扬正确、正气、正义的文艺批评精神，在柔性引进外来优秀文化的同时，加以意识形态的刚性约束。既要警惕外来极端敌视意识形态渗透到作品中，对广大受众进行思想控制与精神操纵，又要警惕中国文化安全边界，杜绝国族本土空心化，一定要强调国家民族主义的文化在场性。《花木兰》《功夫熊猫》，以及美剧《西游记》等作品，就是美国利用中国文化元素做外衣，包装西方价值观，再向中国输入的文艺影视作品。北京某大学曾做出引进美国百老汇音乐剧《摩门经》的计划，但剧中大量的美式幽默、百老汇式的荤段子，导致其无论在意识形态、伦理教化，还是在文化导向层面都有很明显的"水土不服"。所以，只有进行语言翻译和剧本改创，适应国人审美意识层面，才能组织排演。

2. 加强国际文化交流与合作

2014年3月27日，习近平总书记在联合国教科文组织总部的演讲中说道："文明因交流而多彩，文明因互鉴而丰富。"在全球化背景下，加强国际文化交流与合作对于实现批判性继承与创新性发扬并重的理念具有重要的现实意义。通过国际文化交流与合作，可以借鉴其他国家在文化传承与创新方面的成功经验，为我国的文化传承提供有益的借鉴方案。

在文化传承中，批判性继承与创新性发扬并重是实现文化繁荣与发展的关键。通过对传统文化的批判性继承，可以提高文化传承的质量；通过创新性发扬，可以推动文化的发展与繁荣。同时，批判性继承与创新性发扬并重有助于实现文化的和谐发展。为实现这一目标，我们需要强调对传统文化的研究力度与深度，深挖其文化品质内核，并在教育方面拓展其广度与辐射面。同时，推动文化产业的创新与发展，加强国际文化交流与合作，使其实现社会效益与经济效益双向受益。只有这样，我们才能在文化传承中实现批判性继承与创新性发扬并重，在"双创"的核心思想指导下，全面提升中华优秀传统文化的世界认同度，为构建人类命运共同体，做出文化大国应有的贡献。

3. 对外来作品进行意识形态中国化改创

优秀的艺术作品具有极强的价值观以及艺术审美的导向性，越是优秀深刻的作品，社会示范性、导向性就越强。在不失原有本质思想精神的情况下，对优秀的外来艺术作品进行谨慎的加工和改创，使其意识形态中国化，从而适合中国民众的审美趋向，这一文化"过滤解毒"的工作环节是极其重要的。中华文化与世界接轨，世界文化与中国交好，这是我们所有文化工作者重要的时代使命担当。中华文化既能"和而不同"地糅合各国文化精髓，走向世界，又能传承拥有五千年历史沉淀的精华，成为世界文化中的一颗璀璨的明珠。

三、艺术创作与艺术教育的导源与拓展

（一）关于艺术创作与艺术教育

艺术创作与艺术教育可以追溯到人类文明的起源。在古代，人们通过绘画、雕塑、音乐、舞蹈等形式来表达自己的情感和思想，这些作品既是艺术创作的成果，也是艺术教育的重要内容。

随着人类社会的发展，艺术创作和艺术教育逐渐成为两个独立的分支领域。艺术创作主要关注艺术家的创作过程和作品本身，强调个性的发挥和创新精神；是创作者对美的追求和表达，体现了人类的精神追求和文化传承。而艺术教育注重培养人们的艺术素养和鉴赏能力以及审美创作能力，并为艺术创作提供了人才支持和理论指导，是一种对群体艺术产生影响的过程性活动。

中国的文艺创作与艺术教育的导源可以追溯到先秦时期，诸子百家的思想碰撞交流为艺术创作提供了丰富的素材及灵感火花，同时也促进了艺术教育的发展。儒家、道家、墨家等学派都对艺术教育和艺术创作产生了深远的影响。例如，儒家强调"礼乐"的重要性，认为艺术是修身养性的重要手段；道家则主张"无为而治"，强调自然和谐之美。随着人类历史发展，文艺创作与艺术教育不断发展壮大。唐代是中国古典艺术的鼎盛时期，诗歌、绘画、音乐等各种艺术形式都取得了辉煌的成就。宋代则是中国古代文学最灿烂的时段，许多著名的文人史学家如苏轼、司马光等，都在这个时期崭露头角并名垂青史。明清两代，戏曲、小说等民间艺术达到了空前的繁荣，如京剧、昆曲等传统戏曲形式至今仍具有很高的艺术鉴赏与传承价值。中华民族的艺术创作与艺术教育在不同的历史时期和文化背景下不断发展演变，并彼此影响、相互促进，成为整个人类文明发展的重要组成部分。分析二者之间深刻的内涵关系，我们对文艺创作与艺术教育在人类社会发展中的重要地位和作用会有更深刻的认知，从而形成更客观的艺术价值观。

（二）艺术创作的导源

艺术创作的导源可以追溯到人类文明的起源。在古代，人们通过绘画、雕塑、音乐、舞蹈等形式来表达自己的情感和思想，这些作品既是艺术创作的成果，也是艺术教育的重要内容。随着社会的发展，艺术创作逐渐分化为两类：一类是以个人为主体的艺术创作，如绘画、雕塑、摄影、音乐等；另一类是以集体为主体的艺术创作，如戏剧、舞蹈、影视等。这两类艺术创作在历史上相互影响、彼此促进，共同推动了人类文明的发展。

（三）艺术教育的导源

艺术教育的导源同样可以追溯到人类文明的起源。在古代，人们通过口耳相传、口传心授、师模徒仿等方式进行艺术教育，这种教育方式既简单又有效。随着社会的发展，艺术教育逐渐形成了一套完整的体系，包括美术、书法、音乐、舞蹈、影视、戏剧等多学科、多形式、多维度的艺术形态。在这个过程中，艺术教师不仅传授技艺，还传播了丰富的文化知识和审美观念，为艺术创作提供了人才后备的支持和系统理论的指导。

（四）艺术创作与艺术教育的深刻内涵

1.艺术创作的内涵

艺术创作是人类对美的追求和表达，也体现了人类的精神追求和文化传承。艺术创作的深刻内涵主要体现在以下几个方面：

第一，审美价值。艺术作品具有独特的审美价值，能够给人们带来美的享受和精神愉悦。

第二，文化传承。艺术作品是文化的载体，承载着一个民族、一个国家的历史记忆和文化传统。

第三，思想启示。优秀的艺术作品往往具有深刻的思想内涵，既能够引导人们思考人生、社会和自然等问题，又具有整合国民思想碎片、提高人们精神维度等社会功效。

2.艺术教育的内涵

教育本身就具有"双创"的职能功效，纵向是传统文化的承上启下，横向是现实文化的开拓创新。艺术教育是培养人们审美能力和艺术素养的过程的总称，它为艺术创作提供了人才支持和理论导向。艺术教育的深刻内涵主要体现在以下几个方面：

第一，审美能力的培养。2014年10月15日，习近平总书记在文艺工作座谈会上的讲话中指出："追求真善美是文艺的永恒价值。艺术的最高境界就是让人动心，让人们的灵魂经受洗礼，让人们发现自然的美、生活的美、心灵的美。"艺术教育通过教授美学知识、欣赏艺术作品等方式，培养人们的审美能力，使人们能够更好地欣赏和理解艺术作品，从而在生活中发现美、感受美、创造美。提升个体对美的感知能力，从而提升其生活品质。

第二，艺术素养的提高。艺术教育通过教授艺术技能、培养创新思维等方式，提高人们的艺术品位和创造力，为艺术表现和艺术创作提供人才储备。

第三，文化传承的实现。艺术教育通过多学科、多维度融合，为传播文化知识和意识形态价值观以及进行艺术创作提供理论指导，更好地完成艺术教育在文化传承方面的历史使命。

艺术创作与艺术教育是人类文明发展的重要组成部分，二者在人类历史发展中相互影响、彼此促进。艺术创作的深刻内涵体现在审美价值、文化传承和思想启示等方面；艺术教育的深刻内涵体现在审美能力的培养、艺术素养的提高以及文化传承的实现三个方面。为了推动艺术创作与艺术教育的繁荣与发展，我们需要加强对传统文化的研究和教育，推动文化产业的创新与发展，加强国际文化交流与合作。只有这样，我们才能在艺术创作与艺术教育中实现批判性继承与创新性发扬并重。

（五）意识形态在艺术作品中解构

在艺术教育活动中，对艺术作品所包含的哲学与意识形态进行解构，是艺术教育的核心内容，也是一个比较复杂和抽象的主题。可以从以下不同的角度进行探析：

1.意识形态的概念

关于意识形态在本文第一部分也讨论过,它是指一种观念、思想体系或价值观,反映了社会、政治、经济和文化等方面的现实,并对人们的思想和行为产生影响。

2.艺术作品的特点

艺术作品可以通过多种形式表达艺术家的观点、情感和思想,例如绘画、雕塑、音乐、舞蹈、戏剧、影视等多种艺术表现形式。

3.意识形态在艺术作品中的表现

意识形态可以在艺术作品中以各种方式表现出来,如人事物主题、情节环节过程、形象特征、习性特点、形状符号、借喻隐喻等。

4.意识形态的解构

解构是一种揭示评断方法,通过分析和揭示文本中的矛盾、张力和不一致性,来突破一贯传统的思想和观念。在艺术作品中,意识形态的解构可以通过对作品中的符号意象和叙事过程进行分析,揭示其中的反向性和差异性,从而完成意识形态在作品中动态解读。

5.音乐意识形态在音乐教育中结合

笔者从事音乐教育工作多年,在音乐教育活动过程中有一些工作体会,初探浅析以下几个方面:

(1)音乐作品中的意识形态

音乐作品可以传达各种意识形态信息,例如政治、宗教、社会和文化观念等。这些信息可以通过歌词、旋律、节奏、和声等元素表现出来。

(2)音乐作品中的意识形态解构

在音乐作品中,意识形态解构可以通过对作品中的符号、意象和叙事进行分析,揭示其中的矛盾和不一致性,制造音乐新元素与新冲突,进而推动音乐新动机与原有乐思的平衡发展,完成作品揭示的最终艺术审美目标。

（3）音乐作品中的政治解构

许多音乐作品都涉及政治、战争、事件等主题。这些作品的特点是可以通过解构政治意识形态来表达作者的观点和态度，在音乐艺术与意识形态中找到最佳结合点，实现音乐在政治观点中的最大化赋能。

（4）音乐作品中的文化解构

音乐作品可以涉及文化主题以及跨学科融合，其中包括历史事件、文学活动、性别职业、行业行规等。通过解构文化意识形态，音乐作品在和人类社会深度融合的过程中，不仅丰富了人们当代的文化价值观，还强化了人们的优秀传统文化意识。

（5）音乐作品中的个人意识解构

一些音乐作品可以表达作者个人的情感和体验，音乐作品中的意识形态解构是一个复杂的过程，需要对作品元素进行深入的分析和解读，不同的人对同一作品或相同的人对相同作品在不同时期都有着不同的解构点和切入面。

（6）歌曲作品在教学中的解构

① 歌曲作品在教育教学中的价值与意义

随着教育改革的不断深入，教育部对音乐教材进行了几次大调整，课堂教学的方式及手段也日益多元化和多样化。歌曲作品在教育教学过程中的作用，逐渐受到关注和重视，歌曲的教学过程也成为美育活动的重要形式。不仅可以激发学生的兴趣和参与热情，还可以在学习歌曲的过程中，使学生丰富情感、平衡情绪，树立正确的"三观"意识。

② 歌曲作品在教育教学中的作用

激发学习兴趣：歌曲具有优美的旋律和易记的歌词，能够迅速吸引学生的注意力。通过将知识点与歌曲相结合，学生可以在轻松愉悦的氛围中学习，提高学习效果。

强化记忆：歌曲的节奏和旋律有助于学生记忆知识点。在反复演唱的过程中，学生可以自然而然地记住知识点，降低遗忘率。

拓展知识面：歌曲可以作为知识传递的载体，通过歌词和旋律，向学生传递丰富的文化内涵和背景知识，帮助学生拓宽视野、提升认知。

培养审美情趣：歌曲作品可以培养学生的音乐审美情趣，提高学生的艺术素养。通过欣赏和演唱不同类型的歌曲，学生可以感受多彩的音乐风格以及艺术的魅力。

树立信心，增强团队精神：歌曲教学方式多样，包括独唱、对唱、重唱、小组唱、小合唱以及全员参与的混声合唱。在树立个人信心和增强团队精神建设方面，无论学生参与何种形式的演唱，歌曲艺术教学相对其他学科来说都有着不可比拟的优势。

③歌曲作品在教育教学中的应用建议

选择合适的歌曲：教师需要根据教学内容和目标，选择与知识点相关的歌曲。歌曲的旋律和歌词要符合学生的年龄特点与认知水平，易于理解和记忆、易于操作训练以及歌唱表现。

适度运用歌曲：教师在教学中应适度运用歌曲，避免过度依赖或滥用歌曲。应根据年龄段以及教学任务需要，合理安排歌曲在教学中的主次位置和时间分配。

创新教学方式：教师可以结合歌曲作品，采用多元素、多元化的教学方式。如演唱、赏析、讨论、互动、旋律补充、歌词填写等。还可以利用现代化多媒体教学手段，多渠道、多手段为课堂教学服务。通过创新教学方式，提高学生的学习兴趣和全员参与的广度。

注重教学效果：教师在运用歌曲作品进行课堂教学时，应注重教学效果的评估和反馈。根据学生的反应和实际效果，及时调整教学策略和方法，确保教学效果的最大化。

（7）歌曲艺术在教育教学过程中具有广泛的应用前景和价值

将歌曲与教学内容相结合，不仅可以提升学生的学习兴趣和积极性，还可以加深学生对知识点的理解和记忆。音乐教学现在越来越多地进行跨学科的创新,既打破了音乐课堂的界限,又丰富了音乐艺术的教育意义。未来,随着教育教学的不断发展和创新,歌曲艺术将在更多领域发挥其独特的价值和作用,为教育教学注入新的活力。

四、以上三点之间的相融关系

在漫长的人类历史发展中,文艺始终作为时代的号角,在历史奔流的浪潮中引领人类文明的方向。

(一)综合艺术审美意识架构

马克思主义认为:艺术是审美的社会意识形态,具有意识形态的一切共性;艺术是特殊的精神生产,通过感性的形象来反映现实社会生活,而现实社会生活的变化也必然影响艺术形式和内容的变革;艺术以审美的方式反映社会的现实状况,所以必须遵循美的规律进行审美创造、唤起审美愉悦、传递美感形象。对美的认知赏析是人类独有的属性,各种美好的事物,我们会出于本能无条件接受。所以,综合审美意识架构,对于强化一个人的社会属性具有重要意义。然而,综合审美意识的构建仅仅靠我们艺术工作者一己之力是做不到的。社会氛围、主流媒体、家校联动以及教科书的课堂渗透,诸多环节都很重要。作为老师在课堂上除了教授科学知识,还应该讲些什么?作为家长除了让孩子吃饱穿暖、完成课业,还应该做些什么?作为社会媒体机构除了追求经济效益,还应该传递些什么?笔者认为,怎样在基础的艺术教育中,更好地构建综合审美,把意识形态政治高度、家国民族情怀与艺术审美结合起来,在艺术表现者心中形成合力,为艺术做更立体的赋能,正是当下所有艺术教育工作者应该思考的课题。政治美学在艺术生态中的体现,既是艺术存在的需要,也是提高艺术本位的必然,所以,艺术意识形态从属国家意识形态有着其内在的必然性。

（二）文与化

将中华优秀传统文化传承、意识形态与教学教育相融合，可以帮助年轻学生更好地理解自身和自己所在的世界，培养其文化自信和社会责任感。在中华优秀传统文化传承、意识形态与教学教育相融方面，笔者有以下几点建议：

1. 纳入教材课程

将文化传承和意识形态的内容，根据年龄段特点，编纂进各级教材里，纳入教学课堂中。通过对这些课程的学习，学生可以了解中华民族不同历史时期文化和意识形态的背景、特点以及影响。

2. 创新教学方法

采用启发式、探究式的教学方法，引导学生思考和讨论文化传承和意识形态的问题。例如，研读、精读经典作品，通过解释人物、角色扮演、案例分析、小组讨论等方式，让学生亲身体验和思考、汇总提炼，全员沉浸式学习和立体式感受，拓展课堂教学边界。

3. 参与实践活动

组织学生参加文化传承和意识形态相关的实践活动，例如参观博物馆、党史馆、革命烈士公园或故居、文化遗址，参加和传统文化相关的拓展活动等。这些活动可以让学生更深入地了解文化传承和意识形态的内涵和意义。

4. 内外兼修教师形象

德高为师、身正为范。教师是学生的榜样，教师的言行和态度会对学生产生深远的影响。因此，教师除了要在教学业务中不断与时俱进、自我提升，还应该在教学过程中注重文化传承和意识形态引导，以身作则，为学生树立正确的价值观和行为榜样。

5.多元维度文化教育

在教学中注重多元文化教育、多维度拓展教育以及跨学科融合。让学生了解不同文化之间的差异性、共通性以及关联性，提升学生的跨文化交流能力，培养学生的全球视野。

将文化传承、意识形态与教学教育相融合，需要教师在教学中注重引导和启发，采用多样化的教学方法，让学生在实践中感受和理解文化传承和意识形态的重要性。

（三）传与育

无论艺术以何种形式表现，其核心的意识形态都应该是对社会性负责，为传承性担当，成为美育和德育的"桥头堡"或"主阵地"。艺术教育者在从事艺术活动之前，应构建一个明确的艺术意象，形成本体想象性在场，否则就会缺乏艺术主体存在之境，出现在场性缺席，即"人在心不在，声在情不在"。《礼记·乐记》中有这样的描述："凡音之起，由人心生也，人心之动，物使之然也，感于物而动，故形于声。"

总结成四个字就是"由心而发"。艺术作品的真情实感可以成为改变人的思维和行为的核心密钥，从底层逻辑上对受众的意识、态度以及行为进行积极干预，保持受众精神文化的连续性，抵御断裂性文化衰退。所以，艺术作品建构形成艺术意象体验，提升艺术综合审美意象，从而带来精神层面具象思维的影响与意义是厚重深远的。

（四）意识与镜像

文艺工作者的任务就是把那些经典的来自人民的典型性主流英雄群像，用文章、音乐、画像、影视等艺术手段，刻画在大众心上，烙印在中华民族历史记忆中。主流意识形态对民族心性的镜像书写，在艺术意识形态中有着举足轻重的地位。中华民族经历了无数颠覆性的磨难,在世界大潮的激荡中仍然乘风破浪、挺立潮头,并且在46种中国共产党人精神谱系的英雄群像引领下,大踏步迈上中国梦的辉煌强国之路。"万水千山不忘来时路,树高千尺根深在沃土。""春天的故事传遍了天涯,新时代的号角中再一次出发。"艺术家通过《国家》《不忘初心》《追寻》《再一次出发》《灯火里的中国》等优秀的主旋律歌曲,把人民对时代的审美期待,切合时宜地表达抒发了出来。还有《我爱你,中国》《我和我的祖国》等歌曲,也是我们在重大节日反复播放、百听不厌的优秀作品,既能很好地体现出音乐艺术的审美价值,又具有召唤凝聚民族精神的意识形态政治高度,这样的艺术作品还有很多,我们也期待未来还会有更多。

2014年10月15日,习近平总书记在文艺工作座谈会上的讲话中指出,"人民既是历史的创造者、也是历史的见证者,既是历史的'剧中人'、也是历史的'剧作者'。文艺要反映好人民心声,就要坚持为人民服务、为社会主义服务这个根本方向。这是党对文艺战线提出的一项基本要求,也是决定我国文艺事业前途命运的关键。只有牢固树立马克思主义文艺观,真正做到了以人民为中心,文艺才能发挥最大正能量。以人民为中心,就是要把满足人民精神文化需求作为文艺和文艺工作的出发点和落脚点"。只有把人民作为文艺作品的核心主体,我们才能真正在劳动生活中发现平凡之美,创作出思想精深、艺术精湛、制作精良的艺术作品,从而绽放出人民光辉的非凡之美。

谈中国原创影视体裁改编音乐剧现象

蒋　劼　中国传媒大学

2023年我国音乐剧票房呈现明显涨势。北京天桥艺术中心于2023年7月25日在官方微信公众号发布文章称："随着今年第209000张票——来自《法语音乐剧明星集锦音乐会》的演出票售出，天桥艺术中心2023年票房正式突破亿元大关。在全国范围内，年度票房能够破亿的剧院实属凤毛麟角。天桥艺术中心上一次破亿纪录诞生于2019年9月，时隔四年再度破亿并提前2个月刷新纪录。"[①]根据网络统计，2023年全国上演音乐剧共193部，总场次达9960场；2024年前3个月，全国上演音乐剧共67部，共1583场。我国音乐剧不断有新剧目定档，一些剧目还新增了演出场次。在这股音乐剧蓬勃发展的势头中，中国原创音乐剧不断涌现，其中一个重要的部分是由影视体裁改编衍生的音乐剧，以及改编自小说或者漫画等文学作品，已经以影视剧、动画片的形式上映、播出，再由音乐剧制作公司制作成音乐剧来上演的音乐剧剧目。截至2023年12月，已经上演的此类音乐剧有《唐人街探案1》《周生如故》《独行月球》《超时空同居》《少年歌行·梵音谣》《觉醒年代》《猎罪图鉴》《夜半歌声》《唐朝诡事录之曼陀罗》《白夜追凶》《江姐》《沉默的真相》《隐秘的角落》《伪装者》

---

① 北京天桥艺术中心. 原创与引进齐发力，天桥艺术中心年度票房加速破亿［EB/OL］.（2023-07-25）［2024-03-01］. https://mp.weixin.qq.com/s/cwVfOIqYJz0nwJovHLcwyA.

《灵魂摆渡之永生》《钢的琴》等。这批音乐剧在我国音乐剧市场上表现良好，收获了很多音乐剧观众的喜爱，其中不少唱段已经广为流传，成为音乐剧专业人群以及音乐剧爱好者经常演唱的曲目，成为观众记忆该音乐剧的一个明显的标识。

一、影视体裁改编音乐剧成为中国音乐剧的一种重要类型

体裁是指一切艺术作品的种类和样式，其艺术结构在历史上具有某种稳定的形式。体裁表示一门艺术内部分类的概念，在每一种体裁中都可以看到内容的某种共同性以及方向性、生活现象取舍及其艺术体现、思想和审美评价、感染作用特点的某种共同性。每一种体裁都有一整套相对稳定的艺术手段，这些艺术手段就是这一体裁的独特辨认标志。体裁就是样式、类型，是稳定的，是固定下来的形式。音乐体裁是指交响曲、协奏曲、练习曲、创意曲、赋格曲、奏鸣曲、谐谑曲、叙事曲等不同音乐种类；音乐剧类型是指"摇滚音乐剧、概念音乐剧、点唱机音乐剧、剧情为重的音乐剧、叙事性音乐剧"[①]等，每一种音乐剧类型内部相对固定，同类型音乐剧存在共性。

从上述音乐剧市场表现可见，由影视体裁改编的音乐剧已经逐渐演化、形成了中国原创音乐剧的一个重要体裁类型。其依据是：

（一）演出数量

在同时期上演剧目中，影视剧体裁改编的音乐剧数量稳定，演出场次较多。比如2023年，音乐剧《猎罪图鉴》演出109场，音乐剧《少年歌行·梵音谣》演出59场，音乐剧《沉默的真相》演出55场，音乐剧《唐

---

① 张小群.音乐剧术语词典［M］.上海：上海音乐出版社，2014：1-3.

人街探案1》演出50场，音乐剧《觉醒年代》演出35场，音乐剧《灵魂摆渡之永生》演出33场，音乐剧《唐朝诡事录之曼陀罗》演出30场，音乐剧《白夜追凶》演出30场，音乐剧《周生如故》演出25场，音乐剧《独行月球》演出13场，音乐剧《夜半歌声》演出12场，音乐剧《理想之城》演出9场（包括在第二届全国优秀音乐剧展演中演出2场），音乐剧《超时空同居》演出8场，音乐剧《闪闪的红星》演出6场，音乐剧《在远方》在第二届全国优秀音乐剧展演中演出2场。

（二）孵化计划

笔者持续关注上海文化广场主办的"华语原创音乐剧孵化计划"。该项目从2019年到2024年，已开展了六年。通过其官方社交媒体矩阵中的微博号"文化广场Produce"发布的内容得知，2019年，该计划有77部作品参与，2020年增加到147部作品，2021年征集到44部作品，2022年有74部作品通过三个赛道正式进入孵化阶段，2023年收到68部作品。2022华语原创音乐剧孵化计划在自由投稿作品孵化版块之外，设置了两个新赛道，其中之一是影视IP音乐剧孵化版块。该赛道与爱奇艺星尘工作室合作，要求报名者根据爱奇艺指定作品《八角亭迷雾》《穿盔甲的少女》《两世欢》这三部作品创作出影视IP原创音乐剧（根据三部IP原作改编的音乐剧作品）。三部影视作品，其中《八角亭迷雾》的类型是现代、悬疑、家庭；《穿盔甲的少女》的类型是校园、成长、爱情、体育；《两世欢》的类型是古代、悬疑、爱情。《八角亭迷雾》成为最终入围作品之一，在2022年12月15日举行了工作坊呈现。2023年影视IP孵化赛道继续发力，让选手根据爱奇艺自制剧集《罚罪》《摇滚狂花》《超时空罗曼史》这三部作品进行音乐剧创作。另外，2022华语原创音乐剧孵化计划的"特邀孵化"版块，将影视IP《缝纫机乐队》改编成了音乐剧版。显而易见，"影视IP""悬疑"等关键词正裹挟着目前中国原创音乐剧创作领域。

（三）学术观照

处在音乐剧学术前沿，具有敏锐嗅觉和洞察力的北京大学国际音乐剧研讨会，每年的研讨议题都能紧紧抓住当下音乐剧的创作态势以及当年的热点现象。2023年，第八届北京大学国际音乐剧研讨会以"中国音乐剧的中国式现代化表达研究"为主题，关注中国经典文学作品、影视体裁改编中的音乐剧转换，以及西方经典文学作品音乐剧原版与中文版的差异性研究。[1] 这届研讨会把"影视体裁改编的音乐剧转换"专门作为一个议题进行研讨，经过与会的安怡教授、张小群教授、张筱真作曲家、刘大毅董事长、西麒润主任、崔燕老师以及本人对该议题的热烈研讨，认为："影视剧改编成为国内原创音乐剧是出圈的又一热门赛道，如音乐剧《在远方》《理想之城》《觉醒年代》等，但在其主题意蕴、文化独特性的传达等方面是否还有待市场磨炼，影视剧如何为音乐剧注入源源不断的活力，音乐剧又如何从影视剧中萃取精华保持其魅力的持久性，是转换中需要关注的问题。"[2] 北京大学国际音乐剧研讨会对影视体裁改编音乐剧类型的关注和讨论证明了这个类型现在已经是中国原创音乐剧一个举足轻重的体裁类型。

二、影视体裁改编音乐剧的形成是否受到类型电影、特定题材影视剧的影响

既然以影视为音乐剧项目之基础，那么有必要考虑此类音乐剧有没有

---

[1] 北大音乐剧研究中心. 会议通知 | 第八届北京大学国际音乐剧研讨会［EB/OL］.（2023-09-27）［2024-03-01］. https://mp.weixin.qq.com/s/ZNeskEp5l9xJ_Ti_MxfEgA.

[2] 北大音乐剧研究中心. 北京大学第八届国际音乐剧研讨会暨音乐剧学院奖圆满举行（第二辑）［EB/OL］.（2023-11-14）［2024-03-01］. https://mp.weixin.qq.com/s/PIhzB4X534GES3WbKsmWOw.

受到类型电影、特定题材影视剧的影响，需不需要与类型电影、特定题材影视剧做一些必要的比较。笔者曾经撰文论述音乐题材影视剧，对音乐题材电视剧的界定是：剧中角色从事音乐职业，包括音乐院校师生，古典音乐或民族音乐指挥家、演奏家，流行音乐歌手、作曲家、音乐制作人，摇滚音乐人以及音乐剧人士等，演绎着有关励志、青春、爱情、亲情、校园、职场、家庭、伦理等故事的叙事电视剧。不同于军旅题材、农村题材、历史题材等边界清晰的电视剧类型，以音乐为题材的电视剧不容易归类，它们在音乐的包装下继续着都市情感剧、职场剧的套路。

笔者也分析过类型电影。类型电影是将商业娱乐电影大体划分为多种不同的类型，让某些相同或相似的内容元素在不同的影片中反复出现，使观众因为熟悉的观影体验而感到心理上的安全和满足。在类型电影的制作过程中，编剧、导演、摄影、美术、演员等必要工种，如"装配流水线"般被安排在电影生成过程中进行模式化生产整合。类型电影自20世纪20年代出现以来，逐渐成为美国商业电影创作的主流，在二十世纪五六十年代达到顶峰，音乐歌舞片这种类型电影涌现出了《音乐之声》《雨中曲》《出水芙蓉》等佳作。音乐歌舞片中的音乐歌舞直接参与叙事，它们不只是烘托剧情的道具和一般配乐，音乐歌舞片中的音乐场面就是电影内容的一部分，并由故事中的人物表演出来。歌舞片中的音乐内容既可以以接近于舞台表演的形式出现，比如角色间的对话、内心独白或日常动作等都以歌舞来表达，又可以在特定的环境中完成真正的音乐歌舞表演，比如再现一场交响音乐会或一幕音乐剧演出。这种写实状态下的表演是剧情的一部分。影视学界对类型电影的研究和探讨从未间断过，例如2023年10月，由国家一级学会中国高等院校影视学会举办的第十六届中国影视高层论坛，举行了18场专题论坛，其中之一就是"类型电影创作现状研究"。

在如今这个网络无处不在的时代，许多年轻观众看完一部音乐剧之后，乐于在自己的社交媒体账号上发布观剧短评，谈自己的感受，吐槽或是赞美，一吐为快。而剧组、演员非常在意观众的反馈，也希望观众通过社交媒体，将自己这部剧传播出去，触达更多的潜在观众。有音乐剧观众观剧后发表笔记写道："歌算是还行吧，MSK[①]的经典审美，一个人物至少一首大歌，离开高音不会表达情绪，很无语……"另一位观众的观后感，标题为"音乐剧 看得爽就行了"。她写道："IP+话剧+大歌+人质+吕学平[②]的青春疼痛的形式，集合了我所有的点，要是能缩短时间，减少群演就完美了。我是'土狗'我超爱这种爆米花音乐剧！"让观众明显感觉到音乐剧创作"模式化"，犹如"爆米花"，能紧紧抓住观众"痛点"，犹如"流水线"组装品，似乎这就是目前我国音乐剧市场商业性原创作品的典型气质，属于"快餐中的精品"。经由我国著名音乐剧制作人、出品人亲口印证，比起一些打磨数年的音乐剧来说，目前一些剧目，打磨时间明显不足，从立项到首演，时间较为紧凑和仓促。虽然说影视剧 IP 衍生的音乐剧还未曾深受类型电影、特定题材影视剧的影响，但是从其中某几部票房的"宠儿"、市场的"爆款"来看，好听的大歌，加上旋律中的高音，加上震撼的视觉效果，加上舞台高科技呈现，加上悬疑惊悚标签，加上明星音乐剧演员，加上现场乐队……事实上已经形成了创作、制作上的规律性，百试不爽。仿佛一部音乐剧只要有以上这些创作元素，观众就会热情地买票来看剧。

三、影视体裁改编音乐剧的亮点

（一）概念主视觉

音乐剧《猎罪图鉴》邀请艺术家庞浩进行概念主视觉创意与摄影。主视觉不仅出现在该音乐剧的场刊、衍生品、海报等各种物料上，也在舞台

---

① 网友用拼音首字母指代中国音乐剧制作公司"缪时客"。
② 著名音乐剧编剧。

大幕上露出。通过场刊，观众可以了解到艺术家庞浩本次主视觉创作的意图和思路。同时，在本剧上演期间，演出的剧场大厅里设有该音乐剧概念视觉系列的视觉装置"全知之眼"，场刊也对这个视觉装置设计做了图文并茂的介绍。在增加概念主视觉部分，视觉艺术创作和戏剧之间发生勾连与碰撞，对《猎罪图鉴》这个 IP 而言，线下舞台戏剧演出比电视剧播出更深刻、更直观。音乐剧《猎罪图鉴》演出过程中使用到实时摄影和实时同传 LED，将音乐剧的科技感和舞台表演的实时感传达得淋漓尽致。笔者认为，概念视觉、概念装置等是影视体裁改编音乐剧的亮点，尽管并不是这类音乐剧专属的亮点，但是可以区别于其他类型音乐剧，特别是可以区别于国外引进版权音乐剧，形成专属于中国原创音乐剧的一大特色。

2023 年 10 月 24 日，庞浩凭借原创音乐剧《赵氏孤儿》《猎罪图鉴》主视觉作品获得了 Graphis 国际广告大赛最高奖铂金奖和金奖。庞浩在自己的网络账号中发布这个好消息并写道："中国音乐剧视觉作品与迪士尼、奈飞、福克斯、派拉蒙的作品平分秋色。感谢剧方的支持和给予我的创作空间，愿有更多优秀的华语作品可以被更多人看见。"音乐剧《赵氏孤儿》的制作公司徐俊戏剧官方微博也发博祝贺，写道："《Graphis》杂志主办的国际视觉设计奖项备受全球设计界瞩目，不受商业利益左右，坚守视觉设计领域的专业性；不仅是彰显国际视觉设计成果的最重要事件，也对世界范围内的视觉设计趋势产生极大影响；获得该奖项代表着国际视觉设计界权威评审对设计师专业水平的认可。"庞浩获奖也印证了本人的观点：概念视觉、概念装置设计，是我国原创影视题材改编音乐剧的亮点。

（二）传唱度高的歌曲唱段

影视体裁改编音乐剧在上海、北京的多轮演出以及全国巡演，把这些剧目带到了全国音乐剧观众面前，也把剧中的唱段带到了观众的耳边。例如，音乐剧《沉默的真相》唱段《迟到的正义》《丢了》《雨夜》，音乐剧《猎罪图鉴》唱段《沸腾的大海》《猎罪绘形》《看见》《死神与少女》，音乐剧《白夜追凶》唱段《犯罪行为侧写》《叛徒》，音乐剧《钢的琴》唱段《练习曲》《夜还长》《隔壁老王》《雪》等。比起电视剧，由这些歌曲帮助树立起音乐剧中人物的形象、性格、行动，使一个个剧中人物更加鲜活，让观众印象更加深刻。我们可以观察到，许多观众着迷于唱段的歌词，对歌词的表述是否"信达雅"非常执着，近乎苛刻。他们购买场刊、演员明信片、衍生商品，还购买和交换歌词本。观众的音乐素养是参差不齐的，不能要求所有音乐剧观众都会识五线谱，都能把唱段的旋律唱准，但观众普遍具有较高的文化素养，擅长通过歌词对剧情、人物进行深入理解。

同时，制作公司也发现，一部音乐剧以其传唱度高的歌曲唱段被广泛传播，其实是对该音乐剧最好的营销。于是他们推出音乐剧原声专辑，并在音乐剧每晚演出谢幕环节，安排剧中歌曲返场表演，让观众过足"戏瘾"。

音乐流媒体平台"网易云音乐"的"精选榜—上海榜"，总是被音乐剧原声专辑"霸榜"，说明平台用户听音乐剧原声专辑的频次非常高。据笔者查询统计，2024年3月14日"上海榜"在榜的100首歌曲中，有13首出自影视体裁改编的中国原创音乐剧的原声专辑。其中，音乐剧《周生如故》唱段《刻骨》（张泽版）登顶榜首，音乐剧《周生如故》唱段《刻骨》（徐昊版）位列榜单第二名，音乐剧《猎罪图鉴》唱段《晴雨天》排在榜单第五名，音乐剧《猎罪图鉴》唱段《看见》排在榜单第九名。音乐剧《猎罪图鉴》于2024年3月10日刚刚结束了2024年上海的17场演出，音乐剧《周生如故》于2023年12月29日至2024年1月7日在上海进行了二轮演出。该榜单反映出了"网易云音乐"上海用户对音乐剧的高度关注，特别是对正在上演或刚刚演完的影视体裁改编的中国原创音乐剧的关注和喜爱。

随着时间流逝，观众的观剧印象可能会越来越模糊，音乐剧演了什么剧情不记得了，但是代表剧中人物的角色歌，比如《练习曲》之于陈桂林,《沸腾的大海》之于沈翊,《丢了》之干江阳,留在了观众心中。

（三）对剧场的要求

从已经上演的情况来看,绝大多数影视体裁改编音乐剧的演出被安排在大剧场、中剧场。例如《猎罪图鉴》上海首轮在拥有1006座的人民大舞台、1507座的云峰剧院演出,2023年全国巡演分别在武汉1459座的武汉剧院、北京1000座的天桥艺术中心中剧场、西安1000座的西演SPACE·西安广电大剧院、成都1200座的高新中演大剧院演出。在环境式小剧场演出音乐剧,观众更在意沉浸互动体验,多次买票重复观看某音乐剧的观众对于演员每次演出时的"现挂"（当日即兴发挥）台词和表演也津津乐道。而大剧场音乐剧,更多是感受音乐、视觉带来的震撼,互动性较弱于小剧场。影视IP本身已有基数庞大的观众群体,无论是话题度方面还是收视率方面,它们都"自带流量",这些"流量"有助于转化成音乐剧票房。从影视IP改编而成的音乐剧,故事情节适合全年龄层观众,可以更好地平衡男女观众比例；剧情内容的吸引力以及整个音乐剧剧组的凝聚力,大于个别音乐剧明星的票房号召力,可以有效提升观众的购票意愿,顶住大中型剧场的票房压力。

四、中国音乐剧必须坚持以人民为中心的创作导向,将思想精深、艺术精湛、制作精良的剧目奉献给人民

中国音乐剧创作从起步到21世纪初,已经有许多剧目储备。在理论研究方面,学者们不约而同地从剧本、音乐、舞蹈、实践应用等各方面来研究中国音乐剧应该如何创作,应该遵循怎样的创作规律。数十年来,音乐剧人为音乐剧在中国土地上能够茁壮成长而孜孜不倦地追求。

这些国内原创音乐剧作品，关注社会现实题材，直面灰色甚至黑暗地带，带给观众更多的反思。视角之锐利，主题之犀利，笔刃之锋利，直戳人生人性之毒利，警世意蕴甚至有超越其他类别舞台剧的势头。这也正是国内网剧与音乐剧等文艺创作这几年最值得关注和称道的成长之处。[①] 我们看到，剧评人、媒体人给予了影视体裁改编音乐剧高度评价，这段文字也简要回答了影视体裁改编音乐剧之所以近几年在中国音乐剧市场上蓬勃兴起的原因。但是，笔者认为，它只是中国原创音乐剧的一个版块，而不是全部。影视体裁改编音乐剧的发展对中国音乐剧总体发展的影响和作用还有待观察。观察的重点还应包括此类音乐剧的特点。例如，对影视剧 IP 的选择如何取舍；此类音乐剧的受众人群、受众体量大小、活跃程度、观剧意愿；此类音乐剧对原文学作品的解读、改编深度，对影视剧前作的改编主要有什么表现方式，已经有了影视剧还要做音乐剧版本的根本原因是什么，吸引观众进剧场再领略一遍这个故事的原因是什么；此类音乐剧在音乐、表演、编舞、舞美、音响设计、衍生品等方面的特点和创新；等等。

2023 年，笔者现场观看了几部优秀的舞台作品，有"庆祝中国共产党成立 100 周年舞台艺术精品创作工程"重点扶持作品、2022 年度国家艺术基金资助项目、北京文化艺术基金（2021）年度资助项目舞蹈诗剧《只此青绿——舞绘〈千里江山图〉》，它歌颂并致敬了中华优秀传统文化及其创造者、传承者，号召和感谢观众成为中华优秀传统文化递藏者；有《古籍里的古曲》之音乐剧场《广陵绝响》，它"以现代手法讲述中国传统典故"，"以史为镜，照见生命的本质"（此演出宣传词出现在演出场地北京大华城市表演艺术中心宣传灯箱上）；观看了北京文化艺术基金 2022 年度资助项目音乐剧《觉醒年代》、中国国家博物馆和中国传媒大学联合出品的原创文物活化舞台剧《盛世欢歌》，以及"为人民绽放"——国家艺术

---

① 王润. 音乐剧《沉默的真相》：真相不会沉默，歌曲直击人心［EB/OL］.（2023-06-11）[2024-03-01］. https://www.sohu.com/a/684413503_163278?scm=1102.xchannel:1500:110036.0.1.0~9010.8000.0.5.2865.

基金设立10周年优秀小型节目展演直播（直播日期为2024年1月1日）。这些舞台艺术作品不愧是在观念和手段、内容和形式方面深度创新，"凝聚文艺原创能力，经得起人民检验和评判，立得住、留得下、传得开，满足人民文化需求和增强人民精神力量的优秀舞台艺术作品"[1]。中国原创音乐剧不仅需要涌现全年龄层观众喜爱看的悬疑题材、影视剧体裁改编剧目，更是需要产出"能为人民抒写、为人民抒情、为人民抒怀"[2]的精品力作。精品之所以"精"，就在于其思想精深、艺术精湛、制作精良。[3] 热门剧目的市场行为只能是中国音乐剧发展的外部力量，中国音乐剧发展的本质必须是"坚持以习近平新时代中国特色社会主义思想为指导，全面贯彻落实党的二十大精神，深入学习贯彻习近平文化思想，坚持为人民服务、为社会主义服务，坚持百花齐放、百家争鸣，坚持创造性转化、创新性发展"[4]，中国音乐剧创作必须"坚持以人民为中心的创作导向"[5]，在众多优秀作品的"高原"中十年磨一剑、精心打磨出"高峰"作品，打磨出能够传世的作品。

中国传媒大学在音乐剧人才培养方面，与国内外知名音乐剧院校与音乐剧专业机构相比虽然起步较晚，但也不是无足轻重。中国传媒大学在音乐剧演员培养和音乐剧舞台实践方面，高度强调实践性，高度重视学术性、创新性，近年来推出了一批活跃于我国音乐剧行业的优秀音乐剧演员，为我国音乐剧市场培养和输送了吴勃臻（原创音乐剧《赵氏孤儿》群演、音乐剧《剧院魅影》中文版饰演安德烈先生）、黄恩茹（音乐剧《基

---

[1] 国家艺术基金.国家艺术基金（一般项目）2025年度舞台艺术创作资助项目申报指南［EB/OL］.（2024-03-01）［2024-03-01］.https://www.cnaf.cn/guide_detail/3975.html.

[2] 习近平.在文艺工作座谈会上的讲话［N］.人民日报，2015-10-15（2）.

[3] 习近平.在文艺工作座谈会上的讲话［N］.人民日报，2015-10-15（2）.

[4] 国家艺术基金.国家艺术基金（一般项目）2025年度舞台艺术创作资助项目申报指南［EB/OL］.（2024-03-01）［2024-03-01］.https://www.cnaf.cn/guide_detail/3975.html.

[5] 习近平.在文艺工作座谈会上的讲话［N］.人民日报，2015-10-15（2）.

督山伯爵》中文版饰演瓦伦蒂娜)、陈棋尔(原创音乐剧《无法访问》饰演李梦,原创音乐剧《斜杠进化论》饰演宋琳西)、赵云宵(参演原创音乐剧《速记员》《一出好戏》)、李嘉骏(原创环境式音乐剧《威尼斯商人》饰演巴萨尼奥)、孙璞欣(钢琴Live音乐剧《致命旋律》饰演艾芙琳)、张莹兰(原创音乐剧《将进酒》歌队演员)、娄睿、矫子奕、黄新宇、赵霄汉等演员,排演了舞台剧《盛世欢歌》、音乐剧《加油女孩》等剧目。

在建设中国音乐剧学科体系的历程之中,我们要始终坚持以立德树人为根本,培育好我们的学生,与中国音乐剧一起成长。我们要坚定文化自信,产出优秀作品,为建设社会主义文化强国砥砺奋斗,造就在音乐剧创作、演出领域业务能力强的优秀实用型人才,满足中国原创音乐剧事业发展需要,助推中国音乐剧行业人才储备,完善中国音乐剧学科体系建设。

本文从影视体裁改编音乐剧体裁类型的形成、有没有受到类型电影、特定题材影视剧的影响以及影视体裁改编音乐剧的亮点等三个方面分析发现:影视体裁改编音乐剧初露峥嵘,逐渐成为中国音乐剧的一种重要类型;影视体裁改编音乐剧已经形成了创作、制作上的一些规律性,朝着"类型音乐剧"的方向靠近;通过概念主视觉、传唱度高的歌曲唱段、大剧场演出等途径,影视体裁改编音乐剧形成了区别于其他类型音乐剧和国外原版引进音乐剧的、专属于中国原创音乐剧的特色。

党的二十大以来,我国音乐文化艺术领域更加繁荣,生机勃勃。在习近平文化思想指引下,我们要发挥自己的专业特长,创作、表演、传播、评论优秀中国原创音乐剧,把"思想精深、艺术精湛、制作精良"的中国音乐剧唱段传播到千家万户。

鲁艺精神对当代艺术类高校人才培养的意义

李　鹏　沈阳大学

　　鲁艺精神是中华优秀传统文化的重要组成部分，对当代艺术类高校人才的培养具有重要价值。本文以习近平文化思想为指引，对艺术类高校培养下一代文艺工作者提出了展望，系统阐述了弘扬鲁艺精神的内涵和时代价值；通过分析马克思关于民族精神的论述，深入阐释了"弘扬鲁艺精神"这一概念的本质内涵，结合孔子的思想指出传承中华优秀传统文化的重要性；分析了当前艺术类高校人才培养存在的困境，主要表现为当下鲁艺精神的理论研究不足、传播渠道单一以及主题实践活动缺乏规划和实效性不足；提出了传承鲁艺精神的改革实践路径，包括加强鲁艺精神理论研究、利用网络新媒体拓宽传播渠道以及强化传承鲁艺精神主题活动的实效；强调当代艺术类高校要以立德树人为根本任务，利用教育优势，为学生树立正确的人生观和价值观，提高学生自身修养，增强其社会责任感与爱国情怀，使其掌握专业技术，为实现社会主义现代化建设提供有力的人才支持。

　　延安的红色文化，是中国人民在革命、建设、改革过程中积累起来的一笔珍贵的精神遗产，体现了中国共产党及一批革命前辈在延安时期艰难困苦的人生经历，凝结了中国共产党人丰富的革命实践和斗争智慧，至今仍是我们要继续学习和传承的宝贵精神财富。艺术类高校则是培养下一代文艺工作者的摇篮，培养红色基因、赓续红色血脉，艺术类高校发挥着新时代哺育鲁艺精神传承者的关键作用。

一、鲁艺精神的内涵

2015年2月，习近平总书记在陕西考察时指出："老一辈革命家和老一代共产党人在延安时期留下的优良传统和作风，培育形成的延安精神，是我们党的宝贵精神财富。"鲁艺精神是中华优秀传统文化的重要组成部分，对于当代艺术高校人才的培养具有重要价值。鲁艺精神的内涵包括多个方面。首先，鲁艺精神强调对传统文化的传承和弘扬，注重对中华民族的历史和文化的认同和理解。其次，鲁艺精神强调艺术家要善于感受和表达人民群众的思想情感，关注社会大众的需求和愿望。同时，鲁艺精神还强调艺术家要追求卓越，追求艺术的高峰，不断提升自己的艺术造诣和创作水平。

在中国特色社会主义新时代，传承鲁艺精神具有重要的时代价值和意义。首先，传承鲁艺精神有助于坚定新时代艺术类大学生的崇高理想信念。文艺工作者、艺术家们作为社会的精神引领者和舆论塑造者，他们的理想信念对社会风气和社会价值观的形成产生重要影响。传承鲁艺精神可以帮助艺术类大学生树立正确的人生观和价值观，保持崇高的艺术追求。其次，传承鲁艺精神有助于厚植新时代艺术类大学生的爱国主义情怀。作为文艺工作者，艺术家们要表达和关注民族的情感和民族的命运，用自己的艺术创作追求展示出中国文化的魅力和中国精神的力量。传承鲁艺精神，可以帮助艺术类大学生坚守爱国主义情怀，将爱国精神融入创作，用艺术的形式展示中国的魅力和力量。再次，传承鲁艺精神有助于培养新时代艺术类大学生全心全意为人民服务的宗旨意识。鲁艺精神注重艺术家与人民群众的紧密联系，要求艺术家时刻关注人民的需求和利益，用艺术服务人民，为人民的幸福和进步做出贡献。通过传承鲁艺精神，可以培养艺术类大学生全心全意为人民服务的宗旨意识，将艺术家的个人价值与社会价值相统一。最后，传承鲁艺精神有助于增强新时代艺术类大学生的斗争本领。鲁艺精神要求艺术家具备执着的精神和奋斗的动力，要求他们在创作过程中不断追求卓越，不断提高自己的艺术水平。通过传承鲁艺精神，可以帮助艺术类大学生树立正确的人生观和价值观，培养其坚韧不拔的斗志和奋斗精神，提高他们的创作能力和艺术修养。

总之，鲁艺精神的内涵丰富多样，传承鲁艺精神对当代艺术高校人才的培养具有重要价值。然而，当前艺术类高校在传承鲁艺精神方面面临一些困境，如对鲁艺精神的理论研究不足、传播渠道单一，以及主题实践活动缺乏规划和实效性不足。因此，有效传承鲁艺精神，需要加强对鲁艺精神的理论研究，利用网络新媒体拓宽鲁艺精神的传播渠道，以及强化传承鲁艺精神主题活动的实效性。这些实践路径将有助于引导艺术类高校学生树立正确的人生观和价值观、提高自身修养、增强社会责任感，为实现社会主义现代化建设提供有力的人才支持。

二、传承鲁艺精神的时代价值

（一）传承鲁艺精神有助于坚定新时代艺术类大学生的崇高理想信念

传承鲁艺精神有助于坚定新时代艺术类大学生的崇高理想信念。在新时代，艺术类大学生作为文艺工作者，在创作实践中肩负着传承和弘扬优秀传统文化的责任。习近平总书记指出："中华优秀传统文化是中华民族的精神命脉。"中华优秀传统文化承载着民族记忆和民族精神，是我们增强文化自觉、坚定文化自信的强大底气。传播弘扬中华优秀传统文化，有利于增强全国人民的国家认同感和民族自豪感，有利于凝聚起实现中华民族伟大复兴的强大精神力量。而鲁艺精神作为中华优秀传统文化的重要组成部分，对于培养新时代艺术类大学生的理想信念有着积极的影响。首先，传承鲁艺精神有助于激发艺术类大学生对于艺术事业的崇高追求和理想信念。鲁艺精神强调"艺为人民"，提倡艺术家要身临其境、深入实践，站在人民群众的立场上去创作，用艺术表达人民的心声。通过传承鲁艺精神，艺术类大学生能够深入理解人民群众的需求和期待，从而树立崇高的理想信念，将自己的艺术创作与人民的利益紧密结合起来，积极投身于社会主义现代化建设。其次，传承鲁艺精神有助于培养艺术类大学生的社会责任感。鲁艺精神强调"以艺育人"，提倡艺术家要关注社会民生，用艺术教育和引导人民，传播正能量和主旋律。在鲁艺精神的引领下，艺术类大学生能够深入了解社会发展的需求和挑战，树立社会责任意识，用自己的艺术才华为社会发展和进步贡献力量，实现自己的使命和价值。最后，传承鲁艺精神有助于坚定艺术类大学生的国家意识和文化自信。鲁艺精神强调"艺传国"，弘扬中华优秀传统文化，展示中华文化的气派和力量。艺术类大学生通过传承鲁艺精神，能够深入了解中华民族的文化精髓，增强自己对国家的归属感和自豪感，坚定自己对中华文化的自信和热爱，用艺术的方式展示中华民族的精神风貌，为中华文化的繁荣和传承贡献自己的力量。

综上所述，传承鲁艺精神有助于坚定新时代艺术类大学生的崇高理想信念。艺术类大学生通过传承和发扬鲁艺精神，能够树立崇高的艺术追求和理想信念，培养社会责任感，增强国家意识和文化自信，为实现社会主义现代化建设贡献自己的智慧和力量。

（二）传承鲁艺精神有助于厚植新时代艺术类大学生的爱国主义情怀

传承鲁艺精神对于新时代艺术类大学生的培养具有重要意义，其中之一就是能够帮助他们厚植爱国主义情怀。爱国主义情怀是每个中国人应该具备的重要品质，也是中华优秀传统文化的重要组成部分。2020年8月28日，习近平总书记在中央第七次西藏工作座谈会上强调："要重视加强学校思想政治教育，把爱国主义精神贯穿各级各类学校教育全过程，把爱我中华的种子埋入每个青少年的心灵深处。"对于艺术类大学生来说，培养和厚植爱国主义情怀不仅可以提高他们的艺术修养，还能够影响他们的创作理念，使他们的作品更具有中国特色和民族气息。首先，传承鲁艺精神能够帮助艺术类大学生树立正确的爱国主义观念。鲁艺精神强调以人民为中心，弘扬中华优秀传统文化，将爱国精神融入创作，这与新时代习近平文化思想的核心要义是一致的。通过学习和传承鲁艺精神，艺术类大学生可以深入了解中国优秀传统文化的丰富内涵和精神力量，更好地融入中国特色社会主义事业，形成积极向上、奋发向前的艺术家形象。其次，传承鲁艺精神能够激发艺术类大学生的爱国情怀。鲁艺精神强调对国家、对民族的热爱和责任，能够唤起艺术家们对祖国的深厚感情。在艺术创作中，艺术家们可以通过表现祖国的美丽山河、伟大历史和璀璨文化，展示出自己对祖国的热爱和赤子之心。这种爱国主义情怀不仅能够让他们的作品更加饱含感情和力量，还能够为社会注入正能量，激励更多人为祖国的繁荣发展贡献自己的力量。最后，传承鲁艺精神能够提高艺术类大学生的国情意识和社会责任感。提高国情意识就要共情，艺术工作者最直接的体会就是有机会通过国际舞台，在传播好中国声音的同时增强民族自豪感。通过学习和传承鲁艺精神，艺术类大学生可以更加深入地了解和感受中国的发展和变化，增强对国家发展进步的自豪感和认同感。同时，传承鲁艺精神还能够使他们更加关注社会问题，关心人民生活，从而激发他们为人民服务的宗旨意识，走向国际舞台，为实现社会主义现代化建设发挥积极的作用。

  总之，传承鲁艺精神对于厚植新时代艺术类大学生的爱国主义情怀具有重要作用。通过传承鲁艺精神，艺术类大学生可以树立正确的爱国主义观念，激发爱国情怀，提高国情意识和社会责任感，从而更好地为实现社会主义现代化建设做出贡献。我们应该重视和推动鲁艺精神的传承和发展，为培养高素质、有爱国情怀的艺术类人才提供有力支持。

（三）传承鲁艺精神有助于培养新时代艺术类大学生全心全意为人民服务的宗旨意识

传承鲁艺精神有助于培养新时代艺术类大学生全心全意为人民服务的宗旨意识。鲁艺精神作为中华优秀传统文化的重要组成部分，弘扬鲁艺精神对于当代艺术类高校人才培养具有重要价值，有助于艺术类大学生创作出更多扎根于人民的优秀作品。

2016年11月30日，习近平总书记在中国文联十大、中国作协九大开幕式上的讲话中指出，"中国不乏史诗般的实践，关键要有创作史诗的雄心"。当今实现"两个一百年"奋斗目标和实现中华民族伟大复兴的中国梦的人民史诗般的实践，必将催生史诗巨作。

为鲁艺精神所哺育的当代文艺工作者，以高度文化自觉和文化自信担当新使命，弘扬中华优秀传统文化、革命文化、社会主义先进文化，创作无愧于民族、无愧于时代的具有中国精神、中国气派的高峰之作，人民深有期待。首先，传承鲁艺精神有助于提高新时代艺术类大学生的社会责任感。鲁艺精神注重对人民的服务和对社会的责任感，强调艺术创作要与人民的需求相结合。通过传承鲁艺精神，可以引导艺术类大学生树立正确的人生观和价值观，认识到自己作为文艺工作者应该全心全意为人民服务，将个人的创作艺术与社会的需要相结合，为人民群众提供精神寄托和文化滋养。其次，传承鲁艺精神有助于培养新时代艺术类大学生的情感共鸣能力。鲁艺精神强调情感的真挚和情感的共鸣，要求艺术作品能够打动人心、引起观众的共鸣。通过传承鲁艺精神，可以培养艺术类大学生的情感表达能力和情感理解能力，使他们能够更好地与人民群众产生情感共鸣，创作出能够打动人心的艺术作品。最后，传承鲁艺精神有助于增强新时代艺术类大学生的价值追求意识。鲁艺精神倡导艺术创作要追求真、善、美的艺术境界。通过传承鲁艺精神，可以引导艺术类大学生树立正确的艺术价值观，并注重对自身修养的提升和艺术品格的培养。使他们不仅关注艺术作品的形式美，更注重作品背后所传递的美好价值观和使命担当，从而培养他们全心全意为人民服务的宗旨意识。

总之，传承鲁艺精神对于培养新时代艺术类大学生全心全意为人民服务的宗旨意识具有重要意义。通过传承鲁艺精神，可以提高艺术类大学生的社会责任感，培养他们与人民群众的情感共鸣能力，增强他们的价值追求意识，使他们成为既有艺术才华又有社会责任感的优秀文艺工作者。为实现社会主义现代化建设提供有力的人才支持。

（四）传承鲁艺精神有助于增强新时代艺术类大学生的斗争本领

传承鲁艺精神有助于增强新时代艺术类大学生的斗争本领。鲁艺精神在传承中融入了艺术人的斗争精神，对于培养新时代艺术类大学生具备斗争能力具有重要意义。

在党的二十大报告中，习近平总书记指出："坚持发扬斗争精神。增强全党全国各族人民的志气、骨气、底气，不信邪、不怕鬼、不怕压，知难而进、迎难而上，统筹发展和安全，全力战胜前进道路上各种困难和挑战，依靠顽强斗争打开事业发展新天地。"首先，斗争精神、拼搏进取的志气与斗志一直是中国共产党和中国人民的精神力量。这种强大的民族信念与坚强意志对传承鲁艺精神、培养艺术类大学生坚定人生信念和理想追求起到了强大的指引作用，从而增强了他们的斗争本领。鲁艺精神强调艺术家要有崇高的理想信仰和创作追求，要以人民为中心，服务于人民。这种理念对于艺术类大学生在创作和实践中始终保持对人民群众的深情、眷恋，具有重要指导意义。当艺术类大学生树立了正确的人生信念和理想追求时，他们会充满斗志，积极奋斗，不断追求艺术的卓越，从而增强了他们的斗争本领。其次，传承鲁艺精神有助于培养艺术类大学生勇往直前、奋发向上的斗争精神。鲁艺精神强调在创作和实践过程中要坚韧不拔、勇往直前，面对困难要坚持不懈地去克服，不断进取、积极向上，勇于追求艺术的突破和创新。只有具备了这种斗争精神的艺术人才，才能在面对压力和困境时保持积极向上的态度，勇于迎接挑战并克服困难，不断提高自己的艺术水平和创作能力。最后，传承鲁艺精神还有助于培养艺术类大学生的团结协作精神和困难时期的共同斗争意识。鲁艺精神强调要弘扬团结协作的精神，艺术家应该相互帮助、相互支持，共同参与和推动社会主义文化建设。在新时代艺术类大学生的成长过程中，他们将会面临各种压力和困难，如学业压力、就业压力等。只有通过团结协作、共同斗争，艺术类大学生才能更好地渡过难关、解决问题，创造属于自己的艺术人生。

综上所述，传承鲁艺精神有助于增强新时代艺术类大学生的斗争本领。在培养和引导艺术类大学生的同时，应该注重传承鲁艺精神，引导他们树立正确的人生观和价值观，提高自身修养，增强社会责任感，为实现社会主义现代化建设提供有力的人才支持。

三、新时代艺术院校传承鲁艺精神面临的困境

（一）鲁艺精神的理论研究不足

鲁艺精神作为中华优秀传统文化的重要组成部分，对当代文艺高校人才的培养具有重要的价值。然而，在当前的实践过程中，鲁艺精神的理论研究明显不足。首先，学术界对鲁艺精神的理论研究的重视程度不高。鲁艺精神作为一种文化遗产，其理论研究对于推动鲁艺精神的传承与发展起到了重要的指导作用。然而，目前关于鲁艺精神的理论研究却相对较少，相关研究成果不够丰富，这使得我们对于鲁艺精神的认识和理解比较有限，阻碍了其在教育实践中的广泛应用。其次，鲁艺精神的理论研究还

存在一定的盲区。当前的研究主要集中在鲁艺精神的内涵、历史渊源、形成背景等方面，对于其在实践中的具体运用和价值发挥探讨较少。这就导致鲁艺精神在传承与实践过程中的可操作性不足，针对性不够明确，制约了鲁艺精神在高校人才培养中的实际效果。最后，鲁艺精神的理论研究还存在着一定的认识误区。由于鲁艺精神的内涵较为丰富复杂，其理论研究也存在着一定的多义性和模糊性。在实践中，对于鲁艺精神的认识存在一定的偏颇和片面性，使得我们对于其真正意义的理解和把握存在一定的困难。这就需要我们在理论研究过程中加强对鲁艺精神的深入剖析和系统论证，提高对鲁艺精神的理论认识和把握，为实践提供更加科学、准确的指导。

综上所述，鲁艺精神的理论研究不足是当前的一个现实问题。为了更好地传承和发展鲁艺精神，在实践中更好地发挥其价值，我们需要加强对鲁艺精神的理论研究，提高对鲁艺精神的认识和理解，为高校人才培养提供更加充分的理论支撑和指导。只有这样，才能更好地发挥鲁艺精神在当代艺术类高校人才培养中的重要作用，为实现中国梦提供强大的精神力量和文化支持。

（二）鲁艺精神传播渠道单一

鲁艺精神是中华优秀传统文化的重要组成部分，对于当代文艺高校人才的培养具有重要价值。然而，当前面临的一个困境是鲁艺精神传播渠道单一。首先，传统的传播方式主要依赖于传统媒体，如报纸、电视、广播等，这种单一的传播方式已经无法满足现代人们获取信息的需求。现如今，网络新媒体的兴起，使得信息传播更加便捷、灵活。然而，对于鲁艺精神的传播来说，网络新媒体的应用还比较有限，相关内容的呈现相对较少，传播渠道不够广泛，容易被忽视和淡化。其次，鲁艺精神传播渠道的单一也导致信息的宣传和传达方式比较单调。目前的传播途径主要是一些学术或专业性的沟通交流活动，如学术讲座、学术论坛等，而这种形式对于大部分非专业人士来说比较难以理解和参与，从而使鲁艺精神的传播受众受限。因此，我们需要拓宽鲁艺精神的传播渠道，运用更多形式和载体来传达鲁艺精神的价值和内涵。

针对这一问题，我们可以采取一些具体的措施来拓宽鲁艺精神的传播渠道。首先，可以利用网络新媒体进行信息的传播和宣传。通过建立专门的网站，开通微博、微信公众号等，将鲁艺精神的理念、精华内容进行系统整理和发布，向广大大学生和社会公众传达鲁艺精神的重要性和当代意义。同时，可以引入一些互动的形式，如在线讨论、学习小组等，促进大学生和社会公众对鲁艺精神传播活动的广泛参与和共享。其次，可以加强与各类媒体的合作，通过电视、广播、报纸等传统媒体的报道和宣传，将鲁艺精神的核心价值和重要意义传递给更广泛的受众。这需要与媒体机构建立稳定的合作关系，共同制订传播计划和方案，使弘扬鲁艺精神的信息能够得到更好的传播和呈现。最后，还可以通过校园文化建设和学术活动，将鲁艺精神的内涵融入其中。例如，可以举办一些艺术展览、演出、讲座、赛事等活动，通过实际的艺术作品和表演，向学生和社会传达鲁艺精神所具有的精神力量和积极意义。

总之，鲁艺精神的传播渠道单一是当前在传承鲁艺精神过程中面临的一个困境。为了能够更好地弘扬鲁艺精神，使其在培养当代艺术高校人才方面发挥更大的价值，我们需要通过拓宽传播渠道、加强媒体合作、开展校园文化建设等多种途径和手段，提高鲁艺精神的传播效果和覆盖范围。这将有助于让更多的人了解和感知鲁艺精神，并在实践中真正发挥出其对当代艺术高校人才培养的重要意义。

（三）主题实践活动缺乏规划且实效性不足

当前的新时代艺术院校在传承鲁艺精神方面面临着许多困境，其中一项重要问题便是主题实践活动缺乏规划且实效性不足。下面将就这个问题进行详细阐述。

主题实践活动是培养学生实践能力和创新精神的重要手段，在当代艺术类高校中扮演着举足轻重的角色。然而，由于种种因素，目前主题实践活动的规划存在不足，实效性也不尽如人意。首先，主题实践活动缺乏规划。在艺术类高校中，一些主题实践活动缺乏明确的目标和计划，导致活动过程无序、杂乱，不能真正发挥出应有的效用；有些活动只是为了应付教学要求而随意进行，缺少科学合理的设计和安排；有的活动缺乏系统性和连续性，过于零散，无法形成良好的教学与实践相结合的机制。另外，学校在设计一些主题实践活动时缺乏对学生的需求和实际情况的了解，难以满足学生的个性化需求和专业发展需求。

其次，主题实践活动实效性不足。一方面，一些活动缺乏有效的组织和管理，导致学生参与的积极性不高。活动策划不周，缺乏吸引力和亮点，学生往往难以产生浓厚的兴趣和参与热情。另一方面，一些活动缺乏实践性和针对性，难以真正提升学生的实践能力和创新意识。活动形式单一，缺乏多样性和创新性，无法激发学生的思维能力和创造力。同时，一些活动评价与认可机制不健全，难以对学生的参与和成果进行及时、准确的评估和肯定，进一步影响了活动的实效性。针对以上问题，应该采取一系列措施来强化主题实践活动的规划和实效性。首先，学校和教师应加强对主题实践活动的引导和组织，明确活动的目标和意义，合理安排活动的时间和地点，提前做好充分的准备工作。其次，应注重活动的设计和实施，根据学生的需求和专业发展方向，精心选择活动的主题和内容，注重活动的实践性和针对性，充分调动学生的积极性和参与热情。同时，应提高活动的质量和水平，注重活动的多样性和创新性，通过丰富多样的方式和手段激发学生的思维能力和创造力。最后，建立健全活动的评价与认可机制，及时、准确地评估和肯定学生的参与和成果，鼓励学生通过主题实践活动不断提升自己的实践能力和创新意识。

总之，新时代的艺术类高校在传承鲁艺精神方面，主题实践活动缺乏规划且实效性不足是一个亟待解决的问题。只有通过加强规划和改进实践方法，才能有效提升主题实践活动的质量和效果，为学生的全面发展和艺术教育的进步做出贡献。

四、传承鲁艺精神的实践路径

（一）加强鲁艺精神理论研究

鲁艺精神的传承和弘扬是当代艺术类高校人才培养的重要任务，而对其理论研究的加强则是实现这一目标的基础和保障。2016年4月26日，习近平总书记在知识分子、劳动模范、青年代表座谈会上的讲话中强调："梦想从学习开始，事业靠本领成就。广大青年要自觉加强学习，不断增强本领。"青年时期学识基础厚实不厚实，其影响甚至决定自己的一生。对于鲁艺精神理论研究的加强，需要我们深入挖掘其内涵和时代价值，探索其在现代艺术教育中的实践路径，让勤奋学习成为青春远航的动力。首先，加强鲁艺精神理论研究需要对其内涵进行深入理解和阐释。鲁艺精神是中华优秀传统文化的重要组成部分，蕴含着丰富的思想精华和文化智慧。通过对其哲学、美学、伦理等方面的研究，可以更加准确地把握鲁艺精神的深层次意蕴，为其在教育实践中的传承与发展提供理论支撑。其次，加强鲁艺精神理论研究需要深入探讨其在当代艺术教育中的时代价值。鲁艺精神以其积极向上、追求真、善、美的特点，对培养当代艺术类大学生的崇高理想信念、爱国主义情怀、为人民服务的宗旨意识以及斗争本领具有重要的指导意义。通过深入研究和思考，我们可以更好地把握鲁艺精神与当代艺术教育之间的内在联系和互动关系，为鲁艺精神的传承提供理论参考和实践借鉴。最后，加强鲁艺精神理论研究还需要深入研究其在当代艺术教育中的实践路径。鲁艺精神的传承并非僵化地复制，而是要结合当代艺术教育的实际情况进行创新和发展。加强对鲁艺精神的理论研究，可以改革探索出符合时代要求的实践路径，如加强实践教学、注重实践感悟、开展鲁艺精神主题活动等，以促进学生对鲁艺精神的理解和把握，并在实践中不断培养和提升学生的艺术修养和创造能力。

总之，加强鲁艺精神理论研究旨在为鲁艺精神的传承与发展提供坚实的理论基础和指导，进而为当代艺术类高校人才的培养贡献力量。只有通过加强鲁艺精神的理论研究，改革探索不同的实践路径，才能更好地、更容易地引导当代艺术类高校学生去了解鲁艺精神，树立正确的人生观和价值观，提高自身修养，增强社会责任感，为实现社会主义现代化建设提供有力的人才支持。

（二）利用网络新媒体拓宽鲁艺精神的传播渠道

当前，互联网和新媒体的迅猛发展为鲁艺精神的传播提供了新的机遇和平台。利用网络新媒体可以突破传统的时间和空间限制，实现鲁艺精神的广泛传播和深入影响。我们在看着世界的同时，世界也在看着我们。因此，在当今信息化的时代，构建人类命运共同体的中国担当是习近平文化思想在当今世界体系的重大实践，我们不仅应当充分利用网络新媒体来进行新时期的艺术人才培养，还要拓宽鲁艺精神的传播渠道，在国际舞台上为中国发声，去讲好中国故事，传播好中国声音。首先，我们可以利用网络平台建立专门的鲁艺精神传播平台。通过建设鲁艺精神的官方网站、微博、微信公众号等网络媒体平台，发布有关鲁艺精神的相关资讯、文章、视频等内容，使更多的人能够了解鲁艺精神的内涵和时代价值。其次，我们可以利用网络平台开展线上教育活动。通过网络直播、在线讲座、网络课程等形式，向广大师生传播鲁艺精神的理论知识和实践经验，增强他们的鲁艺精神和传承责任感。同时，网络平台还可以提供在线互动的机制，方便师生之间的交流和互动，促进鲁艺精神的共同学习和传承。再次，我们还可以通过网络平台举办鲁艺精神的线上展览、演出和比赛等活动。通过网络直播等技术手段，将体现鲁艺精神的艺术作品、演出和比赛活动带给国内外更多的观众和参与者。这不仅可以扩大鲁艺精神的传播范围，还能够激发广大师生的创作热情和艺术表达能力,从而更好地传承和弘扬鲁艺精神,展现中华优秀传统文化。最后,我们还可以利用互联网和新媒体的特点,开展鲁艺精神的网络社区建设。通过建立鲁艺精神的网络社区平台,鼓励广大师生积极参与讨论和交流,分享学习和实践经验,促进鲁艺精神的共同发展和传承。网络社区可以成为师生交流、学习和合作的重要平台,进一步增强师生的鲁艺精神意识和凝聚力。

综上所述,网络新媒体是传播鲁艺精神的重要手段和平台。我们要善于利用网络新媒体拓宽鲁艺精神的传播渠道,通过建立专门的鲁艺精神传播平台、开展线上教育活动、举办线上展览和比赛、建设鲁艺精神的网络社区等措施,推动鲁艺精神在当代文艺高校的传承和弘扬,培养优秀的艺术人才的同时也为中国向世界展示"软实力"做出积极贡献。

(三)强化传承鲁艺精神主题活动的践行实效

当前,新时代艺术类高校在传承鲁艺精神方面面临着一些困境,包括对鲁艺精神的理论研究不足、传播渠道单一以及主题实践活动缺乏规划和实效性不足等问题。为了解决这些问题,需要在传承鲁艺精神的实践路径中强化主题活动的践行实效。首先,我们需要加强对鲁艺精神理论研究的重视。通过深入研究鲁艺精神的内涵和特点,探索其在当代艺术教育中的具体应用,为鲁艺精神的传承和发展提供理论支撑。在这一点的基础上利用专业的优势。鲁迅美术学院荣誉终身教授宋慧民说,鲁美人至今完成了《攻克锦州》《济南战役》等6幅百米以上反映革命战争时期的全景画,让人们在逼真的"临场感"冲击下,受到强烈的震撼。同鲁迅美术学院一样,沈阳音乐学院也是"延安鲁艺"迁到东北后发展起来的。传承红色基因、植根民族文化,是沈阳音乐学院一直秉持的育人传统。2018年3月16日,沈阳音乐学院复排的我国第一部以东北抗联为题材的歌剧《星星之火》在清华大学上演,观众反响热烈。这些都是为鲁艺精神的传承和发展做出贡献。其次,可以利用网络新媒体拓宽鲁艺精神的传播渠道。当前,互联网和新媒体具有广泛的传播力和影响力，通过网络传播平台和社交媒体等渠道，可以将鲁艺精神推广给更多的人。同时，还可以利用网络平台开设相关课程和研讨会，加强对鲁艺精神的宣传和学习，培养广大艺术类大学生对鲁艺精神的理解和认同。最重要的是，需要强化传承鲁艺精神主题活动的践行实效。鲁艺精神是一种精神追求和行动指南，只有通过实际行动去践行并体现其实效，才能真正传承和发扬。可以组织丰富多样的主题实践活动，如鲁艺精神主题讲座、实践交流活动、艺术创作比赛等，来引导学生深入了解、感受和实践鲁艺精神，从而提高学生对鲁艺精神的认同感和积极性。同时，要注重活动的规划和组织，通过制订详细的活动方案和计划，确保活动的实现和效果。

综上所述，强化传承鲁艺精神主题活动的践行实效是解决新时代艺术院校在传承鲁艺精神方面所面临困境的重要措施。通过加强鲁艺精神理论研究，利用网络新媒体拓宽传播渠道，以及重视主题实践活动的规划和实效性，可以有效地促进鲁艺精神在当代艺术院校中的传承和发展，为培养优秀的艺术类人才提供有力的支持和引导。

艺术类高校是培养下一代文艺工作者的摇篮，其所哺育的这些具有红色基因、红色血脉的鲁艺精神传承者肩负着为祖国的繁荣和发展而奋斗的使命。随着文化的发展、时代的进步，当下艺术类高校要随之调整教育思路，利用资源优势，结合专业特点，发挥自身特长，立德树人、培根铸魂，将爱国主义教育事业贯彻始终，鼓励学生创作出优秀的作品，坚持以人民为中心的发展思想，牢记为人民服务的使命和责任。1942年5月，毛泽东在延安文艺座谈会上的讲话中强调，文艺必须"为人民大众服务"。他号召鲁艺人走出"小鲁艺"，到"大鲁艺"去。习近平文化思想强调了"为人民服务"的宗旨。文艺创作要立足于人民、扎根于时代，将"人民是文艺之母"的立场贯彻始终。两位国家领袖先后在"为人民服务"的观点上高度一致。党的十八大以来，社会进步日新月异，深化改革波澜壮阔，我们在向世界证明硬实力的同时也要展示出自己强有力的软实力，而文艺工作者就是"软实力"的代名词，所以对于鲁艺精神的传承和弘扬、红色血脉的延续与传播，我们需要健全完善各项规章制度和运行机制，不断提高学校治理能力和治理水平，通过制度和机制使学校各项工作始终保持最佳状态和一流水平。在坚持党的领导、加强党的建设的同时尊重学生们的主体地位，把他们的积极性、主动性、创造性保护好、引导好、发挥好，为他们提供良好的学习、创作、成长的条件和环境。坚持"百花齐放、百家争鸣"的方针，融汇古今中外一切优秀文化，营造出为艺术事业繁荣发展和高端人才健康成长的良好氛围，既做到将鲁艺精神薪火相传，同时也利用好专业优势让世界能够听到中国声音。在中国共产党创办新型高等教育的新起点上，在中华民族最接近实现伟大复兴的新的时代条件下，我们要不忘初心、牢记使命，扎根中国大地，扎实办好具有中国特色的艺术类高校，为培养好下一代的接班人做出贡献。

论中国钢琴作品演奏中艺术训练的重要性

李 鹏 沈阳大学

2014年10月15日，习近平总书记在文艺工作座谈会上的讲话中提出"艺术训练"的概念，这无论是对演奏者还是教师的实践和日常教学都起到了重要的指引作用。本研究从音乐教育的角度出发，探讨中国钢琴作品演奏中艺术训练的重要性。从介绍中国钢琴作品的分类，进一步分析中国作品独特的气韵、节奏与旋律特点，对如何演奏中国钢琴音乐作品提出了建议。同时，笔者结合自身经历，阐述了自己对于艺术训练的看法及对钢琴教学实践的思考。党的十八大以来，坚定文化自信、传播中国精神成为文艺工作者的奋斗目标。对于培养下一代优秀艺术人才，艺术训练作为重要环节，不仅可以提高教师、学生的音乐素养，还可以帮助其理解中华优秀传统文化、培养良好的个人品格以及具有社会责任感和爱国情怀，从而为我国钢琴事业的发展做出贡献，为"讲好中国故事、传播好中国声音"做好发声，为实现中华民族的伟大复兴贡献力量。

一、中国钢琴作品的分类丰富

中国钢琴作品的分类是研究中国钢琴音乐的重要一环。中国钢琴音乐事业的发展虽仅有百余年时间，但在我国五千年传统文化的支撑下，在一辈又一辈音乐家们辛勤努力和积极探索下，逐渐使带有深厚的文化底蕴、丰富的音乐色彩、表现形式多元化且具有独特艺术风格的中国钢琴作品呈现出来。其中表现中国民族色彩的钢琴作品层出不穷，而钢琴艺术创作是音乐领域中一个非常重要的部分。作曲家们借鉴、创作了大量不同类型的作品，根据特点和风格，可以将其分为多个不同的类别。首先，借鉴古琴曲。古琴是中国传统乐器之一，有着悠久的历史和独特的音色。古琴曲通常表现出深邃和宁静的氛围，音乐曲调优美，并且强调琴音的变化和对韵味的表达。其次，借鉴民间音乐曲。民间音乐曲通常用简单的旋律和和声，表现出明快的氛围和别具一格的风味。其中，一些钢琴作品通过模仿自然界的声音，如鸟鸣、风声等，使得音乐更加活泼和生动。再次，借鉴古风音乐曲。这类作品受到中国古代文学、绘画和戏曲的影响，具有浓厚的古典气息。古风音乐曲通常通过琴音的悠扬和细腻，表达出古代文人的情感和思考。最后，现代作曲家们还创作了许多其他类型的中国钢琴音乐作品，如交响曲、协奏曲等。这些作品在音乐形式和表现手法上更加接近国际主流音乐，但仍保留了一定的中国元素，展示了中国音乐的独特魅力。

总的来说，中国钢琴作品可以分为古琴曲类、民间音乐曲类、古风音乐曲类以及现代音乐曲类等多个不同类型。每一种分类都有其独特的音色、韵味和表现形式，展示了中国音乐的多样性和独特性。研究和演奏这些作品对于了解中国音乐文化的传承与发展具有重要意义。

二、扎实的五声音阶演奏基本功

想要提高艺术训练的成绩，技术训练作为其中重要的环节就显得非常重要。五声音阶是中国音乐的基本音阶体系，也是中国音乐与西方音乐的重要区别之一。在中国钢琴音乐作品的演奏中，掌握扎实的五声音阶演奏基本功是非常重要的。通过对五声音阶技术的熟练掌握，演奏者可以更准确地传达作品所要表达的情感和意境。首先，扎实的五声音阶演奏基本功可以提高演奏者的技巧水平。五声音阶的演奏需要反复练习，练习过程中要注意音准、音色和手指的灵活性。只有通过不断的练习，演奏者才能够胜任复杂的五声音阶演奏任务，并在演奏过程中保持音乐的连贯性和流畅性。其次，扎实的五声音阶演奏基本功可以提高演奏者的音乐素养。五声音阶具有独特的音色和韵味，演奏者通过练习五声音阶可以更好地理解和感受中国音乐的特点。在演奏中国钢琴音乐作品时，演奏者需要对五声音阶的音色和韵味有深刻的理解，才能够准确地表达作品所要表达的情感和意境。最后，扎实的五声音阶演奏基本功也对演奏者的音乐表达能力有着重要的影响。五声音阶的演奏要求演奏者能够灵活运用不同的音程和音符，以表达不同的情感和意境。通过练习五声音阶，演奏者可以改进自己的技巧，使音乐表达更加准确、细腻。演奏者应该通过反复练习提高自己的技巧水平，并对五声音阶的音色、韵味和表达能力有深刻的理解。只有这样，演奏者才能够更好地传达作品所要表达的情感和意境，让听众得以享受到真正优秀的中国钢琴音乐作品。

三、中国钢琴音乐的音色、韵味

中国钢琴音乐的音色和韵味是其独特之处，也是其深受欢迎的原因之一，所以演奏时要准确还原出作品当中的神韵，对于演奏者来说，艺术训练就非常重要了。张晶教授在《艺术训练论》一文中指出："艺术训练指艺术家在长期的艺术实践中，为实现自己的艺术理想而进行的专业性训练，包括老师指导和自我训练。"只有掌握中国钢琴音乐独有的声音特点和音乐表达方式，掌握本门类艺术的法度规则，达到"天机"自得、下笔有神的境界，才能够传达出浓厚的中国文化氛围。

（一）中国钢琴音乐的音色与西方钢琴音乐有所不同

中国音乐注重柔美、细腻和含蓄，体现韵律线条之美；西方音乐注重理性、逻辑性，强调和声功能。这在钢琴演奏中也得到了体现。中国钢琴音色偏暖柔，有时带有一些富有古典中国乐器特色的音色，如古筝、琵琶等。这些音色的运用，使得中国钢琴音乐具有独特的魅力，能够打动人心。同时，中国钢琴音乐的韵味也十分独特。中国文化强调意境和情感的表达，这种特点也反映在中国钢琴音乐中。中国钢琴音乐常常注重韵律的优美和情感的表达，使得音乐充满了深沉的内涵。中国钢琴音乐的旋律独特，常常运用中国传统音乐的元素，如中国民谣、古代戏曲等，使得音乐具有浓郁的中国味道，让人们产生共鸣。

（二）中国钢琴音乐的音色、韵味是其独特之处

通过运用特有的音色和表达方式，中国钢琴音乐能够打动人心，使人们在音乐中感受到中国文化的魅力和独特之处。这也是中国钢琴音乐在国内外都备受认可和赞赏的原因之一。在中国钢琴音乐的演奏中，艺术家需要注重对音色和韵味的把握，准确地表达作品中蕴含的情感和意境。同时，艺术家还需要通过深入研究传统音乐和文化，提高自己的音乐素养和表达能力，只有这样才能更好地展现中国钢琴音乐的音色和韵味。

（三）在钢琴教学中，对学生进行中国钢琴音乐的音色和韵味的培养也是十分重要的

教师可以通过引导学生学习中国传统音乐和了解中国文化，培养学生对中国钢琴音乐的兴趣和理解能力。了解文化的历史和演变，培养学生的文化思考能力、对音乐审美的捕捉力、对技能水平的表现力，并帮助他们产生对音乐的热爱。无论是演奏者、教师或学生都可以通过不断学习，更新知识体系，守正创新，以适应时代发展的需要。凭借钢琴媒介，利用音

乐语言，中国可以加强与国际之间的交流合作，共同探索如何将传统与现代相结合。同时，教师要注重培养学生对音乐的感受力和表达能力，使学生能够准确地演绎作品中所表达的情感和意境。

综上所述，中国钢琴音乐的音色和韵味是其独特之处，也是其深受大众喜爱的原因。通过运用特有的音色和表达方式，中国钢琴音乐能够打动人心，传达出浓郁的中国文化氛围。在演奏和教学中，艺术家和教师都需要注重对音色和韵味的把握，使音乐更加动人，更具艺术价值。只有这样，中国钢琴音乐才能不断发展壮大，为世界音乐舞台献上新的精彩作品。

四、中国钢琴音乐的气韵、节奏与旋律

中国钢琴音乐的气韵、节奏与旋律是其独有的艺术特点之一。气韵是指音乐中所蕴含的情感、意境和个性，而中国钢琴音乐常常具有深邃、内敛的氛围。这种气韵体现在音乐的演绎和表达上，例如在演奏中国古典音乐时，钢琴演奏家会通过音色和演奏技巧来表现古典作品中充满哲理和审美意味的气质。另外，中国钢琴音乐的气韵还体现在对音乐情感和思想的表达上，如表现宁静、沉思、痛苦等不同的情绪。

（一）节奏是音乐中的基本元素之一，也是中国钢琴音乐的重要特点之一

中国钢琴音乐的节奏常常具有独特的韵律感和节奏感，如在演奏中国民间音乐时，钢琴演奏家会通过巧妙地运用各种节奏变化和重复来表达民族特色的节奏感。中国钢琴音乐的节奏还体现在与传统民乐的结合上，如将传统乐器的节奏元素融入钢琴演奏，创造出新的音乐形式和风格。

（二）旋律是音乐中最为直接吸引人的元素之一，也是中国钢琴音乐的重要特点之一

中国钢琴音乐的旋律常常具有独特的音乐形式和旋律构思，如在演奏中国古典音乐时，钢琴演奏家会通过独特的旋律构思和演奏技巧来表达作品中的情感和意境。此外，中国钢琴音乐的旋律还体现在与传统音乐的融合上，如将传统民乐的旋律元素融入钢琴演奏，创造出独特的音乐风格和韵味。

综上所述，中国钢琴音乐的气韵、节奏与旋律是其独特的艺术特点，它们通过音乐的演奏和表达展现出中国钢琴音乐的独特风采和艺术魅力。在钢琴音乐的教学和演绎中，钢琴演奏家需要注重对中国钢琴音乐的气韵、节奏与旋律的把握和理解，通过艺术训练和个人的努力来提高自己在音乐表演中的艺术修养和专业水平。只有深入了解和把握中国钢琴音乐的气韵、节奏与旋律的特点，才能更好地展现出中国钢琴音乐作品的独特魅力和艺术价值。

五、中国钢琴音乐作品演奏的建议

（一）重视中国钢琴作品的历史文献研究

中国钢琴作品的历史文献研究是中国钢琴音乐演奏中不可忽视的重要方面。通过深入研究中国钢琴作品的历史文献，可以更好地理解作品的背景、创作动机以及演奏风格，为演奏者提供更具针对性的演奏指导和解读。

在历史文献研究方面，首先应该了解中国钢琴音乐作品的发展历史和演奏传统。通过研究相关的专著、文献以及音乐家的传记，演奏者可以

了解中国钢琴音乐作品的创作背景、演奏风格以及音乐家的演奏思路和技巧。同时，还可以通过研究录音资料和视频资料，对不同音乐家的演奏风格进行比较和分析，从而提炼出中国钢琴音乐作品的特色和演奏要求。

在历史文献研究的基础上，还应注重对中国传统文化的了解。中国钢琴音乐作品融合了中国传统音乐的元素和西方音乐的表现技巧，因此了解中国传统音乐对于准确理解和演绎钢琴音乐作品至关重要。演奏者可以通过学习中国传统音乐的演奏技巧、音乐理论、曲式结构等内容，为演奏中国钢琴音乐作品提供更多的思路和方法。另外，掌握扎实的五声音阶演奏基本功也是重视中国钢琴作品的历史文献研究的表现。中国传统音乐以五声音阶为基础，因此掌握五声音阶的演奏技巧和表现方法，能够让演奏者更好地演奏中国钢琴音乐作品。通过反复练习五声音阶的音准、音色、音响特点，可以提高演奏者对于中国钢琴音乐作品的诠释能力和表现力。

总之，重视中国钢琴作品的历史文献研究对于中国钢琴音乐演奏的提升和发展至关重要。通过深入研究音乐作品的背景和演奏传统，了解音乐家的演奏思路和技巧，注重对中国传统文化的了解，以及掌握扎实的五声音阶演奏基本功，可以使演奏者更加准确、真实地表达作品的内涵和情感，从而提升音乐作品的演奏水平和感染力。

（二）重视对中国传统文化的了解

2014年10月15日，习近平总书记在文艺工作座谈会上的讲话中指出："追求真善美是文艺的永恒价值。"中国传统文化是中国钢琴音乐不可或缺的重要组成部分。要想真正理解和演绎中国钢琴音乐作品，重视对中国传统文化的了解是至关重要的。首先，了解中国传统文化可以帮助演奏者更好地理解和表达作品的内涵。中国传统文化自古以来就融入音乐艺术中，具有独特的审美观念和情感表达方式。钢琴音乐作品中通常包含着丰富的意象和象征，对这些意象和象征的理解基于对中国传统文化的深入了解。只有了解中国传统文化，演奏者才能准确地把握作品的情感表达，将作品中表达的意境和情感真实地传递给听众。

其次，通过对中国传统文化的了解，演奏者可以准确理解作品的节奏和旋律。中国传统音乐有着自己独特的音律系统和节奏规律。在演奏中国钢琴音乐作品时，了解和掌握这些特点，可以帮助演奏者更加准确地把握作品的节奏感和旋律线索，使得演奏更加准确、自然。

最后，中国传统文化中的哲学思想和审美观念也对钢琴音乐演奏产生了重要影响。中国传统文化强调"内外合一"的审美观念、"天人合一"的意识境界，强调音乐中的内在情感与外在形式的统一。因此，了解中国传统文化可以帮助演奏者更好地把握和体现作品的内在感情，使演奏更具有艺术性和感染力。为了重视对中国传统文化的了解，演奏者可以通过相关的文献、书籍、音频和视频，多多揣摩作品的创作背景和创作初衷，深入了解中国传统文化的起源、发展和内涵。此外，演奏者还可以参加相关的培训班或研讨会，与专业人士和同行进行交流和学习。通过这些方式，演奏者可以不断增进对中国传统文化的认识和理解，进而在演奏钢琴音乐作品时更加准确地把握作品的内涵和情感表达。

（三）重视对中华优秀传统文化的传承与发扬

习近平总书记指出，"文化是民族的精神命脉，文艺是时代的号角"。重视对中华优秀传统文化的传承和发扬，是一个国家或一个民族发展的基础和动力。中华民族拥有五千年悠久的历史和灿烂的文化，一直以来在国际艺术领域也有很高的地位。我们应该继承和弘扬其中的精髓，让这些优秀文化传统得以传承，并在现代社会中得到更好的发展和创新。中国的经典钢琴作品一直以来都在体现中国的文化精神，中国的钢琴家在国际舞台上一直以来都展现着中国精神面貌。如今，中国的钢琴音乐事业已经取得了长足的发展，成了世界音乐的事业。中国钢琴家在国际钢琴比赛中屡获佳绩，演奏会受到热烈欢迎，优秀的钢琴音乐作品享誉国际。

今天，我们在习近平文化思想的指引下不断地进行自我训练。同时，鼓励新一代中国作曲家、演奏家在继承中华优秀传统文化的同时，坚持守正创新，拓宽思路，在熟知中国音乐文化以及吸收其他多元音乐文化元素的基础上，追求更加个性化的创作。简言之，作为一名文艺工作者、钢琴演奏者，我们不仅要让西方的钢琴说"中国话"，还要让西方人听懂"中国话"、学习"中国话"并讲起"中国话"。我们想要通过媒介在国际上提升国际"话语权"，就必须在新时代的起点上，不断提高国家文化软实力，展示文化自信，使当代中国价值观念走向世界，把当代中国价值观念贯穿于国际交流和传播的方方面面，阐释好中国特色，加深国际社会对中国特色社会主义的认识和了解。国际话语权是国家文化软实力的重要组成部分，要加强国际传播能力建设，精心构建对外话语体系，创新对外话语表达方式，拓展文化传播渠道，讲好中国故事，传播好中国声音。钢琴音乐在中国经过了百余年的积累，在作曲家、演奏家和理论家的不断提高与合力推动下，一定会在未来的百年中取得更辉煌的成就，而这一成就不仅属于中国，也将属于全世界。

音乐是一种全球通用的语言，钢琴是传播这种语言的重要媒介。在中国钢琴作品演奏中，重视对中国传统文化的了解是艺术训练中不可或缺的重要环节。通过对中国传统文化的深入了解和研究，演奏者可以更好地理解和表达作品，使演奏更具有艺术性和感染力。钢琴家无论是演奏还是培养下一代都要通过艺术训练更好地理解音乐理论和技巧，并将其应用于演奏和教学实践中。因此，在音乐教育中，应该加强对中国传统文化的宣传和研究，使更多的学习者能够真正领悟和传承中国钢琴音乐的独特魅力。

2013年4月7日，习近平主席在博鳌亚洲论坛2013年年会上指出，"一花独放不是春，百花齐放春满园"。当今世界是一个利益共同体，无论是中华文明还是其他文明，都是人类文明创造的成果。中国音乐文化源远流长，依托于五千年的智慧长河，凭借深厚的历史和文化底蕴以及对世界音乐的影响和交流，在国际舞台上树立了良好的形象。中国音乐在继承和发扬的基础上要不断地进行创新和发展。现代中国音乐面临着许多机遇和挑战，中国音乐家们通过自己的努力和探索，创作出了具有创新性的音乐作品，演奏出中华文化的气派。新时代的文艺工作者肩负着"讲好中国故事、传播好中国声音"的使命，要展现出良好的社会价值观，为实现中华民族的伟大复兴做出贡献。

建构"妈祖"新形象的一些思考

杨旻蔚　莆田学院

和许多中国传统民间文化一样,妈祖文化不仅在"十年动乱"中经历困境,甚至在"文化大革命"结束后相当长的一段时间里,一直无法脱掉封建迷信的帽子。2000年以前,民间一直存在涉及妈祖文化的各种"文化破坏"现象,致使许多珍贵文物流散、民间传承中断。终于,在海内外社会各界的共同努力下,2009年,"妈祖信俗"成为中国第一个被列入人类非物质文化遗产代表名录的信俗类文化,妈祖文化正式受到国际法保护。由于妈祖文化是一种世界性传播的文化,因此在被列入非遗保护的十多年来,大陆妈祖文化吸收东南亚及中国港澳台地区尤其是台湾地区妈祖文化的回流影响,再次赓续历史、焕发强大的民间生命活力。当代中国民间仍有很多信俗文化一直游离在"被认可"和"不认可"的边缘,许多学者不禁感叹妈祖文化是众多中国民间传统文化中的幸运儿,在新时代成为传统中国民间信俗文化的先行者。为什么"妈祖"会得到这份幸运?笔者立足自身的文化工作岗位特点,结合对习近平文化思想的学习,分别从三个方面进行思考和阐述。

一、观史鉴今:历史上的妈祖形象及文化发展

妈祖不是神话中的人物,也没有假托谁转世投胎,妈祖是历史上真实

存在的人物，出生于北宋年间的福建林氏家族（林氏是福建的大姓），传说妈祖出生时不哭不闹，于是被父亲起名为林默，在许多文学作品中她也被称为林默娘。2017年妈祖下南洋，相关单位专门为妈祖买了飞机票、动车票，使用的身份证号上显示她的出生年月和出生地的区位编号。可见妈祖虽被"神化"，但从妈祖其人的身份上看，其文化本质一直没有脱离"人"文化的本源。北宋时期，妈祖因在海上救人而牺牲，最终辞世于公元987年。人们感动于她的善良和高义，在湄洲岛上建起了世界上第一座妈祖庙。至公元1156年（宋绍兴二十六年）妈祖第一次受到宋代朝廷敕封，妈祖文化经历了大约169年的民间自发式发展阶段。那么在自发式发展阶段中，妈祖在民间的形象有两首诗可证，一首是黄公度的诗《题顺济庙》，另一首是刘克庄的诗《白湖庙二十韵》。在此两首诗中，文人将妈祖塑造成一个道德标杆人物。她不幸身死，却仍能够为封建时代的国家树立民间社会的道德典范做贡献。这里所说的女子的道德典范并不是封建时代推崇的贞洁、恭顺的封建旧思维，而是"因善而大爱"的人性品格。所以妈祖精神从一开始，就带着一丝超时代的思想先进性。人们最早开始祭祀妈祖并非出于向妈祖提诉求的心态，而是敬仰她的精神品格，所以妈祖祭典本质上是一种"纪念型祭祀"。

自宋代以来，通过一千多年的发展，妈祖在民间获得"海神"的固有形象，妈祖文化也慢慢壮大成为中国影响力最大的海神信仰体系。那么这个"海神"形象她是如何获得的呢？主要是经由封建时代的"官方敕封"得到的。历史上共14个皇帝先后对妈祖进行了36次敕封，封号更是长达64个字（关公封号仅26个字）。而今天"妈祖庙"五花八门的别称如天后宫、天妃宫、圣母宫等，都来源于不同时代的皇帝给予的不同封号。然而这种推动是一把双刃剑，一方面它将妈祖文化的社会影响从民间层面推上了一个与国家政治结合的新高度上，另一方面也使妈祖文化在封建时代的发展中不可避免地渗入了时代的局限性。清代就有位诗人称妈祖是"体帝心以济世"，原本妈祖在海上扶危救人体现的是一种人类发自内心的善良，人们祭祀妈祖也是因为想守护这种正能量精神，但封建时代妈祖最终被塑造成一个"忠君"形象，说她体察到了皇帝爱民如子并忧心海事，于是主动为皇帝排忧解难，做了一系列好事。所以在现存的古代资料中，主要体现妈祖的两种形象，一种是"善"的形象，一种是"忠"的形象。

（一）效忠国家形象

民间传世的妈祖传奇中表现妈祖"忠"形象的小故事很多，例如以施琅收复台湾为背景的"甘泉济师"、以册封中山王为背景的"琉球册使"、以航海运送漕粮北上为背景的《庇佑漕运》、以郑和下西洋为背景的"救护郑和"等。清代林清标撰写妈祖志书《敕封天后志》，以文字和木版画插图两种方式绘载记录了妈祖的56个小故事。其中"救郑和"的故事说的是郑和在海上遇到危险、突然听到空中传来鼓吹乐，原来是妈祖前来救人……插图上还绘载了一组打击乐器，背鼓在前，小锣在后，四支大型吹管乐器，两支直的两支弯的。这种乐器散落在中国民间各个地区，叫法不太一样，有叫长号、长尖的，也有叫呼头、招军的，莆田人叫它萧呐、哨叭、扫叭，台湾人叫哨角。这种乐器目前在中国沿海地区有丰富的活态传承以及文物实物留存。许多宫庙虽然在仪式中都还吹这种乐器，但使用的乐器外形稍有不同。比如，吹嘴形制许多是不一样的，有杯状哨嘴，有锅状哨嘴，还有喇叭口，有的喇叭内壁是上了红漆的，有的没有。

同为妈祖救郑和的传奇故事，天津天后宫的壁画画的却不是鼓吹乐，而是箜篌、琵琶、云锣等乐器。同一个故事、不同区域流传下来的两幅图中的音乐内容却不同，而巧合的是，这幅图上的乐器种类却和妈祖志书《敕封天后志》中的另一个故事"登仙班九日飞升"里面记载的乐器种类极为相似。而这些乐器合奏的，正是典籍所载的官祭妈祖所用的八音雅乐。所以从传播学或民俗学的角度来看，这其中有很多值得思考和探究的内容。

（二）善良大爱形象

在妈祖故事中，以"善"为内容的小故事也比较多，比如妈祖小故事"雨济万民"，说的是有一年莆田闹旱灾，妈祖求来大雨并用草药救了许多的民众。这类故事一般没有历史大事件做背景，所以绘图时仪式音乐的场景也变得比较"民间"，这类音乐内容目前在民间很多地方都有活态传承。然同一个"雨济万民"的故事，不同版本绘载的仪式亦有所不同，有的绘载举行仪式表演的是村民，有的绘载的是民间"师公"（俗称法师）。经过田野调查发现，现存的民间妈祖仪式活动从表演的人群的身份看确实存在两种类型，一种是由民间大众自行组织的民俗仪式，包括乐器合奏、舞蹈等，均是由普通的社区民众参与并完成的。另一类是专门请法师、道士或僧人来完成的仪式。两种仪式音乐由于主体的身份不同，仪式活动的性质也大不一样。这种情况与古代志书和图像上的记载、绘载是相符的，显示了妈祖文化在民间深厚的历史根基。

二、运筹建策：为什么构建新时代妈祖新形象

目前，各地妈祖活动的内容还是比较丰富的，学术资料也比较多样。这主要还是基于妈祖文化在中国乃至全球具有比较广阔的传播和落地发展的区域（俗称"地盘大"）。2020年文化和旅游部提供了一组统计数据，妈祖庙分布在中国22个省市的450个县。虽然妈祖文化的根脉深扎在中国大陆，但实际上，妈祖文化的影响力主要辐射广大的海外区域。截至2023年，妈祖文化在世界49个国家和地区落地，全球共有1万多个相关机构，受众超过3亿。在全球五大洲的分布中，落地的国家以亚洲最多，但近年落地非洲的数量一直在增加。而在大宫庙的影响力上，仍然是东南亚区域最多。亚洲之外仅美国1个、澳大利亚1个。美国旧金山朝圣宫是当地政府力推的一个网红打卡点，最初是由一位移民美国的台湾人按

照北港朝天宫的样子筹建的，每年定期的春节妈祖出游活动也成为全美规模最大的华人嘉年华。澳大利亚的悉尼天后宫的民间力量一直比较活跃，与当地政府一直保持着非常密切的互动，每一届的妈祖金身巡游活动都会邀请澳大利亚联邦国会议员、市长等相关政府人士出席。2019年6月30日，澳大利亚悉尼举行南半球首届妈祖巡安活动，吸引了中国、日本、越南、马来西亚、印尼、瓦努阿图等国的妈祖信众代表及30家悉尼当地的艺术家团队近千人参加，在当时引起了较大的反响。2016年，中国社会科学院三位老师做的一组基于书籍大数据的统计显示，在中国的世界级非遗中，妈祖在近三百年的影响力连续9次（就是连续270年）排名第一。许多外国人关注中国的妈祖，最早还是以传教士居多。例如，西班牙人马丁·德·拉达的《出使福建记》（1575年6月），这篇日记被收录于美国C.R.博克塞编的《十六世纪中国南部行记》。亚洲较出名的有日本学者西川如见的《华夷通商考》。可见，妈祖文化发展到了当代，在海外是自带流量的。首先，妈祖文化已经具有了世界性的、成熟的文化体系，并至今仍具有强大的民间生命力。其次，妈祖文化是一种海洋传播文化，它长期处于与海外文化交流互鉴的第一线，它具有灵活的文化应对能力，并能够以文化认同促进身份认同，助力海外华人增强凝聚力。

妈祖文化中涉及海洋习俗的文化是其重要的核心文化内容。历史上有许多故事绘图记载了围绕妈祖海祭开展、传承和传播的一系列中国传统海洋习俗文化。例如"琉球册使"故事的图像资料，它以中国册封中山王为故事背景，其中有一幅图名《琉球册使》现收藏于荷兰阿姆斯特丹国家博物馆，一幅珍藏于中国国家博物馆等。两幅画上的仪式音乐内容是比较一致的，故事地点大致在当代日本的冲绳地区。一直以来，日本都是一个民族本位主义很强的国家，但因与海洋相连，妈祖和日本有着神奇的文化渊源。日本民间至今还流传着一个传说，说妈祖生前因救人，最终坠入海中死去，她的尸体顺洋流漂到了日本，当地民众被妈祖舍己救人的事迹感动，于是将她安葬在了长崎的崇福寺，香火不断。明清以来，日本长崎港与中国均有着密切的船舶往来，中国船在港口会举行盛大、频繁的妈祖祭祀，吸引许多日本人围观甚至参与。

另有《长崎土产》图像，描绘的是清代长崎举行妈祖祭祀的情景。西川如见的《华夷通商考》一书亦记载当时中国船的一个习俗，就是每一艘到港的中国船在举行祭祀妈祖仪式时，会演奏传统的中国鼓吹乐，这种鼓吹乐的音响是很大的，港中一有这种音乐响起，全港的人都知道有中国船只入港。而这个时候，港中其他中国船上的中国人也会拿出船上的乐器开始奏乐，呼应"三三九遍"。这种用鼓吹乐对新入港的船表示欢迎的仪式习俗，反映的是中国民间海洋人民的一种传统而朴素的抱团心理。而当这种抱团的传统随着中国船只走向世界各个角落后，就不能再将承载这种习俗的妈祖文化只看成是一种普通的民间信俗了，妈祖文化开始成为连接海外华人的一条重要的心灵纽带。它能传递给海外华人一种来自族群的力量意识。在这个例子中，虽然妈祖还是妈祖，也没有显著的外形特征变化；中国的鼓吹乐还是鼓吹乐，也没有哪一首曲子在传播中像《茉莉花》一样特别出名，但是这种船祭妈祖的习俗，包括这种鼓吹乐的文化景观，在日本人眼中，开始成为华人在海上宣扬和彰显自己华人身份的一种约定俗成的行为，所以从符号学上看它已经具有了中华文化在海洋传播中的"符号"或称"文化标识"功能。

地理上，台湾岛四面临海，妈祖文化兴盛，当代大概有三分之二的台湾民众信仰妈祖，台湾的"三月疯妈祖"被称为世界三大宗教活动之一，参加人数达到150多万。清朝台湾的郑氏集团信奉妈祖，将妈祖视为台湾的保护神。那么康熙皇帝是怎么做的？他下令拆了妈祖庙吗？不是的。当时台湾祭妈祖用的是明代敕封的天妃规格，而康熙直接提升了妈祖祭典的规格，令妈祖享春秋二祭，成为和孔子祭典、黄帝祭典并列的中华三大祭典。因此，在"妈祖"形象的当代构建问题上，妈祖文化具有极为优秀的精神内核，以及丰富的服务国家战略的历史经验。在当代，它需要一个恰当的艺术形式做载体，这样才能更好地发挥它在新时代的中国海洋文化对外传播交流互鉴中的积极作用。所以当代关于妈祖文化的相关创作，创作目的很明确，就是符合国家利益、更好地传播国家形象。艺术与国家相伴而生，艺术虽无国界，但艺术家有国界。

三、艺为国用：新时代应构建怎样的妈祖新形象

想要更好地构建新时代的妈祖文化新形象，首先应了解当代的妈祖文化构成。从非遗角度上说，妈祖非遗主要由"祭祀仪式"、"民间习俗"和"故事传说"这三个部分构成，而它的文化主体主要由"信仰"和"习俗"两大块组成。可能社会上有一部分人一听到信仰两个字，就会下意识地把它归到封建迷信中，2022年上海在苏河湾中心绿地南侧成功修复了上海天后宫。对于修复天后宫的方案早期也有一些反对的声音，有人以"我们不搞封建迷信"为理由拒绝复建天后宫，然而有一位专家教授当场反驳："上海难道只有修洋人的建筑才是不搞迷信吗？"这是一个不得不反思的问题。当国家提出文化自信、提出要确立中华文化的主体性地位时，对于文化工作者亦提出新的要求。习近平文化思想的提出，预示着一个中国传统文化的新时代的正式开篇。我们需要用一种进步的眼光更加科学、更加理性和更加自信地看待我们自己的传统文化，这是国家和民族的发展需要，更是时代的必然。

（一）基于新时代需求创推妈祖题材艺术作品

妈祖的形象虽然有类别的区分，但是文艺作品对妈祖形象的塑造却不是单一性的，而是具有一定的复合性。比如电视剧《妈祖》既塑造了妈祖的戏剧形象，又助力了妈祖的文旅品牌的形象塑造。在民间，以妈祖为题材的戏曲作品数量不少，而且戏曲的种类还是比较多样化的，有京剧、越剧、潮剧、闽剧、莆仙戏等，可以说许多地方戏种都演绎过妈祖的故事，

这一点应与妈祖传播区域较广有关。2018年，国家艺术基金传播交流推广资助项目莆仙戏《海神妈祖》在东南亚巡演了7场，引起当地华人华侨的热情反馈。当然，这些戏曲作品讲的主要是妈祖生平以及其显圣救人的传奇故事，内容上比较传统。近年来基于两岸交流的需求，以妈祖为题材的歌曲作品在2000年以后数量不少，例如2000年演唱并拍摄MV的《妈祖》，又如2001年电视剧《妈祖》的主题曲《妈祖》。相较于这些歌曲，妈祖仪式中的音乐反而有更广泛和稳定的传播渠道。例如蔡秋凤演唱的《天上圣母妈祖颂》，又名《妈祖颂》，使用闽南语演唱。舞蹈方面，在当代，现代舞剧《醮》、舞蹈诗《妈祖》、舞剧《妈祖林默娘》、大型音诗乐舞《妈祖颂》等一批优秀的妈祖题材舞蹈作品相继出现，标志着妈祖题材的舞蹈艺术从单一的民俗发展向民间与剧场同步的复合发展转型。2023年，湄洲岛计划筹备大型舞台演出《印象·妈祖》，然其剧本内容主要还是以传统妈祖传奇故事为线索。站在新时代新文化角度，学界更希望看到妈祖题材的舞台艺术作品构建的是一个立意更高、能够涵盖中华海洋文化精神的"妈祖"形象，紧抓"人"的高尚品质作为思想核心，而非仅演绎一些传统民间"神仙"光怪陆离的故事。除了这些，妈祖文化传播的一项重要艺术内容是当代已经被标准化的"妈祖三献礼"仪式乐舞。其以古代官祭三献礼为蓝本发展而来，由初献、亚献和终献三个部分构成。其中，乐舞以古代官祭八音音乐和八佾舞组成，现在主要是由湄洲妈祖祖庙、贤良港天后祖祠、文峰天后宫等具有影响力的大宫庙进行传播和推广。

（二）在响应国家文化建设中突出妈祖文化"创新性""和平性"

2000年，习近平总书记在福建工作期间指出："妈祖文化具有很高的旅游文化品质，很好地反映中华民族的性格，通过世界的交流和传播能树立中国人民在世界上的良好形象。"这体现了习近平总书记对妈祖文化的认可。认真学习习近平文化思想，思考建设新时代妈祖新形象，首先要求文化工作者们以史为鉴，深度、全面地思考和阐析妈祖文化在新时代的创新性。2023年6月2日，习近平总书记出席文化传承发展座谈会并发表重要讲话，提及中华文明具有突出的创新性，从根本上决定了中华民族守正不守旧、尊古不复古的进取精神，决定了中华民族不惧新挑战、勇于接受新事物的无畏品格。

首先，从历史上看，妈祖文化具有创新性。封建时代妈祖的发展还是比较顺风顺水的，但到了民国时期，民众认知开始发生时代性的转变，原来支持妈祖文化的知识分子阶层，开始质疑所有的中国传统文化。妈祖文化也因此遭到了前所未有的冲击。以林氏为代表的多方的民间力量以"孝"精神为切入口，将妈祖纳入国家正统道德体系，推动完成"林孝女"这个形象的转型。这也再次说明，妈祖文化体系在处理转型问题上的灵活性，以及在面临文化危机时的求生欲。所以这个时期的妈祖文化在其艺术形式上也发生了一些很奇特的改变。例如，民国时期妈祖经典歌曲《天上圣母救世歌》就是以当时很流行的学堂乐歌"苏武牧羊调"来进行传唱的。由此可以看出，由中国海洋文化孕育而出的妈祖文化，它接受新事物、吸纳新思想的能力是非常强的，在发展上具有很强的创新性和创新的积极性。元代郭翼在《西湖竹枝词·堤上行三首·其一》一诗中就提及："碧水楼楼三月春，蛮儿个个唱歌新。通海坊中人作市，灵慈宫里乐迎神。"海市的昌隆，带给妈祖宫的均是"新歌"，可见早在元代，妈祖文化在传播中就具有一定的开放性和流动性。

其次，除了创新性，还需要提炼一个符合新时代国家海洋发展形象的关键词，就是妈祖文化的"和平性"。2023年6月2日，习近平总书记出席文化传承发展座谈会并发表重要讲话，强调中华文明具有突出的"和平性"。这一点，妈祖传统文化精神与其又一次完美契合。自古以来，妈祖文化在传播中与各国的海洋文化友好相处，与世界上各宗教和睦一堂，可以说，妈祖文化的"和平性"并不是在新时代生搬硬造出来的，而是基于历史事实、早就存在于它的骨血之中，是中国传统海洋文明的一个缩影。

网上一直有资料提及20世纪80年代联合国有关机构授予妈祖"和平女神"称号。20世纪70年代，法国民族学院谢鲍尔博士在巴黎创建了"真一堂"并称妈祖为"世界和平女神"，把妈祖塑造成一个有别于西方海洋文化，具有东方海洋文化色彩的崇尚自由、平等、互信，热爱和平的海上和平女神的形象。可见，针对构建新时代妈祖的"和平女神"形象，民间早已有了萌芽式发展。在此基础上，基于"中华文化的主体性"，民间大致提出两点建设思路。一是在这个多元文化的时代网罗"世界文艺"，将它植入妈祖文化的土壤里。二是将"中华形象"深度融入妈祖文化景观中。

（三）正视和正确发挥"民间智慧"的力量

民间妈祖文化传统的形式是出游，即巡安。就是一群人抬着妈祖绕着城市走。路线一般以组织的规模来定，也有跨城市的大型出游，例如台湾的"三月疯妈祖"历时9天8夜，横跨台中市、彰化县、云林县、嘉义市四县市，往返约340千米。也有小型的，就是在自己村里绕几圈，图个热闹和新年大吉。在出游中，跟着走的一大部分人是要表演节目的，就是民间俗称的"阵头表演"。每个方阵表演的内容各有不同，常见的有各种吹打乐、舞蹈队等，内容混杂多样，没有标准，所以每年或者说每次出游的方阵都不一样。只要是民众喜欢的节目都可以加进方阵里。比如20世纪90年代流行的腰鼓舞、2000年流行的街舞、2010年左右流行的爵士舞、2020年流行的广场舞，在妈祖出游的阵头队伍中都可以看到。在传统的妈祖活动中，还经常可以看到一些被冠以"西洋"称谓的表演。如西洋军鼓队、流行歌手方阵等。以西洋军鼓为例，在没有中国文化载体容纳它的时候，我们一直称它是西洋军鼓，但当这种西洋军鼓加入了妈祖活动并被一代代人作为一种民间习俗进行传承后，在若干年后，民间对它的认知就会悄然发生变化，认为它是中国多元文化组成之一。但如果"西洋鼓"不进入中国的文化体系，比如它只进入单一的课堂系列，那么无论再过多少年，在民间大众的认知中，它也永久只能是"西洋"的乐器鼓。在国外，妈祖出游网罗了各个国家的不同艺术，这种习俗能够助力形成一个以华人文化为中心的多元文化体系，不仅帮助海外华人建立族群文化联系，也帮助和吸引更多的外国人加入中国多元文化的体系中。在文化交流中，很多的华人后裔以及外国人都被中国的各种传统文化吸引。在马来西亚2019妈祖千秋宝诞祭祀大典暨绕境巡安活动的方阵中，48名马来西亚华人女子梳起"妈祖头"、身着蓝色的大海衫和红黑色裤子，组成了一个显眼的方阵。"妈祖头"也称"帆髻"，是将头发在脑后梳成一个帆形，是湄洲女的传统发型。蓝色上衣被称为大海衫，代表海洋的颜色，裤子上红下黑，远远看上去像是裤子站在海浪里打湿后，红色渐变成了黑色。其中，红色是妈祖最爱的颜色，在海洋文化中代表的是引航灯的颜色，在海上代表希望，黑色代表思念。当然，通过现有的文化传播渠道进行中华传统文化的输出和落地的同时，一些外国的艺术也在这种交流中与中国传统艺术展开积极互动。2014年，马来西亚的大马妈祖文化节上演了一部特别的舞剧《妈祖传奇》，特别之处在于它用马来人的艺术思维来表现中国的妈祖故事。而到了2018年，马来西亚吉隆坡雪隆海南会馆天后宫委派琼青文艺团的5位成员远赴湄洲妈祖祖庙学习三献礼中的"八佾舞"。为什么不学习八音音乐？因为现在我们祭祀使用的音乐都是电子版的，拷一下就能带走，这是科技赋能的产物。但舞蹈目前是无法以科技替代的，所以只能派人回来学习。这也是湄洲妈祖祖庙近年来正在做的一件很有意义的事情，就是在全世界范围内传播推广妈祖祭祀的三献礼仪式，目前这种仪式已经形成了标准化流程，祖庙发挥自身的文化影响力，吸引很多的外国宫庙和华人群体将这种明显具有中华传统礼乐特性的仪式带去流播地。关于三献礼的传播，一开始的时候学界是担心的。因为湄洲妈祖祖庙的这个祭典最早都是由专业音乐学院的学生去演的，其中八佾舞是有一定难度的。有学者认为，这么难的舞蹈，肯定在民间传播推广上会遇到困难，甚至传播不动。但是短短十年时间，妈祖三献礼已经在乡村推广落地。这个现象再次说明，如果文化建设者以一种高高在上的姿态小看"民间智慧"的力量，结果只能是脱离人民。事实上，妈祖三献礼传播的速度比预计的要快非常多，十年间莆田各县区都有了自己的妈祖三献礼，甚至很多村子都有了自己的八佾舞。很多音乐舞蹈专业的老师发现，他们认为的、传播中的艺术难度，在广大人民群众的眼中并不是沟壑。民间将妈祖三献礼乐舞进行各种自发的"简化"，以致现今各个民间宫庙的八佾舞版本也越发多样。在社区里，老人用跳广场舞的精神来跳八佾舞，很自然地就完成了在专业音乐舞蹈老师眼中不可能做到的事，有少数队伍还跳得很好。因为民间宫庙有需求，且民众具有积极性，三献礼乐舞在莆田地区很快完成了第一步——在民间的艺术下放，这也为后面三献礼乐舞的海外传播奠定了极大的可行性。

北京大学翟崑教授认为，要充分开发妈祖文化的时代价值。他给我们讲述了妈祖文化在"走出去"的过程中为推动构建人类命运共同体注入深厚持久的文化力量的一系列案例，并认为妈祖文化可以成为全球华人、全球海洋文化的一种"知识产品"。当代，妈祖文化已经和区域民俗文化深度融合，不分彼此。中国社会科学院历史研究院的刘中玉教授在《妈祖文化与海洋文化融合研究》一书中指出，中国的妈祖文化与中国海洋文化密不可分，在当代是不可能剥离妈祖文化来讲中国的优秀海洋文化的，因为他们已经是一体的。当下，文化工作者们需认真学习习近平文化思想，以国家文化建设和战略需求的思想高度来思考建构新时代"妈祖"新形象，只有这样才能聚核提质、夯基惠民，在本职岗位上做好以文化服务人民，助力激发妈祖文化在新时代焕发新的生命力。

守正创新求真

——"当代金陵画派"的传承、创新与开拓研究

程 洁 邯郸开放大学

有些艺术评论文章认为，中国的传统艺术与传统文化一样，在全球化的冲击下，再一次被推向了改革的中心。水墨艺术仍然与传统保持了若即若离的关系。只是，"趣味"、"笔墨"或"意境"不再是水墨艺术家们关心的重点。这一观点非常耐人寻味。中华民族有着独特的文化传统，中国人民有着独特的民族命运、家国一体的情怀，使得中国绘画具有特殊的内质，在世界文明史上独树一帜，形成了独特的艺术观。今天的中国画更是承载了找寻中华文明、弘扬中华文化自信的重要使命。如何吸纳传统，同时吸收现代审美元素在全球经济一体化和世界文化相互交融的语境中实现继承与创新的辩证统一？在笔者看来，"当代金陵画派"水墨画家的艺术创作观念和价值体系的传承与开拓事关时代，事关未来。

一、中国画与水墨称谓的含义阐释

首先需要重新解释一下中国画与水墨这两个称谓的含义。传统中国画的称谓包括水墨与丹青，中晚唐之后水墨画大为盛行，发展出文人画类型的水墨画。丹青内有设色的含义，在当代使用的时候往往具有古典与传统

韵味，在求新求变的 21 世纪使用频率远低于水墨中国画。"中国画"之名开始于近代，是"整理国故、保存国粹"时期，为了与西洋绘画区别开来，产生的特定称谓。时间回到 20 世纪 90 年代，重视文化的传承性、研究传统的现代性转化成为整个中国艺术界的策略共识。中国画已经发展为一个完整的学科专业，与其他外来画种，例如油画、版画并驾齐驱。据学者薛永年的文章回忆，1988 年中国画研究院举办的"北京国际水墨画展"与研讨会，其作为一个参与者，"回想当时所以用媒材命名画种，是想通过采用西方通用的方式，使中国画与油画、水彩画匹配，有利于国际交流。把中国画叫'水墨画'，既是对话交流的策略，也有益于从媒材的角度吸取外来经验"[①]。

从此以后，可以说随着中国画这一艺术领域的发展，水墨一词被赋予了新的时代内涵。在薛永年的文章中，就清晰地归纳了这种观点："水墨艺术本身就是中国传统文化身份的重要符号与象征，又注重对西方现代主义的批判吸收，所以产生了重大的当代性发展，其开放性和多元化的艺术面貌似乎更容易参加全球对话而被西方所接受。"[②] 这种观点认为全球化已经冲击了我们的生活。从文化角度上来说，全球化意味着世界在文化上趋于同质化。文艺复兴以来的西方文化，给世界带来了自然科学方面的突飞猛进，使得人类社会的生活方式得到了巨大的改变。中华文化虽然在自然科学方面确实发展得不如西方文化那么深入发达，但是在文学、历史、艺术、哲学等关乎人文的学科上，中华文化可以说具有自身独特的面貌，自己的文化体系是非常博大的。在艺术学科方面，中国传统艺术已经达到了非常高的高度，即使鸦片战争以来的各种社会变动都没有使这门学科湮灭，反而使其展现出强大的生命力。这样一种自身非常优秀、非常强大的文化，在全球文化同质化的背景下，一定会与不同文化产生强烈的碰撞。在不同文化碰撞的过程中，往往会融合产生新的文化结晶。

---

① 薛永年. 称"中国画"还是叫"水墨"[J]. 美术观察，2019（5）：10-11.
② 薛永年. 称"中国画"还是叫"水墨"[J]. 美术观察，2019（5）：10-11.

二、"金陵画派"和"新金陵画派"在艺术精神上的承续性和相似性

(一)"金陵画派"之渊源

纵观古今画派的形成因素,涵盖地域、师承、画风、内容等,而就"金陵画派"之形成来看,其中地域性和绘画风格特点所占比重较大。江南地区自古就是人文荟萃之地,南京作为大明王朝开国之地仍保留了所有的政治机构,作为留都的金陵城,繁华程度是其他南方城市所不能比拟的。其文化发展吸引了众多文人墨客的聚集,金陵成为当时文化交汇的中心。明末清初以金陵(今南京)为地域中心所形成的画家群,麇集金陵。其以画家龚贤为代表,包含樊圻、高岑、邹喆、吴宏、叶欣、胡慥、谢荪等,称为"金陵画派"。"金陵画派"的风格、流派、画风的形成,究其原因多是将朝代的交替、社会的动荡巨变、亡国的刺痛这些记忆汇成的一种强烈的民族情结反应,聚集在一起并形成了一定规模和影响力。"金陵画派"的创作题材选择、艺术风格表现以及作品所呈现的人文内涵,都有极其典型的地域性特征,以表现南京以及周边地区的自然景色为主要特征,反映时代特性与现实生活。以"金陵八家"为代表的每位画家各自绘画风格独立,又带有明显的时代特点。"金陵画派"虽然画风各异,但他们的绘画都表现了百姓日常生活中最朴素平凡的自然景色,以自己的视角来表达深度的精神寄寓。"金陵八家"之一的龚贤就曾描述:"今日画家以江南为盛,江南十四郡以首郡(南京)为盛,郡中著名者且数十辈,但能吮笔者奚啻千人。"[①]所谓"金陵画派"精神是将现实的表达需求寄情于绘画作品中,构建一个与时代同步的绘画表达理论。不同于同时代正宗传统的"四王"、逃离现实求得禅意的"四僧",也不同于"吴门画派""虞山画

---

① 陈传席.中国山水画史[M].天津:天津人民美术出版社,2001:519.

派","金陵画派"在画坛上的现实意义非凡。

（二）"新金陵画派"之嬗变

1949年10月1日，中华人民共和国成立。社会制度变革，新的社会秩序建立，传统中国画也随之面临新的时代语境转换。新中国成立初期，轰轰烈烈的建设进程和文艺导向为画家提供了空前明确的题材。以文人士大夫为服务对象的传统中国画如何为新中国服务、为社会主义建设服务、为人民服务成为中国共产党文艺建设首要的问题。1959年《美术》杂志第一期重磅刊发了四篇在文化艺术界影响很大的文章。时任江苏省委副书记陈光撰写的《反映我国社会主义建设中伟大现实生活——中共江苏省委书记陈光同志给江苏中国画院全体同志的一封信》、时任江苏省宣传部部长欧阳惠林撰写的《江苏中国画的"百花齐放，推陈出新"》、傅抱石撰写的《政治挂了帅，笔墨就不同——从江苏省中国画展览会谈起》、张文俊撰写的《学习中国画创作的体会》为"新金陵画派"的诞生奠定了最初的理论基础。1960年3月，江苏省国画院成立，画派有了团队的条件。"新金陵画派"以南京为中心、江苏省国画院为基地，为"新金陵画派"的孕育成长提供基本条件。江苏省国画院成立后确立了工作宗旨："贯彻党的'两为'方向与'双百'方针，继承与发扬中国书画艺术优秀传统，吸收与融汇一切绘画艺术精华，走师法造化之路，力图创造出与时代同步的中国画作品，出作品，出人才，出理论。"[①]1960年9月，在江苏省国画院首任院长傅抱石的带领下，以画院画家为主体的"江苏国画工作团"在建院当年就开创了二万三千里写生的壮举。在这次写生中，画家们创作出一批既具有鲜明时代特色，又有中国民族特色，堪称时代经典的中国画精品。傅抱石为团长，亚明为副团长，组员为钱松喦、宋文治、魏紫熙、余彤甫、丁士青、张晋等，打造了"新金陵画派的核心团队"。历时三个月，走访豫、

[①] 马鸿增.新金陵画派五十年：1953—2002[M].南京：江苏美术出版社，2008：46.

陕、川、鄂、湘、粤6省10余个城市,将20世纪50年代开始的以写生带动中国画推陈出新的运动推向了一个历史的高潮。此行最大的收获是确立了"思想变了,笔墨不能不变"的笔墨当随时代的观点。一语道破了艺术表现规律。1961年5月,由中国美术家协会和江苏分会主办的"山河新貌——江苏国画家写生作品展"在北京隆重举行,共展出作品150幅。展览期间观众如织,好评如潮,其中时任中国文联主席郭沫若先生观看展览后随性赋诗赞道:"真中有画画中真,笔底风云倍如神。西北东南游历遍,山河新貌貌如新。""山河新貌——江苏国画家写生作品展"将传统中国画传承创新推上了新的高度。奠定了以傅抱石先生为旗手的"新金陵画派"崛起与发展的坚实基础。

(三)"新金陵画派"艺术观念与特征

"新金陵画派"的前辈画家们在江苏省国画院第一任院长傅抱石的带领下勇于直面生活,善于科学创新,对传统和经典都有扎实的积累和精深的研究。写生团前辈画家钱松喦说:"美景在前,不单是要眼看手追,还须有动于衷,见景生情,还要有诗人的设想,拓宽或者另拓一个诗的天地。山水现象是有限的,画中意境创造是无穷的……所以我认为不单是深入生活,还要打开生活,跳出圈子,海阔天空地把现象上有限的生活化作精神意态的无穷生活。"① 在强调政治挂帅的社会大背景下,他们能够开放视野直面崭新的生活,积极探索科学创新之路,大胆地以现实劳动场面和社会主义建设现实素材入画,以传统绘画不曾出现的技法表现,用智慧和激情演绎出了一幕幕前无古人的"源于生活而高于生活"的崭新艺术画卷,以此来表达对新中国的大好河山的热爱之情,用画笔发自内心讴歌山河新貌,变被动为主动,变压力为动力。"新金陵画派"的前辈画家们在注重切实摄取适合自己的现实生活元素的同时,十分注重对个性艺术的追

---

① 钱松喦.砚边点滴[M].上海:上海人民美术出版社,1961:37.

求，做到传统与生活相互融合、共性与个性相互交织、政治任务与艺术创作相互协调，以及创造性的完美跨越，将一片崭新的艺术天地呈现在人们面前。前辈们带着各自的艺术理想深入生活、科学创新，用科学的态度追求标新立异的创作态度，令人钦佩；对景写生将"新金陵画派"的创造性和开拓性发挥到了一个远非寻常可比的新高度。"新金陵画派"的确立不仅是一面旗帜，也确立了一种学术高度，铸造了一种能够世代传承、追求经典、其命维新的艺术精神。

三、"当代金陵画派"接棒"金陵风骨 其命惟新"

数字信息化时代来临，现代高科技影响渗透我们生活的各个方面甚至渗透到艺术创作领域，中国画在新的观念与审美的介入下，内容形式技巧上都有新的探索与突破。以江苏省国画院为主体的"当代金陵画派"在第五任院长周京新的带领下，传承经典、赓续文脉，重视"新金陵画派"精神，在指导思想上重视写生，让"当代金陵画派"画家们走出画室、走进生活、讴歌时代、为人民进行创作。在创作过程中，画家们意识到在新时代解决思想问题的同时，要把过去受比较浮躁的、带有物质的、虚无的乃至去思想化、自由化的影响创作的一些东西，在绘画过程中慢慢调整过来，使画家能够安下心来解决艺术创作本源的问题，认真思考传承、创新、吸收、创造等问题。怎样从高原走向高峰，怎样通过中国画表现时代精神、弘扬中华文化、加强文化自信；认真思考什么是"新金陵画派"，以及中国画系列创作未来的走向。

（一）继承写生精神，不简单地描摹

江苏省国画院对历史的贡献不只是"新金陵画派"，它在花鸟画、人物画、书法和理论研究这几大领域都人才辈出。2010年，周京新先生出任江苏省国画院第五任院长。周京新先生是当代中国画坛的代表人物之

一，20世纪80年代以《水浒组画》名震画坛，90年代新水墨探索"水墨雕塑"系列广涉花鸟、戏曲人物、山水风景等各类创作题材。在他的带领下"以其命维新"为一贯秉持的学术主旨，以"追求经典，科学创新"为创新、研究、发展的学术导向，培养了一批具有当代意识的新水墨画家。2011年至今的13年间，由江苏省文化和旅游厅主办的"盛世春光——江苏省国画院新春献礼·贺岁大展"每年如期举行，并进行全国巡展。整体展现了"新金陵画派"半个多世纪的学术积淀和雄厚实力，受到广泛关注与好评。为"当代金陵画派"的传承、创新与发展指明了方向。

"当代金陵画派"画家首先要明确自己的责任和担当，清醒认识在新的伟大时代当中自身扮演的角色，继承发扬老一辈"新金陵画派"精神，领会江苏省国画院第一任院长傅抱石先生"时代变了笔墨就不能不变的创作主张"，即如何通过自己的精心创作来回报国家和社会，来描绘、记录、讴歌新时代新风貌。第五代院长周京新对在新的时代转换中的写生进行了新的解释。周京新说："写生不是去打草稿或收集资料，写生就是创作。我喜欢面对实景、人物直接进行创作，现场完成作品……写生是一种态度，是感悟造化、构建笔墨语言过程中的一种很棒的研究方式，体现的则是一种讲求学理的科学研究态度。"[①] 周京新倡导以正能量作品为主导，以画家特有的方式观照现实生活，以更加艺术化的方式接纳现实，既有传统笔墨又有当今意趣。"当代金陵画派"画家作品描绘多种人物群像，歌颂不同行业人民新的精神特质，如公务员、农民、解放军、科技人员等；还要描绘改革开放40多年江苏山河新貌与江苏工业建设题材、城市发展题材，用中国画的特有表现形式、创新的笔墨，表达对人民的热爱之情和文化自信。用发现美的眼睛向世界展示一个全新的金陵（南京）。其次，在新时代感召下担当新使命，展现新作为，真正响应号召，到生活中去，真正深入生活，扎根人民。在生活中、在人民中看到美、发现美，进而不断

---

① 凤凰美术馆.高度的聚集：新金陵画派代表人物展［M］.南京：江苏美术出版社，2013：1.

创造美。以新的人文关怀、社会形态、观察视角和表现语言，深入挖掘传统文化内在动力，提升创新意识和表现时代精神，创作出符合时代需求的现实题材的精品力作。同时，要使"当代金陵画派"的作品呈现既有水墨质感又有艺术形象灵魂，而且还要在创作中大胆突显个性，追求艺术表现力。这种新的中国画笔墨表现方式为"当代金陵画派"的诞生厘清了脉络。

（二）传承经典，科学创新

"金陵风骨"意在延续南京（金陵）区域的艺术精神文脉，而"其命维新"意在传承傅抱石先生所倡导的不断创新的历史使命。江苏省国画院是中国美术史上"新金陵画派"的发源地，是"新金陵画派"的根基，要将继承传统、追求经典、深入生活、科学创新的"新金陵画派"的精神充分继承好、发扬好。60多年来江苏省国画院作为"新金陵画派"的根基始终坚持弘扬"新金陵画派"优良传统，积极维护良好的学术氛围，加强人才队伍建设。自2015年以来，江苏省国画院秉承"出作品、出人才、出理论"的宗旨，在党的二十大精神指引下，在广纳贤才、培养后进、学业基业传承不竭的理念下，传承"新金陵画派"精神，加强主题性创作，培养全面发展的美术创作人才，自觉担负起举旗帜、聚民心、育新人、兴文化、展形象的重要使命。

承接传统，适应时代，赓续文脉。注重人才培养是江苏省国画院的一贯宗旨。1960年，第一期学员班为"新金陵画派"培养了一代精英。1978年，第二期学员班培养了常进、刘丹、徐乐乐、徐世豪、黄晓勤、余晓星、胡宁娜、沈勤、石迎晓、王飞飞、喻慧、汤知辛等12位画家，为"新金陵画派"薪火相传，既继承前辈技艺又呈现独有艺术风貌。这些学员也成为享誉海内外的知名画家学者。2020年"青蓝相继"的培养计划继续开展，演变为"新金陵画派青年人才培养计划"，遴选出20名学员，都具有较好的中国画笔墨技法基础与创作潜力，兼具传承新金陵画派精神的情怀和志向。他们以"水韵江苏"为主题积极开展艺术实践活动,深入生活,扎根人民,拓宽创作视野,丰富创作素材,汲取创作灵感,创作出一批主题优秀的美术作品,对续写"新金陵画派"的辉煌具有重要而长远的意义,为新时代画坛带来新的气象。

(三)"当代金陵画派"引领艺术创作与审美的时代强音

从"金陵画派"到"新金陵画派"的演绎认知,更多是从保护与持守的角度,维系画派传递出的能量。时代文化体制和文化环境的大不同,导致其很难赋予"新金陵画派"活力。笔墨当随时代,中国画理念和表达要与时俱进。中国画当代转型成为大趋势,接受当代转型与南京地区的文化交流,也必然触发"新金陵画派"向"当代金陵画派"的转型。"当代金陵画派"代表周京新先生,试图在一个更加理性的平台上呈现当代水墨画先锋精神。对水墨画创作一直有着内在的突进和新的创作体验。他在水墨写意和水墨语言的体认中,展现了新水墨走向当代的前奏,并真正揭示出"新金陵画派"向当代转型的必然性和时代意义。江苏国画院画家张喆、姜永安、杜小同对水墨进行了新的探索。张喆对积墨法进行深入的研究,对积墨山水的技巧技法运用娴熟,画面层次丰富,浓淡相宜,作品以自然景观为题材,表现人与自然和谐共处。姜永安的水墨人物画下的挣扎和自我认知,通过水墨的张力和独立性的视觉,表达对人物和生命状态的体会,运用水墨工具描绘苍生,令人赞叹。杜小同在创作中国画时,将宇宙的概念运用其中,强调"留白",强调画"虚",作品是水性、墨性和诗性的结合,使水墨的诗意传统带入现代性成为可能。江苏南京地区这些画家通过不懈努力,继承"金陵画派",传承"新金陵画派"精神,努力探索出一条"当代金陵画派"的发展之路。

"当代金陵画派"中国画创作如果只是被动地坚守传统,沿着传统惯性的偷懒方式,不经反思,那么只是呈现传统技术空壳,表达不出现存的真实状态。我们要看到江苏省国画院作为现代金陵画派的策源地,也培养了一大批具有全国影响力的著名画家。笔墨当随时代，"当代金陵画派"脉络逐渐清晰，必将奏响艺术创作与审美的时代强音。

"新金陵画派"已进入历史的篇章，为后世的艺术家提供了高格的学术典范和艺术修为。"新金陵画派"的成功在于其主动的求真意识以及扎实的传统积淀与对艺术创作的理性思考。时光流转至新媒体文化时代，"当代金陵画派"虽然继承了前辈们"追求经典、广泛深入生活、善于创新"的精神，在艺术视野和绘画技巧上都有深入探索，并且有所发展，但缺少像傅抱石、亚明、钱松嵒这样的领军人物。"当代金陵画派"也面临着在创作中如何表达民众意志、关注社会问题、传递时代正能量的价值观与艺术观等考验。既要有艺术理想，又要考量现代视觉经验表达；既要将传统写意笔墨有机地与现代视觉语言相统一，又要对传统笔墨进行现代性转换并进行富有个性化的探索。"当代金陵画派"如今已在中国画坛站稳了脚跟，他们挽着昨天立足当代，定会以新的面貌走向明天。沿着前辈的步伐，"当代金陵画派"坚守艺术理想，不断进取，以手中的画笔描绘中国沧桑巨变，刻画时代之精神图谱；牢记初心使命，坚持守正创新，以人民为导向，努力创作出讴歌时代、增强人民精神力量的优秀作品，把中华文化传统通过艺术作品展示给世人。"当代金陵画派"任重道远。

《致斐迪南·拉萨尔》与马克思主义文艺理论

文瑶瑶　北京工商大学

《致斐迪南·拉萨尔》是由马克思、恩格斯于1859年针对《济金根》一剧所写的两封书信，这是马克思、恩格斯文艺理论发展的重要时期。书信通过对拉萨尔《济金根》的剧作评价，对文艺理论现实主义原则、人民中心论等重要文艺理论作出了深刻阐释。通过对书信的学习，有助于以马克思主义文艺理论为指导，用社会主义文艺讴歌时代精神，用新时代文艺理论照亮中国式现代化建设的前进道路。

一、文艺创作的现实主义原则

现实主义理论构成了马克思主义文艺理论的重要组成部分。古希腊哲学家最早区分了现实主义和浪漫主义的文学流派，他们提出以"按照人本来的样子来描写"和"按照它们应该有的样子来描写"这两种创作方式。马克思和恩格斯虽然都在信中对《济金根》的剧作进行了赞扬，但也毫不掩饰地对拉萨尔进行劝导，认为作品没有完全遵从现实主义创作原则，缺乏思想性与艺术性的完美统一。在历史剧《济金根》中，剧作者拉萨尔借16世纪德意志地区宗教改革高涨之际的一次骑士起义为创作蓝本。不过，由于缺乏农民和城市平民的响应与支持，该起义战火迅速熄灭。

对此，恩格斯作出评价，指出拉萨尔创作的最大问题是不应"为了席勒而忘掉莎士比亚"。马克思和恩格斯都认为文艺与艺术创作应根植于现实生活而非抽象概念，应当从现实出发而非观念出发。他们倡导应从农民战争的抗争历史中汲取动力，以此来振奋人们的革命精神，并以农民战争来为无产阶级革命之势助攻。文艺创作应当以现实生活为基础，同时融入现实主义的理念和浪漫主义的情怀。习近平总书记强调，应该"用现实主义精神和浪漫主义情怀观照现实生活"，文艺作品应当如此塑造，既符合艺术规律，又贴合社会实际需求。只有坚持文艺创作的现实主义理论，才能使文学作品在欣赏美的同时，展现时代的视野广度和深邃的历史厚度。

（一）坚持历史唯物主义的文艺观

在与拉萨尔的通信中，恩格斯认为："我是从美学观点和史学观点，以非常高的亦即最高的标准来衡量您的作品的。"[①] 作为德意志工人运动的领袖，拉萨尔之所以受到恩格斯的最高标准的期望，是因为恩格斯希望他能够达到"同莎士比亚剧作的情节的生动性和丰富性的完美融合"。[②] 但在拉萨尔的《济金根》剧作中，他将1848年革命的失败归咎于某些领导人物"智力的过失"和"伦理的过失"，而非资产阶级的叛变。拉萨尔声称，"最好的资产者按其本性说是最民主的"。反之，他对农民的刻画却是"粗鲁""不发达的头脑""没有教养"。他认为，农民战争不具有革命性。恩格斯斥责了拉萨尔以唯心史观歪曲了历史的真实面貌，背离了历史的真实进程和规律。在马克思、恩格斯看来，济金根的悲剧根源是一种历史的必然结果。恩格斯认为这些观点非常抽象又不够现实。马克

---

① 中共中央马克思恩格斯列宁斯大林著作编译局.马克思恩格斯文集：第10卷 [M].北京：人民出版社，2009：177.

② 中共中央马克思恩格斯列宁斯大林著作编译局.马克思恩格斯文集：第10卷 [M].北京：人民出版社，2009：174.

思同样提出："你所构想的冲突不仅是悲剧性的，而且是使1848—1849年的革命政党必然灭亡的悲剧性的冲突。"① 由于贵族改良派的阶级局限性，该运动并不能得到平民和农民的支持拥护。因此，恩格斯作出了"历史的必然要求"和"这个要求实际上不可能实现"②的悲剧性的冲突的结论。

文艺是一种社会上层建筑的特殊意识形态形式，其产生以及存在是由一定的经济基础和社会存在影响决定的。马克思、恩格斯把艺术创作看作反映现实、认识现实的方式之一，要求文艺创作必须从现实出发。马克思、恩格斯认为，文艺的本质是审美本质与社会本质的辩证统一。文艺作品可以表现意识形态性质的多样性和复杂性，文艺也是人类掌握世界的"专有方式"，通过对具体形象的认知而直观地把握世界的本质。因此，文学艺术创作需始终秉持历史唯物主义的创作原则，从现实生活出发，这样才能保证文艺作品沿着现实主义的轨道健康发展。

（二）正确认识审美活动的主客体关系

文艺反映现实，历来都不是纯粹的客观再现。对艺术审美活动主客体关系的认识可以更好地帮助我们对文艺人民性的理解。马克思认为，以往的唯物论并未将人的行为作为一种对象性的活动，没有正确理解主体与客体之间的关系问题。在艺术审美活动中，欣赏者与创作者的影响互动是十分重要的。文艺在创作时要符合人的审美本质力量和美的规律，也要符合社会发展的客观规律。塑造的人物既要有创作者的独立审美，又要尊重欣赏者的情感需求，找到创作者与欣赏者之间的共鸣点。美是一种社会性的客观存在，但客观事物是否具有审美价值，又要同人的审美本质力量和

---

① 中共中央马克思恩格斯列宁斯大林著作编译局.马克思恩格斯文集：第10卷[M].北京：人民出版社，2009：169.

② 中共中央马克思恩格斯列宁斯大林著作编译局.马克思恩格斯文集：第10卷[M].北京：人民出版社，2009：177.

审美活动相关联。文艺的本质应当是审美本质与社会本质的辩证统一，以实现思想性和艺术性的完美统一。只有欣赏者与创作者之间的平衡互动良好，艺术作品才能够被更多人认可和欣赏。

艺术作品不仅是表达，也是引发观众思考和感悟的媒介。艺术家只有真诚地表达自己的情感、思想和创作意图，才能让作品更具情感共鸣的力量，才能让欣赏者感受到蕴藏在艺术作品中的希望与正能量。《济金根》这部历史悲剧取材于真实历史事件，但却丑化了农民阶级，把可怜农民描绘成消极群众，这样的想象是不合逻辑的，也是背离史实的，这种艺术作品也是使观众难以共鸣的。艺术创作可以进行合理的艺术想象和虚构，但艺术真实必须尊重历史真实，不应用抽象化的人物来体现对"普遍精神"的唯心主义理解。

（三）坚持文艺创作的"莎士比亚化"

为了避免文艺创作中的"席勒式"倾向，在给拉萨尔的通信中，马克思和恩格斯都提及了需要向"更加莎士比亚化"转变的问题，并认为要通过剧情本身的进程，使这些动机生动、积极、自然而然地表现出来。马克思主义文艺理论强调人物塑造的真实性，提倡"莎士比亚化"不是回到莎士比亚，而是将人物行为与社会现实融合，避免空洞抽象的观念化创作倾向。"莎士比亚化"的文艺作品需立足真实的土壤，并遵循审美创造的客观规律。在现实生活中真切把握现实，面向现实生活，塑造体现现实社会关系深层本质、体现时代特性的典型人物。

艺术创作应当映射现实、观照现实，审视生活实况，而优秀的艺术创作应当有助于应对现实困境、解答现实课题。只有始终坚持文艺创作的现实主义理论，坚持思想性与艺术性的完美统一，才能尽可能地赋予现实批判真正的可能性。空谈和幻想不能实现人类的全面发展和解放，只有扎根本土、深植时代，把握时代脉搏，记录人民的奋斗史诗，才能在社会主义文艺建设中创作出更多"莎士比亚化"的文艺精品。

二、文艺作品要根植人民

文艺作品都是有阶级性的。无产阶级文艺坚持人民至上，为无产阶级政治服务；资产阶级文艺坚持资本至上，为资产阶级政治服务。这是文学艺术阶级性的必然体现。源自人民、为了人民、属于人民，是中国社会主义文艺的本质立足点。若使社会主义文艺繁荣兴盛，必须坚守以人民为中心的创作导向，深植于华夏沃土，积极聚焦人民大众创造美好生活的火热实践，只有这样，才能描绘出独具中国风格的艺术之作，才能讲述好中国故事。

（一）坚持以人民为中心的创作导向

济金根这个悲剧性人物不应被刻画成英雄，他并未曾代表人民群众的利益，未曾与人民群众联结在一起，他属于贵族阶级，忠于贵族利益，一心为自己的阶级服务。因此，恩格斯在信中提到，"对那些非官方的平民和农民"，以及那些理论上的代表人物，"并没有给予应有的注意"。艺术家在创作之前只有深入了解欣赏者的需求和喜好，考虑到他们的审美观念和接受程度，才能理解观众的精神需求，才能在创作中融入更多观众能够理解的共鸣元素，创作出更具吸引力和影响力的作品。文学创作的首要目标是服务于人民，根本宗旨是为人民创作。资本主义社会中的人没有独立性，资本主义的异化劳动使人们的肉体、精神道德产生极大的损害，物质上的不独立、不自由导致精神上的不独立、不自由。资本主义文艺是"娱乐至死"的文艺，背离了人民群众的精神需要。社会主义文艺契合了人民群众的需要，是人民的文艺。人民不是抽象的符号，而是一个个具体的、有血有肉，有情感、有爱恨、有梦想，也有内心的冲突和挣扎的具象人物。扎根人民，才能更好地服务人民、满足人民精神生活的需要，才能融通共同价值文化，表达人民意愿，才能对人的全面发展和生活幸福起到促进作用，不断铸就中华文化新辉煌。

（二）用文艺作品塑造社会主义新人

马克思主义文艺理论认为，社会的进步与文艺的发展始终是相生相伴的，文艺作品中的新人形象是代表先进生产力发展方向、符合社会发展趋势的人物形象。恩格斯指出，文学艺术应当塑造、表现和"歌颂倔强的、叱咤风云的和革命的无产者"。马克思主义文艺理论是在对资本主义社会批判中、在对抗"资本逻辑"下产生的。文艺作品不仅能够引发观众情感上的共鸣、进行价值观的引导，文艺作品中的人物形象往往能够成为观众的榜样，起到规范人、引导人的作用。文艺作品也是具有革命力量的武器，一些文艺作品通过对社会现实的批判和反思，揭示出社会问题的根源所在，以达到社会批判的目的。毛泽东在延安文艺座谈会上的讲话中强调，文艺作品"能使人民群众惊醒起来，感奋起来，推动人民群众走向团结和斗争，实行改造自己的环境"。因此，在抗争的前线，革命根据地作家应该创作出"新的人物，新的世界"。[①] 邓小平强调："文艺发展的天地十分广阔。不论是对于满足人民精神生活多方面的需要，对于培养社会主义新人，对于提高整个社会的思想、文化、道德水平，文艺工作都负有其他部门所不能代替的重要责任。"[②] 习近平在文艺工作座谈会上指出，文艺可以为中华民族"举精神之旗、立精神支柱、建精神家园"[③]，从而实现中华民族伟大复兴的中国梦。

社会主义精神生产要以满足广大人民物质生活和精神生活的需要为目的，要按照"美的规律"来创造，符合历史发展的潮流，才能推进社会主义文艺建设健康发展。文艺精品总是能够以文载道、以文传声、以文化人，反映、解决现实问题，以高质量文艺作品涵养人、引领人。苏轼认为

---

① 毛泽东.毛泽东选集：第3卷［M］.北京：人民出版社，1991：861.
② 邓小平.邓小平文选：第2卷［M］.2版.北京：人民出版社，1994：209.
③ 习近平.在文艺工作座谈会上的讲话［M］.北京：人民出版社，2015：6.

"诗需有为而作",强调好的文艺作品都应该有所为,传达寄托社会关怀。在建设社会主义的过程中,新人的形象通过描绘人民群众历史的画卷得以映射,将满足人民日益增长的精神文化需求作为文艺工作的出发点和落脚点。只有坚守人民立场,牢固树立以人民为中心的创作原则,用文艺作品铸就新时代的人物风范,文艺才能释放出最为强大的积极效应。

(三)文艺作品要引领人民革命实践

历史剧《济金根》虽然描绘的是三百多年前的骑士战争,但它实际反映的是德意志如何实现统一的问题。马克思与恩格斯认为,文艺作品所激发的精神力量能够经由人民群众的革命实践转化为改造世界的物质力量。马克思认为,文艺理论作为一种科学的理论,不仅有其"解释世界"的合理性,还有其"改变世界"的目的性。无产阶级具有彻底的革命性,是革命的主体力量。恩格斯热情地呼吁无产阶级积极投身于日益高涨的革命浪潮,并呼吁产生无产阶级自己的但丁。无产阶级遭受着封建主和资本家的双重压迫,是受苦最深重的阶级,是对现存世界最绝望的群体,因而他们对自由与解放的诉求最为强烈。

马克思指出:"批判的武器当然不能代替武器的批判,物质力量只能用物质力量来摧毁,但是理论一经掌握群众,也会变成物质力量。"[1] 这里所指的"武器的批判"实际包含着对所属的意识形态和整个上层建筑的冷静分析和批评揭露。马克思将"解释世界"与"改造世界"统一起来,强调实践是"改造世界"的有力武器,从此彻底地推翻了抽象思辨世界,进而达到对现实世界的彻底理解和把握。马克思坚持从唯物主义立场出发,把批判的矛头指向现实社会,基于当时的现状要求文艺作品反映出无产阶级干革命、追求自由、追求解放的强烈愿望,并力求撼动现存的资本主义社会秩序,深刻地呈现出时代演进的趋势方向。一些现实题材的文艺作品

---

[1] 中共中央马克思恩格斯列宁斯大林著作编译局.马克思恩格斯选集:第1卷[M].2版.北京:人民出版社,1995:9.

通过真实、生动地展现社会生活和人民生活，呈现出社会问题的根源和解决途径，引发群众对社会现实的关注和思考，激发他们参与社会革命和进步的热情。无产阶级要想解放自己，就必须从根本上改变现存世界。因此，好的文艺作品要反映时代的要求、引领时代的风气、推动社会的变革进步，坚守人民立场，用社会主义文学引领人民的革命实践。

三、文艺作品要为时代铸魂

文艺来源于时代，是社会生活的审美反映，是一个时代的精神标志。优秀的文艺作品应当在时代的洪流中熠熠生辉，激发人们对美好生活的追求和对未来的希望。文艺不仅能够反映时代风貌、塑造时代人物，也能够引领时代的潮流。一个好的文艺作品的主题、风格和价值观往往具有前瞻性和感召力，能够吸引和影响大众，推动时代演进和社会进步。马克思在评论拉萨尔的历史悲剧时，批评他对人物、情节描写简单化，没有真正写出这一悲剧性冲突的根源，在艺术上也存在抽象化和概念化倾向。艺术创作者要根植人民、根植现实，才能汲取源源不绝的灵感源泉。唯有如此，文艺作品才能把中国精神、中国价值、中国力量阐释好，展现新时代中国文艺发展的历史新方位，呈现出新时代中国发展成就和当代人民群众的多彩生活。

（一）充分认识文艺作品与时代的关系

马克思、恩格斯认为，文艺应当"适应自己的时代"的要求。文艺的本质属性使文艺创作者需紧密跟随时代脉动，站在时代的高度上，让家国情怀与时代精神共鸣，立足中国的具体实际把握中华民族伟大复兴的时代课题。以鲁迅先生为代表的启蒙思想家，则犹如手持民族精神火炬的先导，唤起了那一时代人的革命信念，以他的文字的力量照亮人们的精神世界，指引着社会的不断进步，改变了国民一盘散沙的精神面貌。现如今，各个不同领域的艺术形式都在不同程度地与时俱进，聆听时代的声音，用自己的艺术形式反映时代。那些文艺作品中展现出处理时代矛盾的智慧和应对时代挑战的勇气。文艺作品的创作逐步向现实主义题材聚焦，题材内容也更贴合当下社会的时事热点。只有深刻洞悉文艺作品与时代的积极联系，才能在实现中华民族伟大复兴的征程中发挥积极的引领作用。文艺工作者承担着以文化人、以文育人，启迪思想的责任。广大文艺工作者要用心用情用力讲好中国故事，向世界展现可信、可爱、可敬的中国形象。站在新的历史方位，我们要持续推进文化繁荣兴盛，努力建设文化强国，这正是我们面临的新时代文化使命。新时代的中国共产党始终将精神上的富足作为社会主义的重要特征和显著优势，充分认识文艺作品与时代的关系，有助于扎实推进新时代文艺高质量发展，并为新时代中国特色社会主义文艺建设的发展提供助推力。

（二）让家国情怀与时代精神共鸣

拉萨尔受到浪漫派的影响，认为在那个时期的德国已经具备实现统一的历史条件。马克思、恩格斯并不这样看待德国的统一问题，认为必须将德国的统一放在世界革命的背景下才可以得到解决。恩格斯曾盛赞德国的民间故事书，认为这类书籍"激发他们的勇气并唤起他们对祖国的热爱"。也正是因为这些饱含着德意志精神的文艺作品反映了当时的时代状况和社会需要，使文艺发挥了更加积极的作用，使人民走上革命抗争之路。马克思意识到，虽然政治解放使市民社会从封建专制中解放出来了，但是精神上的解放更为重要。普遍的人的解放不是某些人的解放，而是作为整体的、全人类的解放。正是因为我们对家国情怀的坚定信念，历史上每一位英雄人物，无论是精忠报国的岳飞，还是爱国将领戚继光、巾帼英雄花木兰，当他们展现在文艺作品中，浓厚的家国情怀总能唤起我们无尽的力量。文学艺术创作必须深植于传统之中，并与社会发展大势同向而行，才能激发文艺领域的繁荣兴旺，并创作出兼具家国情怀与时代精神的文艺佳作。

"文运同国运相牵，文脉同国脉相连。"文艺创作要反映时代精神，必然会跳出小的局限，超越小圈子，进而显现国家和民族的发展演进。新时代的创作者必须秉持"国之大者"的胸怀，方能铸就无愧于时代的精品力作。习近平总书记强调，文艺人才需"树立大历史观、大时代观"，只有不忘初心、牢记使命，不负时代、不负人民，才能正确认识我们的国家与民族、所处的时代的发展现状，明确文艺发展的大方向，才能为新时代文艺建设作出更大贡献。

（三）创造满足时代需求的文艺作品

一部优秀的文艺作品应当深刻揭示时代命题、热点，表达对时代问题的思考和回应，满足时代的需求。然而在剧作《济金根》中，拉萨尔并没有正确认识到那个时代社会的主要矛盾以及主导社会运动的根本力量，完全是在开历史的倒车。因此，他的剧作不能意识到济金根的个人意志与那个时代所产生的悲剧内核。拉萨尔并没有基于史实和正确的价值观去塑造人物，而是将济金根塑造成了自己的传声筒，以此来宣扬贵族立场。尽管拉萨尔认为："同莎士比亚剧作情节的生动性和丰富性的完美融合，大概只有在将来才能达到。"[①]恩格斯认为，德国是一个蕴含着深厚思想与历史内容的国家，然而思想深度、历史内容与莎士比亚戏剧的丰富性和生动性的结合，未必会由德国人实现，可能要等到未来才能达到。但是当我们立足马克思文艺理论指导文艺建设的时候，在"两个结合"中"明体达用、体用贯通"，在马克思主义文艺思想的引领下终将会在中国大地上实现恩格斯所认为的"思想深度与历史内容的完美结合"。

社会主义核心价值观如何体现在文艺创作中，以及文艺创作如何融入

---

① 中共中央马克思恩格斯列宁斯大林著作编译局.马克思恩格斯文集：第10卷[M].北京：人民出版社，2009：174.

社会主义核心价值观是中国文艺建设需要解决的问题。文学艺术的本质决定了它必须以反映时代精神为使命，必须映射出一个时代的灵魂。文艺作为文化的关键组成部分，用其独特的审美方式呈现人民的现实生活，并体现出民族的精神面貌。文艺创作如果只记录现状，就禁不起人民和历史的检验。随着高等教育的普及，创造精神财富的主体逐步扩大，每个人都是创作者，每个人都是这个美好时代的"主人翁"。《致斐迪南·拉萨尔》里蕴含着马克思、恩格斯丰富的马克思主义文艺思想。对《致斐迪南·拉萨尔》信件的研究既具有理论价值，又具有实践价值，为新时代文艺建设提供指导和遵循，并探索出社会主义新文艺的建设规律。通过深入的学习和研究，我们不断深化对文艺建设的规律性认识，有助于完善新时代中国特色社会主义文艺的制度建设，扎实推进新时代文艺的高质量发展，为新时代中国特色社会主义文艺建设提供助推力。

新时代浙江区域电影文化的主体性探析

王名成　首都师范大学科德学院

作为中国特色社会主义文化建设的思想结晶和理论总结，习近平文化思想的提出丰富了习近平新时代中国特色社会主义思想的理论体系。以此为观照视角，新时代浙江区域电影文化主体的探赜有了更有力的思想武器和行动指南。在新时代浙江电影遭遇发展挑战的语境下，充分理解"两个结合"，对供给侧进行改革；对中华优秀传统文化进行创造性转化与创新性发展，以山水作为一种风格和方法，关注世俗的此在，不失为建构浙江区域电影文化主体性和精神向度的重要路径。

2014年10月15日，习近平总书记在文艺工作座谈会上的讲话中提到"文化是民族生存和发展的重要力量"[1]，从人类社会和人类文明的高度来探讨文化，文化的重要意义不言自明。同时，"实现中华民族伟大复兴需要中华文化繁荣兴盛"的论述，从历史和现实的角度进一步阐释了中华文化的重要价值、理想和精神。

作为世界文明谱系中非常重要的构成部分，中华文化有着悠久的历史。在数千年的发展流变中，王朝更替，民族迁徙，世事变幻，战争、贸易与宗教等因素的多重叠加，让中华文化呈现出丰富、多元的态势；而辽阔的疆域，广袤的土地，东西南北迥异的自然、地理、社会环境，进一步

---

[1] 中共中央宣传部. 习近平总书记在文艺工作座谈会上的重要讲话学习读本[M]. 北京：学习出版社，2015：2.

造就了不同地区各有特色的区域文化。无论是西北的大漠孤烟，还是江南的小桥流水；不管是中原的儒家文明，抑或是荆楚大地的巫觋之风，都百川入海，汇聚成中华文化的大传统。想要真正了解中华文化浩荡的雄浑之姿，需要切实了解区域文化的涓涓细流。同时，基于文化地理学的角度，文化可以被理解为"一种不同的空间、地点和景观的问题"。[①] 一定程度上，这进一步强化了区域文化之于文化研究的意义。尤其在全球化日益深化的当下，从地缘或者区域的角度对文化进行研究，对于某地文化传统的保护格外重要，毕竟"抗拒同质化于优势大一统的全球化文化、自觉保存与维护本土传统文化，成为现代化伊始就持续不断的思潮与运动"。[②]

习近平曾在《浙江文化研究工程成果文库总序》中强调从区域文化入手对一地文化的历史与现状展开全面研究的重要性，他认为区域文化研究"一方面可以借此梳理和弘扬当地的历史传统和文化资源，繁荣和丰富当代的先进文化建设活动，规划和指导未来的文化发展蓝图，增强文化软实力，为全面建设小康社会、加快推进社会主义现代化提供思想保证、精神动力、智力支持和舆论力量；另一方面，这也是深入了解中国文化、研究中国文化、发展中国文化、创新中国文化的重要途径之一"。[③]

近些年来，曾经一往无前的全球化遭遇一定程度的挑战，全球范围内的文化交流、资源配置等由此呈现出新的状况。受此影响，在电影领域，无论是院线经营，还是创作发行，都询唤着新的思维、理念和模式。具体到区域电影的发展方面，某一地的电影如何夯实产业基础，确立文化品格，提高传播价值，都成为摆在我们面前的重要课题。基于此，对区域文化进行深入、系统研究，成为一个摆在我们面前的重要课题。正是从这样的角度，在电影研究领域，以区域／地缘为立足点，对中国电影进行

---

① 鲍尔德温，朗赫斯特，麦克拉肯，等.文化研究导论［M］.陶东风，和磊，王瑾，等译.北京：高等教育出版社，2004：133.
② 尤西林.人文科学导论［M］.北京：高等教育出版社，2002：128.
③ 竹潜民.浙江电影史［M］.杭州：杭州出版社，2011：总序 1.

研究成为近几年的热点。中国艺术研究院贾磊磊提出的"电影地缘文化研究"[①]，中国传媒大学史博公等提出的"区域电影学"[②]，都切中了这样的命题。

学界的热切关注一方面凸显了区域文化视角下电影研究的热度，另一方面也体现了更宏阔的理论指导的迫切性和重要价值。2023年10月在全国宣传思想文化工作会议上提出的习近平文化思想，是中国特色社会主义文化建设的思想结晶和理论总结，丰富了习近平新时代中国特色社会主义思想的理论体系，反映了新时代文化建设的实际，并在解决文化发展的时代命题中丰富发展，对于进一步加强文化建设，坚定文化自信，巩固文化主体性，建设中华现代文明，具有重要的理论意义和实践价值。

一、浙江区域文化与区域电影学

当下区域文化（也有人将其称为"地域文化"[③]）研究热度方兴未艾，在建设"文化大省、文化强省"的时代背景下[④]，浙江自上而下对浙江文化传统与文化精神的研究充满热忱。当下的区域文化研究，大都以行政区划为界，这的确有很多现实的原因。比如，很多学者都有基于行政区划的所属单位，无论是申报的课题，还是研究的任务，往往不限于一般的学术研究范围，同时担负着政府政策咨询与顾问的使命。同时，对人文社科领域而言，这种划分更容易进行归类。然而，在区域文化研究中，"行政地理

---

① 贾磊磊.中国电影地缘文化研究的方法论问题[J].东岳论丛，2022，43（3）：61-65，191.

② 史博公，于丽金.中国区域电影学：命名与旨归——从"中国电影学派"的构成及拓展谈起[J].现代传播（中国传媒大学学报），2021，43（8）：84-88.

③ 张凤琦."地域文化"概念及其研究路径探析[J].浙江社会科学，2008（4）：63-66，50，127.

④ 1999年，浙江省委提出建设文化大省的目标任务；2011年提出推进文化强省建设的决定。详见《中共浙江省委关于认真贯彻党的十七届六中全会精神大力推进文化强省建设的决定》。

与自然地理、文化地理常常是不一致的，现实的省区范围与历史上的行政区也常常是不一致的"。[①] 以浙江为例，行政区划在历史变迁中经过了很大的沿革，作为吴越文化的发源地，浙江境内的吴文化与越文化并不相同，吴文化大抵以太湖流域为核心地带，受中原文明浸润较深，指涉吴文化很难避开苏南与上海；越文化主要集中在浙东地区及杭州湾以南，更有古越人断发文身的勇悍气质。针对这样的矛盾，在区域文化研究中需要正确处理行政地理与自然、文化地理的关系，不能落于纯粹行政区划的窠臼。也不要基于此而陷入过于主观的本地立场，人为拔高、虚美本地的区域文化，要有正确、客观的情感立场。同时，要正确处理不同的亚区域文化之间的关系，寻求它们彼此之间的最大公约数。

习近平总书记主政浙江时曾言："我们总结浙江精神不能光从一地一时看，而应该从更广阔的视野、更深的层次去发掘浙江精神。"[②] 以此为导向，大致可以总结出浙江文化和精神流动开放、工商为本、义利并举、敢为人先、经世致用等传统和品格。更重要的是，浙江文化兼收并蓄、内涵丰富，不是僵化的，它具备历史品格。

中国区域电影学就是在区域文化研究热潮中被建构的学说，中国艺术研究院贾磊磊认为这种对中国电影的地缘文化研究，"最主要的目的在于弥补我们过去在电影研究中的关于空间分析的缺失——这种空间不是指电影叙事中与时间相对的空间，而是指在文化地理学意义上的地缘空间"。[③] 同时，针对中国电影地缘文化研究的切入路径，探讨了包括地缘文化作为电影叙事支点、标志性的地理景观、典型的地缘文化性格和建立在特定地缘文化基础上的文化价值观等几个方面的问题。

[①] 何勇强.区域文化研究中的若干问题：以浙江文化研究为例[J].浙江社会科学，2008（4）：70-71，111，127-128.
[②] 张涌泉.高举"浙学"旗帜，建设精神富有的文化浙江[J].浙江社会科学，2017（9）：4-6.
[③] 贾磊磊.中国电影地缘文化研究的方法论问题[J].东岳论丛，2022，43（3）：61-65，191.

这些论述不但为区域电影研究提供了方法论依据，也以一种开放的姿态呼唤着更多的研究参与到中国区域电影学的建构中来，它是变动不居的，理论观照和电影创作实践及电影产业发展的指导作用，是它的题中应有之义。

二、以改革之名：浙江区域电影"两个结合"的进路和诉求

尽管很长一段时间以来，浙江都是中国电影产业发展的重镇，但是相对于北上广等城市，它一直没有进入电影史、电影文化及产业研究的主流视野。在关于江南电影的研究中，浙江虽然被纳入研究领域，可是往往停留在相对笼统的审美类型、美学品格等层面，关于浙江区域电影层面的分析相对较少。

（一）新时期浙江区域电影的改革进路

新中国成立之前，浙江电影制片业很长一段时间处在失语的状态。改革开放之初，与中国电影发展的脚步同频，浙江电影有了飞速的发展，然而到了20世纪80年代中期又逐步走入低谷。"1983年后观影人次开始大幅下降，随之而来的，是1984年和1985年放映场次和放映单位的减少，到1992年底，全省放映单位4050个，全年放映136.63万场，观众4.99亿人次，放映收入1.37亿元。"[①]之所以出现这样的困境，一方面，是因为以电视为代表的大众传媒开始普及和渗透，民众的娱乐选择开始多样化，挑战了电影一家独大的地位；另一方面，是因为在社会主义市场经济的模式下，电影原本的计划经济体制越来越难以适应时代的变化，改革势在必行。

---

① 叶锋.筚路蓝缕启山林，栉风沐雨砥砺行：浙江电影院线改革20年[J].中国电影市场，2022（5）：49-57.

2001年底，广电总局出台了《关于改革电影发行放映机制的实施细则》（试行），明确规定在全国电影发行放映领域实行"院线制"改革。这意味着要彻底结束省级电影公司垄断本省范围影片发行的历史，而建立新的放映主体——电影院线。浙江迅速跟进，形成了浙江时代电影院线股份有限公司、浙江星光电影院线有限公司、温州雁荡电影院线有限公司等三条院线。在改革的推动作用下，这些院线逐渐突破浙江的地域限制，发展成为业务范围遍布全国的院线。浙江电影产业的活力被调动起来，陆续出现了横店电影院线有限公司和博纳电影院线有限公司等具有重要影响力的院线。

二十年间的这两次改革，成为浙江电影市场强有力的引擎力量。浙江的电影产业迎来崛起。影视基地建设方面，横店影视基地已成为"中国好莱坞"，并由单一的影视拍摄基地，发展成业务涵盖投资、拍摄、发行、院线等产业链各个环节的影视集团。同时，桐乡乌镇、新昌风景旅游区、舟山桃花岛、永嘉楠溪江、象山等地也相继建成了影视拍摄基地。在平台搭建方面，继1981年在杭州举办首届中国电影金鸡奖、第四届大众电影百花奖颁奖大会后，又陆续于宁波、嘉兴、杭州、绍兴举办第十届、第十二届、第十五届、第二十一届中国金鸡百花电影节。而从2013年开始举办的浙江青年电影节，则进一步把电影人才的挖掘与培育推向一个新的层次。

2014年，浙江全省实现电影票房23.68亿元，同比增长31.26%，总观影人次达到6431万。浙江省票房收入首次超越北京市，跃居全国第三。从此之后，浙江的电影票房再也没有跌出过全国前三的位置，俨然已经成为"中国影视副中心"。

浙江电影之所以趁势崛起，一方面是借了改革时代的东风，另一方面也基于浙江人流动开放、敢为人先的精神，这些内蕴于浙江区域文化基因中的品格，造就了浙江影人几十年间在沧海横流中挥斥方遒的气度。浙江省新闻出版广电局局长寿剑刚概括了浙江成为中国影视副中心的六个生态因素，即"开放的政策、灵活的体制、火热的土地、深厚的文化、充裕的民资和谦卑的政府"。① 这六个因素很好地解释了浙江电影文化和产业强势发展的动因，一定意义上，这既是时代的选择，也堪称历史的必然。

（二）供给侧改革：产业的破局和"两个结合"的必然诉求

尽管在一系列的改革举措下，浙江电影文化产业取得了很大的突破和进步，但是在突飞猛进的票房成绩、如雨后春笋般成立的影视基地和公司背后，依然存在着很多亟待解决的问题。比如，"民营影视产业规模相对较小，市场规模和资源影响力弱；文化企业的产业链不完整，所带动的经济和社会效应无法最大化；专业人才的培养和奖励机制有待完善；平台构建转化为商业和市场效应的效果有待提升"。② 针对这样的状况，浙江电影亟须加快产业升级，提升产业层次，切实把省内影视拍摄基地转型为影视产业基地，完善拍摄、制作的全产业链，同时，创新人才培育和引进机制。

随着2019年末新冠肺炎疫情的突袭，国内影视产业受到重创，电影终端放映市场首当其冲。2020年中国城市院线电影总票房达204.17亿元，同比下降68.23%；城市院线观影约5.48亿人次，同比下降68.27%。③ 浙江电影票房尚不到2019年的三分之一，影院陷入"关停潮"。表面看起来，疫情似乎是导致影业低迷的罪魁，然而有学者认为"疫情并非影院陷入运营困境的最大'元凶'"。④ 长期以来的供需错配才是导致危机的主要原因，所谓"供给侧是相对于需求侧而言，指的是劳动力、土地、资源、资本、

---

① 王锋. 浙商现象和影视浙军之间的双向互动 [J]. 未来传播，2021，28（3）：99-105.
② 吴敏，张仁汉. 浙江影视文化产业建设的发展与转型升级的思考 [J]. 当代电影，2015（9）：166-169.
③ 中国电影家协会，中国文联电影艺术中心. 2021中国电影产业研究报告 [M]. 北京：中国电影出版社，2021：129.
④ 戴硕. 从供需错配到要素优化：后疫情时代浙江影院的研究 [J]. 未来传播，2022，29（1）：118-125.

技术等生产要素的有效供给和利用"[①]。由于长期以来资本盲目无序地扩张，浙江电影业结构性产能过剩，影院供过于求，同时，优质片源短缺，放映端无米下炊。

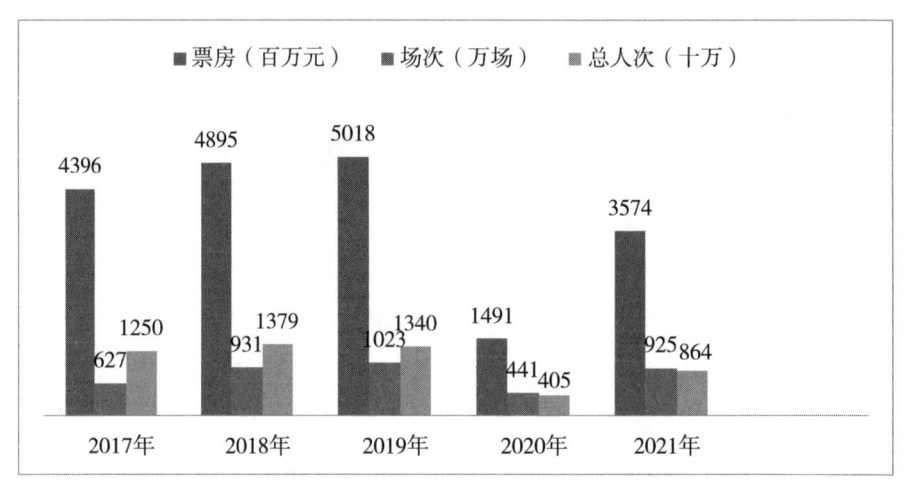

图 1　2017—2021 年浙江电影票房数据

数据提供：浙江电影发行放映协会（统计数据遵循四舍五入的原则）

图 1 显示，新冠疫情之前的 2019 年，尽管票房是近五年的最高值，但是以放映场次比 2018 年多近 100 万场取得的，同时，观影总人次也比 2018 年少近 400 万，说明单场放映的观影人数少于 2018 年。票房的增长靠的是放映场次的增加取得的，单场放映的效益是缩减的。这种状况表明，浙江电影产业要想在当前的局势下寻求破局，电影主管部门不能对院线和影院无序的跑马圈地熟视无睹，必须进行供给侧改革，既保证市场的活力，又为行业发展提供规范和有序机制。改革曾经成就了浙江电影，也只有改革才能为浙江影业实现产业的破局。

2021 年，习近平在庆祝中国共产党成立 100 周年大会上的讲话中提到要"坚持把马克思主义基本原理同中国具体实际相结合、同中华优秀传统

---

① 车海刚."供给侧结构性改革"的逻辑［J］.中国发展观察，2015（11）：1.

文化相结合",对于浙江电影的发展来说"两个结合"自然也是必然要求。新时期以来改革以及改革所取得的成绩堪称马克思主义基本原理同中国具体实际相结合的结果。而新时代以来"供给侧改革"及优质片源短缺等问题则呼唤着电影人更深刻地领悟"两个结合"的精神,尤其要"跟中华优秀传统文化相结合"。这不仅是新时代浙江电影产业破局的必由之路,也是浙江区域电影文化主体品格构建的必然诉求。

三、"双创":浙江区域电影文化主体性的建构路径

2014年,习近平在文艺工作座谈会上的讲话中提出:"文艺创作不仅要有当代生活的底蕴,而且要有文化传统的血脉。……中华优秀传统文化是中华民族的精神命脉,是涵养社会主义核心价值观的重要源泉,也是我们在世界文化激荡中站稳脚跟的坚实根基。"[①]2022年,在中共中央政治局第三十九次集体学习时的讲话中,习近平进一步指出,中华优秀传统文化是中华文明的智慧结晶和精华所在,是中华民族的根和魂。中华优秀传统文化不仅滋养了我们的文艺创作,同时是中华民族的"本"和"魂",是我们之为我们的重要依据,是建构中华文化主体性不可或缺的要素。

对于浙江电影而言,想要在目前的电影文化和产业格局下寻求突破,必须建立自身的电影文化主体性和美学品格。从历史上来说,浙产电影真正取得全国影响力的往往是独具浙江文化特性和中华优秀传统文化底蕴的那些影片,比如越剧电影《五女拜寿》,无论是越剧的戏曲文化余韵,还是演员的构成,或者故事的背景和拍摄的地点,都跟浙江有着割舍不断的关系。据《浙江省电影志》所载,"十七年"期间发行的影片,浙江省观

---

① 中共中央宣传部. 习近平总书记在文艺工作座谈会上的重要讲话学习读本[M]. 北京:学习出版社,2015:28.

众人次最多的前三名为（其数字包括"文化大革命"期间和"文化大革命"以后复映的观众数）越剧《红楼梦》（16041万，按上下集双场计算）、绍剧《孙悟空三打白骨精》（7807万）、《英雄儿女》（7474万）。相对于战争片和别的类型的片种，戏曲电影具有明显的优势，显而易见，浙江人对这些充满浓郁浙江传统美学意蕴的戏曲电影情有独钟。

无论是戏曲，还是戏曲电影，都堪称浙江乃至中华优秀传统文化的代表。戏曲电影在浙江电影史上的高光时刻可见中华优秀传统文化的魅力及其之于浙江电影的重要意义。因此，新时代浙江电影文化主体性建构尤其需要推动中华优秀传统文化的创造性转化与创新性发展，既传承和借鉴以戏曲电影为代表的优秀传统文化的形式美学和精神内涵，又以时代精神激活中华优秀传统文化的生命力。2019年摄制的粤剧戏曲电影《白蛇传·情》给浙江区域电影提供了一定的启发和借鉴。影片基于传统粤剧的故事架构和叙事模式，采用了电影化的拍摄手法以及CG后期的制作。无论是艺术水准还是市场反馈，都收到了良好的效果，堪称"双创"的典范。

浙江省委宣传部原副部长、省原电影局局长葛学斌认为"浙江拥有中国革命红船起航地、改革开放先行地、习近平新时代中国特色社会主义思想重要萌发地'三个地'的政治资源优势，拥有'良渚文化''河姆渡文化'等中华文化的历史资源优势，拥有文化名人荟萃、名家辈出的人文资源优势……"[①]这番表述不仅指出了浙江电影主旋律创作的导向，同时强调了浙江丰厚的优秀传统文化底蕴。在此基础上进一步厘清和开掘这些优势，对于浙江电影的文化主体性意义非凡，而"双创"堪称切中肯綮。

（一）主体性建构与电影人籍贯的思辨

在中国电影百余年的历史长河中，浙籍电影人可谓星光熠熠。据《中

---

① 葛学斌. 围绕浙江"三个地"政治优势 聚力打造全国影视产业副中心[N]. 中国电影报，2020-03-25（2）.

国电影大辞典》所收录的电影人物统计，浙籍电影人数量最为众多，共三百二十余人。老一辈电影人有张石川（浙江宁波）、夏衍（浙江杭州）、吴性栽（浙江绍兴）、张善琨（浙江湖州）、裘芑香（浙江绍兴）、袁牧之（浙江宁波）、史东山（浙江杭州）、李萍倩（浙江杭州）、程步高（浙江嘉兴）、沈西苓（浙江湖州）等；新一代电影人有何晴（浙江衢州）、周迅（浙江衢州）、何赛飞（浙江舟山）等。从制片到导演、表演，这些电影人几乎涵盖了电影生产创作的每一个环节。而在竹潜民主编的《浙江电影史》中，他把祖籍浙江但出生在外地的电影人也纳入浙籍的序列。①

对于浙江区域电影文化主体性建构而言，关注人物、注重浙籍电影人研究自然重要，毕竟"人物研究是地方文化研究的重头戏，很多有关区域哲学、文学、艺术的研究归根结底往往要落实到人物的研究上来"。②一方面，这说明了浙江的好山好水是怎样滋养了生于斯长于斯的儿女；另一方面，中国电影史本就是由这些影人参与创造的，研究他们的创作之路和代表作品是切入电影研究的重要角度。同时，注重电影家的籍贯，也便于做史料的统计、梳理与分析，还可以进一步挖掘分析电影人的艺术创作、作品风格与文化地理学意义上的地域之间的关联。

然而片面强调电影人的籍贯和出生地，并非浙江电影文化主体性建构的必要路径。比如，在中国现代文学史上向来有现代文学三分天下浙江占其一的说法，鲁迅等浙籍文人的作品和成就就生动地诠释了这一点。也据此，竹潜民在著作中提出"中国电影两分天下浙江占其一"。③单纯从其

---

① 竹潜民的《浙江电影史》给予了祖籍浙江但出生在外地的电影人浓墨重彩的介绍，比如，邵氏兄弟（祖籍浙江宁波），柳中亮（祖籍浙江宁波）、柳中浩（祖籍浙江宁波）、应云卫（祖籍浙江宁波）、桑弧（祖籍浙江宁波）、韩非（祖籍浙江宁波）、孙道临（祖籍浙江嘉兴）、吴贻弓（祖籍浙江杭州）、周里京（祖籍浙江绍兴）、王志文（祖籍浙江宁波）等。参见：竹潜民．浙江电影史［M］．杭州：杭州出版社，2011.

② 何勇强．区域文化研究中的若干问题：以浙江文化研究为例［J］．浙江社会科学，2008（4）：70-71，111，127-128.

③ 竹潜民．浙江电影史［M］．杭州：杭州出版社，2011：85.

时中国影人籍贯的角度来说，这的确有一定道理，然而，一方面，很多地方人物的思想和成就往往是超越地方的；另一方面，与文学不同，电影更具备现代工业特质也更注重集体协作的艺术形式。尤其在很长一段历史时期内，基于特定的电影生产、管理体制，以好莱坞为代表的"制片人中心制"和发端于法国的"作者论"在中国并未产生重要和深远的影响，电影更多的是集体创作的产物，在时代背景、创作思潮等诸多因素中，某个电影人的自我风格往往是相对次要的。同时，在很长一段时间内，浙籍影人更多是在上海和北京取得了骄人的创作成果。他们参与创作的作品无论从内容还是形式、风格上来说，都鲜有浙江的烙印。在这样的背景下，过分渲染浙籍之于电影家的成就和作用，并非浙江电影文化主体性建构的题中应有之义。

再者，将以行政区划为依据的籍贯作为分类的标准和划分的依据，容易陷入狭隘的地域保护思维中，当下某些地方愈演愈烈的历史名人祖籍争夺就是生动的例证。这也是区域文化研究中需要警惕的一个问题，即地方感情会影响客观立场，从而产生对本地域的人为拔高，或者对他地的地域歧视。

对于这个问题，中国传统古典画论或可提供一些启示。在明代，以董其昌为代表的画家提出了山水画的南北宗论，作为中国绘画史上第一次提出的关于画派的理论，虽然自提出之日就遭遇了很大的争议，但是其基于绘画风格区分画派的主张对于中国艺术史影响深远。"一个画派的形成，最主要的是画家对现实生活有共同的理解和感受，在艺术上有共同的审美观。"[1]中国绘画史上的"扬州画派""常州画派"等，主要就是基于画家相类的美学风格和创作手法而成立的，虽以地域为名，但并不意味着画派成员籍贯都为该地域。而是地域滋养、汇聚了一个画家群体，地域风格与画家的创作偏好暗相契合、相得益彰。

浙江电影文化主体性建构的过程中，关于浙籍电影人与浙江区域电影

---

[1] 葛路. 中国古代绘画理论发展史 [M]. 上海：上海人民美术出版社，1982：156.

之间的关系，以及如何协调行政地理与自然地理、文化地理之间的矛盾和抵牾，或可以从画派理论中寻求更好的解决思路。一定程度上，对中国传统画论的传承和借鉴也是中华优秀传统文化"双创"的重要体现。

（二）山水作为方法：从内容到风格

浙江多山，历来有"七山一水二分田"之说，这种地貌特性让浙江的青山绿水成为重要的文化标签。习近平总书记强调："绿水青山既是自然财富、生态财富，又是社会财富、经济财富。"绿水青山就是金山银山，这是我国生态文明建设的核心理念。而习近平生态文明思想与习近平文化思想是有机联系的整体，现实山水是生态文明的体现，同时，山水观念也是习近平文化思想体系中中华优秀传统文化的重要代表，堪称理解中华文明的核心。因此，山水对于赓续中华文脉、弘扬中国精神也有重要的意义。

中国电影诞生之初，上海的商务印书馆活动影戏部就摄制过风景片《浙江潮》。徐欣夫导演的《盐潮》是在嘉兴市海盐县澉浦取景拍摄的，电影拍摄完毕后，由地方人士吴侠虎等发起在湖堤东首建"明星亭"以为纪念，时过境迁，此亭作为中国影史的独特人文景观已融汇成山水风景的一部分。蔡楚生导演的《渔光曲》则到宁波象山县石浦镇取景，其中《渔光曲》的歌词堪称对浙江山水风景的绝佳描绘：

> 云儿飘在海空，
> 鱼儿藏在水中。
> 早晨太阳里晒渔网，
> 迎面吹过来大海风。
> 潮水升，浪花涌，
> 渔船儿飘飘各西东，
> ....

而此片在莫斯科国际电影节获奖的经历，也让中国的山水风景呈现在国际上，既构建了国族身份，也成为东方文化主体的想象。无论是解放前还是新时期，长时间以来浙江的山水成为浙江电影重要的故事背景。

进入新时代后，山水更成为中国电影着意表现的对象。无论是中华精神的意象化指代，还是乡土自然空间的营造，抑或是充满吸引力的东方奇观，山水都成为新时代中国电影的显学。2018年的精准扶贫电影《春天的马拉松》，取景于浙江省宁波市宁海县三面环山一面环水的云顶村，影片既有秀丽的自然山水风光，也有堪称新农村建设样板的山村景观。然而，这些影片大多只是把浙江的山水当作被表现的对象，山水只是内容，并没有内蕴成电影艺术语言从而形成一种独有的风格。所以，自然山水并没有真正意义上参与叙事，它是被动的。

2019年，杭州导演顾晓刚拍摄了《春江水暖》，该片灵感很大程度上来源于黄公望的《富春山居图》，影片中山、江、雾、雪等山水元素不再只是作为故事的背景，而成为影片重要的表意元素。影片的长镜头被导演处理得如同中国传统长卷绘画一般，现实的世俗气息和山水意蕴很好地融会在一起。

中国美术学院曾经推出一个"山水影像计划"——《山水：富春江作为方法》，而《春江水暖》中的山水既是一种方法，也超越了方法。它不被人决定，它的存在是自在的，它自为主体。无论江畔何人初见月，江月年年只相似。正是在这种自在、自为之中，一种四时往复如悠悠江水的时空无垠之感就显影出来。远离了宏大叙事和主流意识形态的生硬宣导，中国电影完成了东方审美经验和美学传统的跨时空传承和超越，堪称在主客体间、在山水和世俗生活间的"逍遥游"。

不止于此，在顾晓刚2020年拍摄的短片《夏风沉醉的晚上》中，山水不仅是浙江市民生活的世俗天地，甚至成为电影拍摄、展映的场域。而其之前的作品《春江水暖》在江心展映，向天地开放，浙江的山水俨然成了影片的主角。

2021年，中国美术学院出品的影片《云霄之上》获得了第十一届北京国际电影节"天坛奖"最佳影片等三项大奖，影片在丽水山地取景，虽然实景拍摄时，摄影难以使用大灯，一定程度上影响了造型，也增加了美术组置景的难度，但剧组离开了工业化气息浓厚的影视基地，转而呈现浙江的真实山林和地域特色。同时，基于中国美术学院一直以来的山水画传统，影片承继了中国水墨画的美学韵味，构建了充满诗意的风格。由此，山水不仅是故事发生地和影片拍摄地，更成为一种风格和方法，影片从而寻觅到东方美学的密码，不但是浙江的，还是中国的。

（三）世俗的此在："杭州新浪潮"浅论

党的十九大后，浙江电影迎来了百余年发展历史上难得的高光时刻。几个二三十岁的年轻导演初执导筒就取得了令人瞩目的成绩。先于顾晓刚2019年拍摄《春江水暖》，2018年，导演祝新和仇晟分别拍摄了《漫游》和《郊区的鸟》。这几部影片在国内外电影节上屡有斩获，而且这几个年轻的导演都是杭州人，他们无一例外地都把镜头对准了自己生活的土地——杭州。

中国美术学院学生祝新的《漫游》，影片全部在杭州拍摄，宝石山、黄龙洞景区的白沙泉、紫云洞，以及中河、米市巷、拱宸桥等，共同构建了一个随时都会暴雨将至的盛夏杭州。"漫游像个公园，它就是我自己画的一张杭州地图。宝石山、黄龙洞、千岛湖中的荒岛……它们互相连通，自由地生成。我觉得杭州就是这样一个城市，有一个安静的地方，会有一些隐秘的事情发生。"[1]仇晟的《郊区的鸟》则以"测绘"的方式举重若轻地创造出了杭州的真实影像——地陷、地下水、地下的储水区域及城市"表面"的楼房、地铁等。城市不再是以往某种固定、刻板的繁荣印象，而与自然世界一样遵循某种一枯一荣的规律，从而化为世俗生活有机

---

[1] 陆芳.爸妈资助2万元10天拍完入围柏林电影节，杭州导演在黄龙洞拍的《漫游》周五终于要上映啦[N/OL].钱江晚报，2022-11-15[2024-01-01]. https://baijiahao.baidu.com/s?id=1749545220095747584&wfr=spider&for=pc.

构成的一部分。顾晓刚的《春江水暖》则讲述了斜贯杭州的富春江的水波潋滟和江边的世俗人生。正是基于他们彼此的成绩、相类的年龄、相似的视角，他们被认为是"杭州电影新浪潮"的领军人物。[1]

只是，关于新浪潮的这番指认在学界并没有形成广泛的共识。一方面，近几年藏地新浪潮、贵州新浪潮等命名颇有泛滥之势，这在一定程度上削弱了"新浪潮"概念的创新性和突破性；另一方面，关于新浪潮的指认似乎更应该归结为浙江区域电影品格的凸显和确立。这几位生于杭州长于杭州的年轻导演，没有耽溺于宏大叙事，而是通过具备地域品格的方言、现实地标等因素，呈现了更具现实肌理和质感的日常生活。他们作为创作主体，也把对故乡的恋地情结和地域想象融汇到影片生生不息的世俗人生中。所以，在地化视野才是寻觅并确立浙江电影文化主体品格的不二法门。

在新时代浙江电影遭遇发展挑战的语境下，充分理解"两个结合"，对供给侧进行改革；坚持"双创"，坚守在地化视野，超越现实山水的内容呈现，以山水作为一种风格和方法，不失为确立浙江电影美学风格的重要路径。更重要的是要真正投身于浙江的山水和现实人生中，那些世俗生活的烟火、戏曲电影的余韵，有着国人最质朴的人生信仰和生活哲学，它们拒绝粗浅与空洞，融合在所有中国人日常的行为规范中。这种扎根于泥土的，来自民间最朴素的观念，才是浙江电影文化主体性不竭的精神源泉。

---

[1] 李晓雪，余佳丽."杭州新浪潮"：群体创作与区域电影[J].电影文学，2021（17）：32-37.

广西隆林壮族民歌表演实践研究

高　幸　中南民族大学

隆林各族自治县地处广西壮族自治区西北部，壮族布依支系世代聚居于此，并至今传承着丰富多样的壮族山歌文化与对歌传统。笔者曾多次前往广西隆林各族自治县对壮族布依支系的民歌与对歌习俗进行田野考察。本文通过对隆林壮族民歌风格的曲调类型、表演实践以及对歌习俗的民族志描写与分析，以歌唱主体的感官体验与主位认知为视角，探讨民歌与认同的关系的理论问题。

20世纪后期，"音乐与认同"的议题登上民族音乐学研究的舞台，专家学者们围绕"认同"这一个体心理学概念各抒己见。"认同"于20世纪50年代由心理学家埃里克·H.埃里克森（Erik H. Erikson）提出，并推动此概念成为民族音乐学的专有词汇。音乐文化认同，应该依据文化与音乐（或音声，艺术/非艺术）的双重标准，并且允许存在主位的和客位的两种视角。[①]"音乐与认同"被美国民族音乐学家蒂莫西·赖斯（Timothy Rice）认为是2005年美国民族音乐学学会会议中最具典型性的命题之一。音乐在民族音乐学专业分析中被视为一种专注于表演和理念的实践交流方式。同时，音乐在诸多深层次的讨论中都以文化的表现形态和表征手段出现，为特定音乐的文化属性、音乐与文化主体之间的认同关系、音乐文化群体

---

① 杨民康."音乐与认同"语境下的中国少数民族音乐研究："音乐与认同"研讨专题主持人语［J］.中央音乐学院学报，2017（2）：3-11.

身份认同的转变以及音乐义化认同环境的变化所带来的影响等讨论带来启发。音乐在作用于个人和社会的认同时，需要考虑其中的人际关系与关键性类别。

自20世纪90年代始，中国学者开始借鉴人类学研究方法，从民族音乐学的学统层和方法层出发，结合音乐学固有的研究对象和方法关注中国民族民间音乐。[①]尽管过往研究中，许多学者始终关注"认同"的研究成果与发展，但此概念是近些年才在中国音乐学界内引起更加广泛、更加深层的重视。近年来，以少数民族音乐研究为代表的中国民族音乐学界站在"认同"的视角对田野调查个案展开跨学科讨论。

在上述内容的基础上，笔者通过数次田野调查的考察积累，针对广西隆林各族自治县壮族布依支系的民歌与对歌习俗问题展开初步探讨。

隆林各族自治县地处广西壮族自治区西北部，东邻田林县，南与西林县接壤，北以南盘江为界与贵州兴义市、安龙县隔江相望。[②]县内聚居着壮、汉、苗、彝、仡佬等多个民族，其中壮族是隆林的土著民族，占全县人口的53.74%，而包括汉族在内的其他民族都是在历史上各个朝代陆续迁入的。[③]

壮族［Bouxcuengh］[④]是中国西南少数民族之一，也是目前中国人口较多的一个少数民族，人口总数为1500万余，主要聚居在广西壮族自治区与云南省文山壮族苗族自治州，此外，广东连山壮族瑶族自治县、贵州从江县与湖南江华瑶族自治县亦有少量分布。一般而言，学界根据壮语方言的差异将壮族分为北部方言区与南部方言区两大部分，但实际上，在

---

① 魏琳琳，杨泽幸.民族音乐学"音乐与认同"专题研究的回顾与反思［J］.南京艺术学院学报（音乐与表演），2021（1）：36-44，11.
② 许晓明.天主教在桂西多民族地区的传播及原因探析：以隆林各族自治县为例［J］.广西社会主义学院学报，2011，22（2）：60-64.
③ 李萍.百色市非物质文化遗产的社会价值：基于构建和谐社会的视角［J］.广西民族师范学院学报，2017，34（1）：10-14.
④ 方括号内为壮文，下同。

民间壮族众多的支系自古均有其各自的自称，如布僮、布侬、布越、布雅依、布瑞、布依、布岱（傣）、布土、布僚、布曼、布傲、布陇等20余种。[①]

隆林壮族基本均为壮族布依支系，其壮语自称为"布依"、"布瑞"或"布越"，"布"是壮语中"人"的意思，而"依"、"瑞"或"越"则是支系和部落的名称，即"依人"、"瑞人"和"越人"[②]，尽管三者自称在发音上略有差异，但其语言、文化、信仰与民俗基本一致，因此，实际上隆林壮族基本都是属于壮族布依支系。

一、隆林壮族民歌风格的曲调类型与表演实践

壮族自古具有丰富的歌唱传统，由于壮族人口众多，分布较广，且壮族内部支系间的文化差异较大，因而其民歌风格也呈现出多样性的特征。不同地区与支系对于"歌"这一词的称谓有"欢"[fwen]、"加"[gyah]、"诗"[sley]、"比"[bij]、"伦"[lwenj]、"歌"[go]等。对于上述"歌"之称谓，一般学界认为是各地方言的差异造成的，或将其作为对壮歌歌词文法结构的分类。但笔者认为，上述不同类型的"歌"之称谓背后，亦有其民歌风格的差异。

隆林地区壮族布依族支系的民歌有"欢"与"比"两种类型。壮族民歌的一个重要特点是，往往一地一支系仅享有一个或两个基本曲调。在对歌过程中，壮族歌手常根据具体情景与表达诉求编创不同的歌词，而曲调则基本相同，即"一曲多用，问字要音"的形式。隆林地区的壮族民歌

---

① 覃凤余，林亦. 壮语地名的语言与文化[M]. 南宁：广西人民出版社，2007：31.
② 陈锦均. 滇黔桂结合部巫师群体的宗教人类学思考[D]. 武汉：中南民族大学，2018.

根据曲调风格特征与地域分布，可分为南盘江调、驮娘江调与沙梨调三大类曲调。南盘江调主要分布于隆林西北部地区的新州、者保、金钟山、革步等乡镇，驮娘江调则流行于隆林东南部地区的岩茶、隆或、介廷三个乡镇，而沙梨调则主要传唱于隆林东北部地区的平班与沙梨两个乡镇。由此，三种主要曲调构成了隆林地区的三个壮族民歌风格区（见图1）。

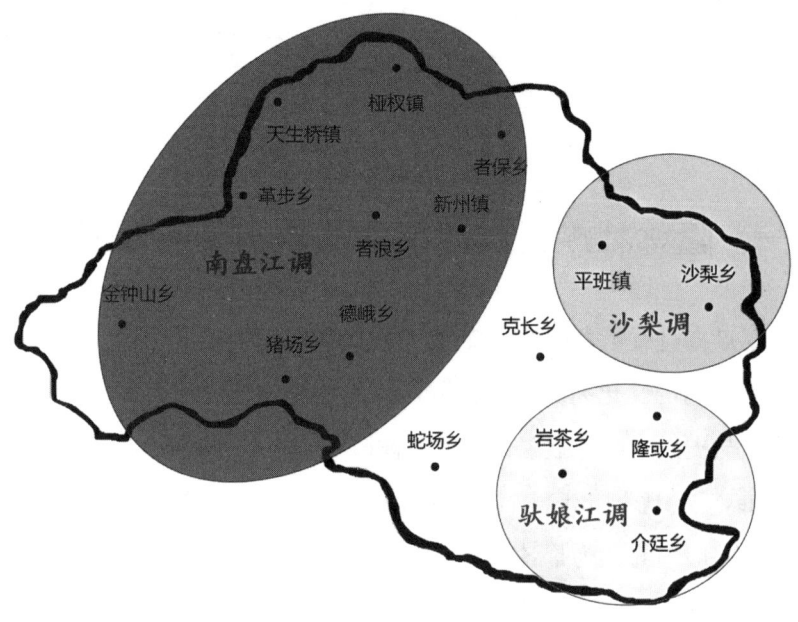

图1　隆林壮族民歌风格区分布图

除民歌曲调外，隆林壮族民歌在唱法与对歌表演实践上也呈现出多样的形态，它们同样是隆林壮族民歌风格的重要组成部分。"如何歌唱"以及"如何认识、理解与运用不同歌唱方法与行为"亦为笔者考察中关注的重点，三者在唱法上的差异，往往影响着歌者间的对歌实践范围以及对于自我与他者身份的认知。因而，民歌曲调、唱法与对歌表演实践是笔者对上述隆林三个民歌风格区的整体民歌风格特征展开考察、分析与阐述中关注的主要方面。

（一）南盘江调

南盘江调除了在广西隆林的南盘江南岸传唱，在南盘江北岸的贵州黔西南的部分地区亦有流传。南盘江调从其内部类型上，又可分为"长调"和"短调"。长调，壮语简称"欢"，因起唱句中常使用衬词"颠罗颠罗那"，又称"颠罗颠罗那"调。短调，简称"比"，因歌曲中较多使用衬词"友哎友"，也称"友哎友"调。①

1.南盘江长调

南盘江长调主要演唱叙事性的内容，旋律平缓、悠长，娓娓道来，仅限于家庭室内举办的歌会对唱。长调每首都用"颠罗颠罗那，哎哟友哎哎哟恩乃哎"等衬句作为起唱，"颠"在壮语中是"对"的意思，"颠罗"即"对罗"，"那"为语气助词。起唱句之后每一句正歌的唱词都要演唱两次，这种演唱形式的目的在于让对歌双方可以听得更清楚。②

长调采用一种被称为"欢排"（排歌）的歌词体式，即有序的一组长歌，也有成排成排地唱下去的意思。从句型上来说，长调歌词主要是自由体，也有五言、七言、九言、十一言和长短句，并以长短句型居多。长调句式结构并不完全规整，可长可短，有奇有偶，最长的一首达数十行，演唱用时近半小时。③排歌韵律相对自由，上句的"头"、"腰"与"脚"，均可与下句的任何一个字相押，构成连环相扣。此调是一种具有叙事性的歌调，据当地老歌师称，其歌词多来源于当地流传的长篇故事《撒宾栽》（意为"失散的鸳鸯"）。排歌唱词集结当地历代壮族人民智慧之结晶，传承下来的传统唱词，并无即兴编创的歌词内容。因而，排歌唱词有章有序，规范严格，歌手在演唱时也会受到家中老人的管束。

---

① 万芳雪.广西隆林壮族山歌研究［D］.桂林：广西师范大学，2018.
② 万芳雪.广西隆林壮族山歌研究［D］.桂林：广西师范大学，2018.
③ 田申.南盘江畔壮族排歌的传承与发展［J］.歌海，2014（1）：47-48.

谱例1:《妹妹挖窝照月亮》(片段)

(隆林壮族南盘江长调)　　　　　　演唱:罗素

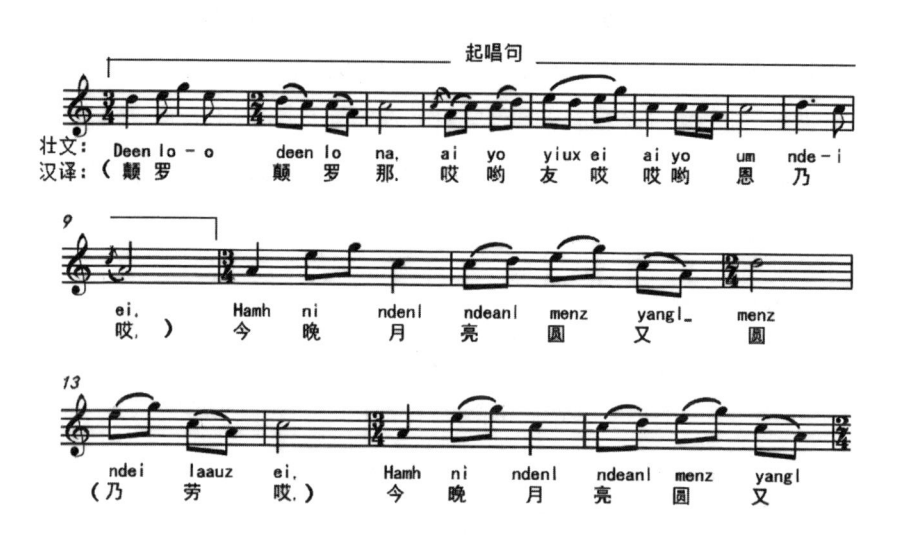

[起唱句]

壮文：Deen lo-o　deen lo na, ai yo yiux ei ai yo um nde-i
汉译：(颠罗　颠罗那, 哎哟 友哎 哎哟 恩乃

ei,　Hamh ni ndenl ndeanl menz yangl menz
哎,) 今晚 月 亮 圆 又 圆

ndei laauz ei,　Hamh ni ndenl ndeanl menz yangl
(乃 劳 哎,) 今晚 月 亮 圆 又

这首南盘江长调在隆林地区是一首较短的长调，仅七句歌词，但由于每句歌词在演唱时需要重复演唱一遍，因而其结构较其他地区的壮族民歌更长。其歌词结构为五言与七言交替长短句。最开始有一个较长的起唱乐句，歌曲主体部分包含多个由单乐句变化重复形成的双乐句乐段，每一句歌词的曲调与重复歌词乐句的曲调除尾音因使用衬词不同，而旋律相异外，两者的乐句主体部分完全一致。每一句歌词之后还有"乃劳哎""乃哎""呵那""嘛那""哎哟啊"五个特定衬腔作为尾音，添加尾音的目的，一是在歌唱中区分正词句式与复沓句式，二是尾音具有"协韵"的功能。演唱时，以四句歌词（含重复句式，实则两句）为一节，每一节中各句对于尾音衬腔的选择和排列是固定的。

歌曲整体为五声宫调式，以宫音、角音和徵音为主干音，每句结尾都结束于宫音，强调了调式稳定性，但歌曲最后加入一个两小节衬腔的终止式，落于徵音，呈现开放性的结构。歌手告诉笔者，这样的开放性收尾是为了让演唱有一种"意犹未尽"的感觉，一是结束这一首歌曲，二是告诉对方对歌还未结束，对方可以接着对唱下去了，这是表示对歌延续的"信号"，这也体现出衬腔在对歌中的表演实践功能。南盘江长调的风格接近汉族的小调，旋律进行起伏较小，以级进为主，尤其小三度进行最为频繁。节奏较规整，句幅紧凑，叙事性较强，但演唱速度较慢。旋律进行基本为"问字要腔"的形式，旋律的演唱根据歌词语音语调进行，因而常常使用滑音、前倚音等润腔手法。

南盘江长调的演唱方法基本采用真声演唱，男女演唱均较为平稳、温和，男性在演唱高音区的徵音时偶尔使用假声唱法[1]，同时十分注重音量有规律地收放，形成强弱对比，使得曲调听上去婉转动人，将歌词娓娓道来。由于壮族布依支系本身语言的特点，演唱中鼻腔共鸣运用较多。长调演唱形式有男女一对一、二对二以及男女群体对唱等形式。在歌会演唱中，男女双方各五到十余人不等，坐八仙桌两侧进行集体对唱。

2.南盘江短调

南盘江短调，壮语称为"欢比"，是比兴、即兴之义。"欢比"唱词可分为两类，一类是传统唱词，另一类是即兴唱词。短调每首都用"哎哟友哎友，哎哟伙计啊"起唱，其唱词只唱一次，常用"了啰""啰友"作整首歌的尾音，短调唱词比较短小，但比较讲究修辞和格律。无论是传统唱词，还是即兴唱词，其内容都是情歌，并无其他内容。[2] 短调主要在野外对唱，常用于青年男女"相送"，送一程即可相识，甚至相爱。平时年轻人把"相送"作为交友手段，几首"欢比"唱出，客人应答就能与之对歌、交谈。短调在野外多是一对一对唱，是真诚的表达。短调也常用于歌会对唱，但穿插在长调之间作为气氛调节，形式上用于承前启后，内容上用于爱意表达。这时短调的演唱则是多人齐唱的形式，纯粹是为了闹场。

---

[1] 田申.南盘江畔壮族排歌的传承与发展[J].歌海，2014（1）：47-48.
[2] 田申.南盘江畔壮族排歌的传承与发展[J].歌海，2014（1）：48.

谱例2:《荷塘晨歌》(片段)
(隆林壮族南盘江短调)　　演唱:罗素　　记谱:高幸

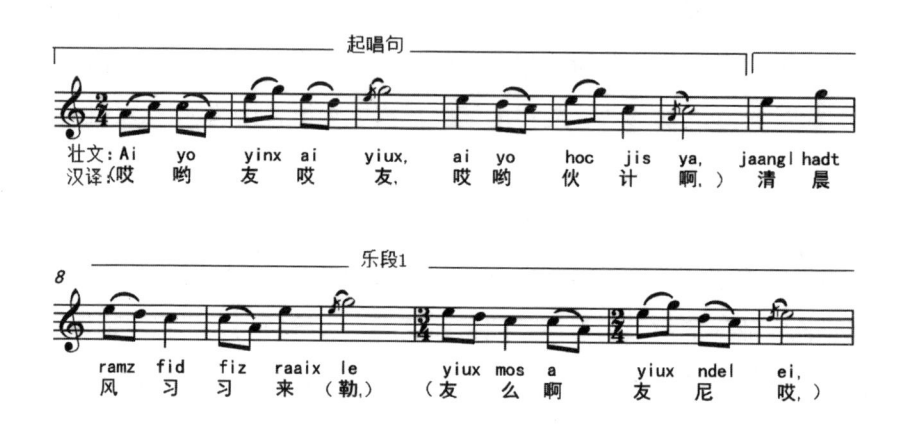

起唱句

壮文:Ai yo yinx ai yiux, ai yo hoc jis ya, jaangl hadt
汉译:(哎 哟 友 哎 友, 哎 哟 伙 计 啊,) 清 晨

乐段1

ramz fid fiz raaix le　yiux mos a　yiux ndel ei,
风 习 习 来 (勒,) (友 么 啊 友 尼 哎,)

这首南盘江短调的整体风格与长调相似，曲调十分婉转清新，抑扬顿挫，错落有序。歌词结构同样为长短句，但每句歌词演唱仅一遍，不重复。与长调不同的是短调独有的起唱句，"友哎友"作为衬词不仅适用于起唱句中，在歌曲内部的过渡乐句中也大量使用，可谓南盘江短调的一个重要标志。"友"这个衬词在隆林壮族的口语中也常使用，常用于男性在野外见到女性路过时的呼唤与吆喝，以示好感。因此，"友哎友"衬词的使用和短调以爱情为主的歌词内容与情景也十分相符。

歌曲的主体部分包括三个乐段，每个乐段由三个乐句组成：乐段1的第一乐句是陈述性的，落于徵音，而第二乐句则是一个过渡乐句，用以演唱一个短小的包含"友哎友"的衬句，落于角音，第三乐句则是在前两句的基础上略有扩展延伸，最后落于宫音，该乐段仅演唱了两句歌词；乐段2的整体结构与乐段1相关联，第一乐句同样落于徵音，在第一乐句与第二乐句之间有短小的一小节过渡乐句，第二乐句落于商音，而第三乐句有所发展，但前三小句小节用以演唱衬句，具有承前启后之作用，而第三乐句后半句则同样落于宫音；乐段3与乐段1的前两乐句完全一致，而第三乐句略有变化。最后，该歌曲有一个结束段落，结束段由乐段3的第三乐句发展变化而成，该结束段包含两个乐句，两者为变化重复的关系，第一乐句落于宫音，第二乐句则落于角音，是全曲的结束，与长调相似，也是一个开放性的结束。或许这样一种结束方式从歌曲整体调式稳定性的角度去解释，有些许反常，但若是将其置于现实的对歌场景中就不难理解了。因为这种开放性的结束，正是歌手诱导对歌另一方歌手回唱一首歌曲的方式，也就是说一首歌曲的结束，并非整个对歌活动的结束，而是预示着对歌双方互动回应的开始。

短调的演唱方法有两种。第一种是在室内歌会时，穿插于长调之间演唱的短调歌曲，与长调基本相同，采用真声演唱，其歌唱与布依支系语言本身的特点关系十分紧密。短调在每个乐句结束音的下倚音颇具韵味。第二种是采用轻声的假声演唱，一般是男女两个人在寨子附近山上一起对唱，俗称"撩骚弄佖"（意指"谈情说爱"），地点比较保密。[①]吟唱时，没有长调和室内演唱的短调那么明亮。男女双方对歌时，如男子发现女方的表情比较含蓄、唱出来的音调较低时，意味着女方也看上男方了，默许了对方的来意。[②]

（二）驮娘江调

驮娘江调的流行区域十分广阔，除了传唱于隆林东南部地区，在驮娘江流经的西林县、田林县以及云南省文山州的广南县与富宁县[③]的壮族布依支系中均有流布，且在各地有其各自的称谓。在云南文山该曲调被称为"昐大劳"，即大河调，而在广西西林被称为那劳调，在田林被称为定安调，两者都是以该曲调在各自县内流行中心的地名冠之以曲调名，但实则

---

① 陆晓蓉，潘贵达.革步壮语民歌及其价值探析［J］.百色学院学报，2015，28（2）：116-121.
② 陆晓蓉，潘贵达.革步壮语民歌及其价值探析［J］.百色学院学报，2015，28（2）：116-121.
③ 李甫春.驮娘江流域壮族的欧贵婚姻［J］.民族研究，2003（2）：28-35，107.

为同一个曲调，因此笔者将其称为驮娘江调。

驮娘江调常用于表达爱情，一般在野外田间演唱，因此驮娘江调在田林县也被称为"欢塔来"（梯田里的歌）。男女一对一的对唱是这类歌曲的主要演唱形式，但偶尔也有男女二对二的歌唱形式。驮娘江调较为高亢、悠扬，变化较大，常以"哥啊""侬哎""当勒哎"等衬词起唱，用"哈哩""哈啰"结尾。相对南盘江山歌来说，驮娘江山歌唱词比较短小。驮娘江山歌唱词是一个完整的特点突出的山歌体系。[1] 其独特的表现，一是传统唱词内容丰富，应有尽有，歌者可根据需要随手拈来；二是形式多样，有散歌、组歌、排歌，有叙述、抒情等歌体；三是语言精练，夸张而妙趣横生。

谱例3：《水中有蛟龙》（片段）

（隆林壮族驮娘江调）　　　　演唱：潘友莲

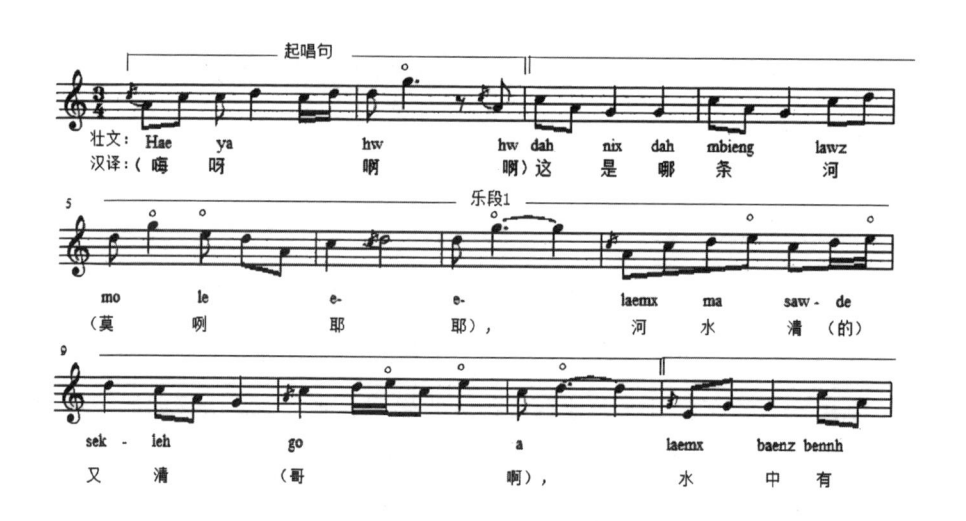

这首《水中有蛟龙》使用夸张的手法，表现壮族女性游泳的矫健身姿。其唱词结构为驮娘江调最为典型的五言四句结构，押腰脚韵。这首驮娘江调的旋律优美、朗朗上口，女性唱起来特别清丽婉转。全曲音域

---

[1] 万芳雪.广西隆林壮族山歌研究[D].桂林：广西师范大学，2018.

宽广，达十一度。音区较高，节奏自由、舒展，具有较为典型的山歌风格。

该曲调主要由 la、do、re、mi、sol 五音构成，主干音为商音和徵音。全曲以"嗨呀啊"衬词作为起唱句开始，歌曲主体部分包含两个乐段，两者为变化重复的关系，而乐段内部则是上下句的结构，上句落于徵音，下句则落于下方四度的商音，因而歌曲整体为商调式。每一句的旋律呈现上扬的走向，除级进上行外，起唱句与每一乐段第一句的尾音高挑的上四度小跳入高音区的徵音，配合真声向假声的转化，别具韵味，分外动人。而这个高音区徵音拖腔之后，声音有短暂停顿，之后迅速下滑入下方七度的羽音，进入第二乐句，听上去两个乐句是合为一体的，歌手也告诉笔者，高音拖腔之后声音虽然停了，但不能换气，必须连着下一句一起演唱，这也就证实了笔者听到此处时产生的"声断气不断"之感。同时，驮娘江调的演唱气息悠长，婉转起伏，娓娓道来，一气呵成。驮娘江调在演唱中最突出的特点是真假音的频繁转换，假声主要用于乐句中段旋律起伏处与结尾的拖腔两个位置，配合衬词使用，这也给听者在听觉上以强起弱收之感，这种唱法对于歌唱者的演唱技巧要求也很高。

（三）沙梨调

沙梨调是三种曲调流布区域最小的，仅传唱于隆林东北部的沙梨乡和平班镇，但却是隆林地区独有的一个曲调。其歌词比较短小、简约，沙梨调也是三种曲调中与唱词语音语调关系最为紧密的，除了每一句的起音和尾音拖腔，乐句主体部分基本完全依字行腔，属于吟诵调类的壮族民歌，这在所有支系的壮族民歌中都非常少见。

谱例4:《努力来报恩》(片段)

(隆林壮族沙梨调)　　演唱:黄永生

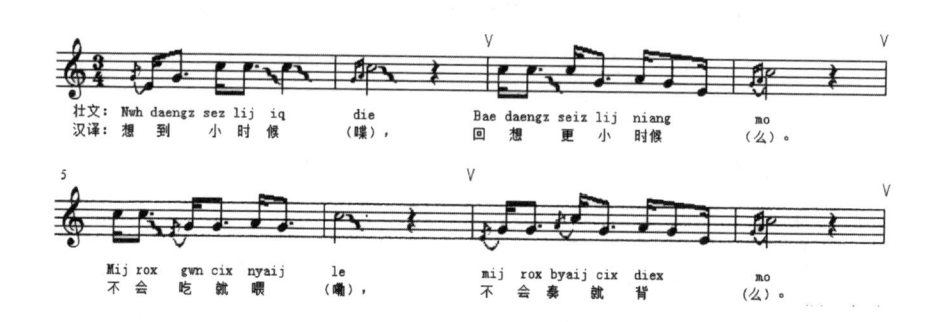

壮文:Nwh daengz sez lij iq die   Bae daengz seiz lij niang mo
汉译:想到 小时候 (喋),   回想更小时候 (么)。

Mij rox gwn cix nyaij le   mij rox byaij cix diex mo
不会吃就嚼 (嘞),   不会走就背 (么)。

这首《努力来报恩》表达儿女对于父母与师长的感恩之情。唱词为五言八句的结构，押腰脚韵。曲调无起唱句，直接进入正词的演唱。全曲包含四个上下句结构，每一乐句均落于高音区的宫音。全曲仅使用do、mi、sol、la四个音，其中宫音与徵音为主干音。沙梨调的演唱，男性以低沉稳重的真声为主，而女性的演唱则运用假声，清新淡雅，形成鲜明对比。旋律发展完全根据歌词音调的起伏进行，吟诵性的音调与大量大幅度的下滑音的使用是沙梨调最为突出的特征。

二、隆林壮族民歌的表演场域与对歌习俗

在壮族各地区，每年均会举行各式各样的对歌活动，如"很敢"或"吼敢"（田林、田阳、田东）、"窝岩"（靖西）、"航端"（德保、靖西）、"陇峒"（龙州、大新、宁明）、"窝坡"（崇左、宁明）等。但隆林壮族布依支系的对歌活动与其他壮族地区有较大差异，布依支系并没有室外进行集体对歌的大型歌圩以及集市对歌的传统，而主要有三种对歌形式：其一，伴随人生礼仪、民间习俗进行的家庭室内歌会；其二，野外路遇或拦路对歌；其三，现代有组织性的搭台对歌的山歌节。

（一）南盘江流域壮族的家庭歌会

隆林壮族歌会，主要是在隆林南盘江流域的壮族布依支系中举行，因此歌会演唱的是南盘江调，且主要以南盘江长调为歌唱内容，又因南盘江长调起唱句使用"颠罗颠罗那"衬词，因而隆林壮族歌会也俗称"颠罗颠罗那"歌会。[①]

隆林壮族歌会是一种有别于其他壮族地区歌圩、歌节的对歌习俗。歌圩、歌节是一年一次，而歌会则是在家里举行，一年四季均可举办。歌圩、歌节是民众约定俗成，有特定的日子的对歌活动。歌会则是由家庭自办，不受岁时节令约束。歌会活动是男女集体对唱，人员可多可少，时间可长可短，重要歌会常常昼夜连唱，持续几天几夜。但歌会也有其严格的规范，歌会不能在野外举行，歌会对唱必须遵循传统唱法，歌会对歌讲究男女配对，一方至少要有两人。歌会对唱受主办人家管理，受老人管束，不得失礼，不能随意离开座位，更不能起身外出。隆林壮族歌会依托于壮族布依支系的人生礼仪与民间礼俗，常见的有婚嫁歌会和喜庆歌会等。[②]

婚嫁歌会是在婚嫁场合里举行的，它是隆林壮族婚嫁酒宴必不可少的一项活动。婚嫁酒宴一般都有远方的客人，这种歌会周边村寨的年轻人都会自觉地参加。婚嫁歌会在女方家一般唱一天一夜，在男方家则可唱三天三夜，直到新娘回门。婚嫁歌会主要唱出嫁歌和迎亲歌。婚嫁歌会的唱词内容注重叙述父母养育子女的苦难，以及子女对父母养育之恩的感谢，歌词朴素而哲理深邃。

喜庆歌会是指家庭遇喜事，为增添热闹气氛而举办的歌会。最为多见的是贺新房，贺新房主要唱的是新房赞美歌、祝酒歌，以及带有闹场性质的故事歌和猜歌。在主办人家新建的房子里摆几张歌台，唱一天一宿然后结束。

[①] 万芳雪.广西隆林壮族山歌研究［D］.桂林：广西师范大学，2018.
[②] 万芳雪.广西隆林壮族山歌研究［D］.桂林：广西师范大学，2018.

整体而言，隆林壮族的歌会均在室内进行，且主要演唱歌词严肃、叙事性较强的南盘江长调，而短调仅仅偶尔穿插其间，作为气氛的调节。歌会参与人数较多，主要为男女双方的集体对唱。

（二）野外路遇或拦路对歌

野外路遇或拦路对歌主要是青年男女在野外田间相遇时进行的对歌，带有随机性的特点，这一习俗在壮族地区较为普遍。在隆林地区，南盘江短调、驮娘江调以及沙梨调均主要是在这种情形下进行演唱，而南盘江长调则是绝对禁止在野外演唱。野外路遇对歌的演唱内容基本都是情歌，甚至不乏一些风流露骨的歌词内容，因此这些曲调在传统社会中是绝对不可以在长辈面前唱的，否则将受到道德的谴责。演唱形式主要为男女一对一或二对二的歌唱，极少有集体对歌的形式。

一般青年男女先隔河、隔沟、隔路对歌。唱至情投意合时，则聚一起再唱。情深时，便成双成对地在不易被人发现的地方如树荫下、草丛中或山坡上等，折下树叶垫坐，并排对歌。此时的对歌，不像开头那样放声高唱，而是喃喃细语地歌来歌往，此时歌唱已成为两人之间的私密行为。若想挽肩攀背，还须用歌询问对方，取得同意才行。但总体而言，野外对歌较为自由，约束和规矩较少，无论是歌词内容还是演唱方式都可以随意变化。

（三）现代山歌节

与上述两种传统对歌活动不同的是，自2001年以来，隆林政府与文化部门为了恢复、宣传和推广壮族对歌文化与传统，每年定期于农历三月三、六月六、八月十五等节日期间，在县城或各乡镇举行搭台对歌的山歌节。山歌节的目的在于将传统的室内歌会带到室外的舞台上，以此鼓励群众恢复曾一度流失的对歌传统。尽管是舞台化的表演为主，但无论是歌唱者，还是参与者都基本为普通群众。同时，山歌节设立对歌比赛，鼓励群众以竞技的方式恢复参与其中，提高歌唱能力，并予以奖项与奖金的鼓励。这种搭台赛歌的形式虽然使得传统以自娱的传统歌会，逐渐转向以表演和竞技为主的山歌节，但这一形式无疑对隆林壮族传统对歌文化的发展是积极有效的。

三、歌唱表演实践中的感官边界与主体认同

20世纪60年代以后，人文社科领域展开了有关"族群认同"问题的广泛讨论，先后提出了"根基论"（Premordialism）与"工具论"（Instrumentalism）两种主流理论，前者认为族群认同主要来自根基性的、原生性的情感联系，后者则认为族群认同是在一定社会背景中为了群体利益的竞争而在实践活动运用的工具。弗雷德里克·巴斯在其对于族群边界问题的深入研究中强调了族群认同的主观性建构，把族群互动作为讨论的中心，认为族群认同不是独立的，而是人们持续的归属和自我归属的产物。族群认同的形成贯穿于吸纳和排斥的关系过程中。他认为族群是其文化当事人本人归属与认定的范畴，形成族群最主要的是它的边界，而不是语言、文化、血统等内涵。由此可见，他对于族群问题所持的是主观论，他认为客观的文化特征最多只能表现一个族群的一般性内涵，却无法解释族群边界的问题。[①]巴斯的研究让人们在思考族群与边界问题时逐渐将目光从客观的文化表征转向对于文化当事人的主观建构与认知层面。受此启发，笔者认为有关音乐与认同问题的研究也应关注歌唱主体自身对于风格与文化差异的感知与体验。

通过上述对隆林壮族布依支系民歌风格的分析与比较，笔者发现三种风格无论是音乐形态与唱法，还是在对歌场合与习俗等文化信息方面存在很大的差异，形成了差异性区域分布的格局与特点。"族性歌腔"与民歌

---

① 巴斯.族群与边界：文化差异下的社会组织[M].李丽琴，译.北京：商务印书馆，2014.

风格的区域划分是传统音乐理论研究的重要议题,综观国内的相关研究,以曲调形态为对象的分析研究是主流方法,学者们通常是从音列、结构、节奏、调式、旋法等方面对风格进行分析,不同程度地总结出某一地域或族群音乐的典型特征与整体规律,并进一步与其他地域或族群的风格特征进行比较,从而得出区域分布或类型特征的框架,如风格区、色彩区以及音乐文化区问题的研究。这些分析研究多以研究者的客位视角展开,以量化分析与统计学数据为支撑,从而得出客观科学的分析结果。

萧梅曾提出"形态研究的原点是人,是人的感知觉引发了我们多样化的音乐表述"。[①] 而笔者则认为,不同群体与区域的歌者在交流互动中的感官与审美差异,则形成了多样性的民歌风格之间的"边界"。在对隆林壮族民歌进行田野考察的过程中,笔者逐渐意识到,事实上歌唱主体本身对于风格以及不同风格间的差异有着更为感性与主观的切身体会。笔者在与隆林壮族歌手的交流中,时常听到来自不同区域和演唱不同曲调歌手之间对彼此所唱民歌的审美评价,例如演唱南盘江调的壮族歌手认为具有吟诵性的沙梨调好似"念经",歌词都是"念"出来的,没有旋律,不好听,也不能算是唱歌。而他们又认为驮娘江调的演唱中鼻音过重,改变了唱词语言原本的发音,过于高亢的音调不适合在室内的歌会中演唱,且真假声转换的歌唱技巧对于他们这些习惯于只用真声演唱的人而言,太难学会;而沙梨调的歌手则认为对歌中最重要的是要把歌词唱清楚,并将歌词中蕴含的深厚情感表达出来,而南盘江调与驮娘江调的旋律起伏不定(用他们的说法是"有太多的弯弯绕绕")以及大量衬词衬腔的运用,反而会影响对歌双方听清楚唱词的内容及其含义。从中不难看出,演唱不同曲调的歌唱群体很难去模仿和复制其他曲调的演唱,甚至从审美和认知上不认可其他的民歌风格。不同歌唱群体之间对于彼此的主体认知建立于感官体验的基础之上,审美与认知的差异形成彼此间的"感官边界",以至于难以互

---

① 萧梅.以体认为中心以感知觉过程为基础的音乐审美经验:传统音乐审美研究随想[J].南京艺术学院学报(音乐与表演版),2014(1):1-3,200,77-78,165.

相跨越。同时，通过在对歌实践中歌唱属于自我的壮族曲调，不同地区的歌手建立了对于自我族群的强烈的认同感，从而在隆林地区形成了三个小于布依支系认同的民歌文化圈，即通过对于不同民歌风格的认知，建立对于自我小群体的认同。

民歌风格与表演实践的差异对于隆林地区壮族布依支系内部族群认同十分重要，因为歌唱对于壮族而言并非一种艺术表现行为，而是一种根植于生活与民俗的社会实践行为。通过上述对于隆林壮族对歌活动与习俗的阐述，我们可以看到，民歌本身在壮族生活中的功能性与实用性极强，"以歌代言"、"以歌会友"以及"以歌择偶"是民歌在传统隆林壮族社会中的主要功能。[①] 而民歌风格间的差异与相似决定着壮族对歌实践的互动圈，从而影响着人们在社会生活中的社交圈与婚恋圈。当地歌手告诉笔者，他们一般只会跟和自己演唱同样曲调、唱法相同的地方的人进行对歌，而跟演唱其他民歌的人则很少来往，因为他们认为那些地方的民歌曲调和自己唱的歌在歌词句式、演唱方法以及曲调风格上的差异，以及对歌习俗与规矩的不同，导致了他们互相之间没有办法顺利地进行对歌和互相欣赏，从而也无法实现民歌所具有交友、村落联盟以及联姻的功能。

共享着相同歌唱风格与对歌习俗的壮族人形成了一个相对稳定的文化互动圈，并通过对歌表演实践不断强化这种族群认同以及与他者的边界，笔者将这种以歌唱实践与感官体验为核心建构的群体称为"歌唱共同体"，其构成过程受对歌实践中曲调风格、表演实践方式、主体感官认知以及对歌民俗等决定因素的影响。笔者认为表演实践中的主体认知与感官边界是进一步探索和研究音乐与认同问题的重要视角。

---

① 罗汉光.壮族优秀传统文化的育人价值及其实现路径研究［D］.桂林：广西师范大学，2018.

编后记

2023年12月1日至2024年1月30日，2023年国家艺术基金艺术人才培训资助项目"习近平新时代中国特色社会主义思想文艺理论人才培训"（项目编号：2023-A-05-005-459）集中培训在中国传媒大学展开，此次培训会集了全国文化艺术领域的50位青年英才学员。他们在聆听专家讲座、集中外出调研等活动中，收获了知识、建立了学术友谊。本书中的论文即为项目组师生的结晶。首先，感谢项目组的50位优秀学员——王锟、李阳阳、孙路、秦璇、刘文、杨旻蔚、王名成、张艳、孙婷、刘彦河、王莎莎、张嫣格、张喜梅、张新科、舒敏、张盼、张婧、张为、蒋劼、张明超、李雪松、程洁、孙萌竹、陈嫣、李艳双、蒋玲玲、李志鹏、邓若伢、朱小峻、解永越、余国煌、郭绅钰、张静雅、高洁、刘雅倩、张蕾、黄诗昂、王春颖、付婧、夏蕾、高幸、李鹏、吴静静、缪伟、吴尔曼、宁爽、马宇鹏、丁逯园、李阳、文瑶瑶（排名不分先后）。你们认真的学习态度得到了学界的普遍认可，使得项目能够顺利展开，为这份结晶能够得以呈现奠定了基础。其次，感谢进行授课的49位专家——仲呈祥、董学文、王一川、张晶、王廷信、王德胜、孙伟科、张德祥、丁亚平、周星、史红、张金尧、施旭升、杨杰、彭文祥、朱庆、宋瑾、李世涛、吴子林、张国涛、冯巍、董阳、杜寒风、尹建军、何美、时胜勋、刁生虎、金海娜、江逐浪、马潇、丁旭东、肖锋、杜莹杰、冯亚、刘俊、陈燕婷、赵如涵、徐明君、刘艳春、李有兵、杜彩、曹晓伟、赵莹、谢春、包新宇、孙百卉、龚伟亮、黄健君、王韡（排名不分先后）。这些专家学者为学员们呈现了一场场的学术饕餮盛宴，使学员们徜徉在知识的海洋中，在学术上得到了飞速且较大的提高。这些智慧的启迪、精神的给养、知识的传达使学员们受益终身、回味无穷。最后，感谢国家艺术基金管理中心的姚珊珊等领导对项目的督导、帮助和支持，使得项目更加有条不紊地进行，本书最终能够得以"落地"。

王韡

于中国传媒大学